Douleur
d'enfant

Douleur
d'enfant

Aline Viens

éditions

Éditeur : François Doucet
Révision linguistique : Isabelle Veillette
Correction d'épreuves : Katherine Lacombe, Catherine Vallée-Dumas
Conception de la couverture : Mathieu C. Dandurand
Photo de la couverture : © Productions Chaumont
Mise en pages : Sébastien Michaud
ISBN papier 978-2-89733-708-7
ISBN PDF numérique 978-2-89733-709-4
ISBN ePub 978-2-89733-710-0
Première impression : 2014
Dépôt légal : 2014
Bibliothèque et Archives nationales du Québec
Bibliothèque Nationale du Canada

Éditions AdA Inc.
1385, boul. Lionel-Boulet
Varennes, Québec, Canada, J3X 1P7
Téléphone : 450-929-0296
Télécopieur : 450-929-0220
www.ada-inc.com
info@ada-inc.com

Diffusion
Canada :   Éditions AdA Inc.
France :   D.G. Diffusion
                Z.I. des Bogues
                31750 Escalquens — France
                Téléphone : 05.61.00.09.99
Suisse :   Transat — 23.42.77.40
Belgique :   D.G. Diffusion — 05.61.00.09.99

Imprimé au Canada

Participation de la SODEC.
Nous reconnaissons l'aide financière du gouvernement du Canada par l'entremise du Fonds du livre du Canada (FLC) pour nos activités d'édition.
Gouvernement du Québec — Programme de crédit d'impôt pour l'édition de livres — Gestion SODEC.

Catalogage avant publication de Bibliothèque et Archives nationales du Québec et Bibliothèque et Archives Canada

Viens, Aline, 1982-
Douleur d'enfant
ISBN 978-2-89733-708-7
1. Viens, Aline, 1982-   - Romans, nouvelles, etc. I. Titre.

PS8643.I348D68 2014   C843'.6   C2013-942635-3
PS9643.I348D68 2014

Je dédie ce livre à tous ceux qui ont été, de près ou de loin, touchés par les événements de mars 2000, ainsi qu'à E. D., qui m'a donné sans le savoir un enseignement à travers sa douleur.

Je tiens également à remercier ma mère de m'avoir appris l'humanité, mon père de m'avoir transmis son affection des mots, et mon amoureux et complice, Pascal, de m'avoir offert son amour et son soutien, sans lesquels je n'aurais jamais entrepris de livrer cette histoire qui dormait dans mon cœur.

En terminant, je dédie bien sûr ce livre à J. et G., avec tout mon respect.

Que votre âme repose en paix malgré cette fin tragique qui fut la vôtre.

AVERTISSEMENT

Cette histoire est inspirée de faits vécus.

Afin de respecter la confidentialité des personnes concernées, l'auteure a toutefois modifié les noms de chacun desdits individus dans le but de ne pas révéler leur réelle identité, ainsi que les lieux et les dates des événements.

L'auteure tient également à s'excuser auprès des personnes qu'elle pourrait involontairement blesser ou choquer par ses propos.

Prologue

Je n'ai jamais connu exactement tous les détails de ce qui s'est passé le soir du 23 mars 2000.

Tout ce que j'ai pu apprendre à propos de cette soirée, je l'ai appris pendant le procès, quelques mois plus tard. Des détails dont je me serais parfois passée...

Mais peu importe les faits, on ne change pas la réalité.

Par contre, je me souviens très bien de ce jour-là.

Il faisait un temps superbe, une magnifique journée en ce début du premier printemps du XXIe siècle. Vous savez, quand on sent que l'hiver nous a enfin quittés pour de bon? C'était merveilleux.

Le soleil était ardent comme rarement il l'était à un autre temps de l'année. L'eau coulait le long des rues; les voitures qui passaient dans la ville éclaboussaient involontairement les passants. Les gens enlevaient leurs vêtements d'hiver avec empressement, et il y avait une fébrilité absolument unique dans l'air.

Pour ma part, je portais un pantalon de velours côtelé bleu marine, avec une blouse noire ajustée agrémentée de losanges tracés en jaune pâle.

Ça fait partie des souvenirs qui sont gravés à vie dans ma mémoire. Il y en a plusieurs, mais j'avoue que beaucoup sont reliés à ces événements.

Le plus étonnant, c'est vraiment que, à aucun instant de cette journée fatidique, je n'aurais pensé qu'elle deviendrait une page importante de l'album de ma vie, qu'elle y aurait une place particulière.

Qu'elle serait entourée à chaque mois de mars qui reviendrait sur mes calendriers, comme un rappel.

Mais même sans le rappel sur mon calendrier, j'y pense chaque année.

Le 23 mars 2000, Émile s'est rendu chez ses parents.

J'ignore quelle heure il était, mais je crois qu'il devait être environ 12 h, peut-être 13 h.

Rico, mon ex, m'avait dit dans l'après-midi qu'Émile était parti là-bas. J'étais déçue.

J'avais pris l'habitude d'aller le voir presque tous les soirs depuis mon départ de l'appartement. On fumait des joints, on discutait de tout et de rien.

Je me cherchais un autre logement depuis quelques semaines, et j'étais depuis ce temps retournée vivre temporairement chez mes parents. Cependant, j'avais eu beau visiter plusieurs appartements à louer dans le coin, je n'arrivais pas à trouver un autre endroit où vivre. J'étais assurément encore « accrochée » à ce premier logis, à mes colocs. À Émile.

Il y avait tellement d'histoires rattachées à ce lieu, tellement de premières fois, de fêtes mémorables, de beaux souvenirs.

Et surtout, l'endroit sentait « chez moi ». Mais je n'y étais plus à l'aise, pas après nos histoires. Non.

Je n'avais pas eu le choix de partir.

Je suis donc allée cogner à l'appartement, en ce fameux soir de mars, et Émile n'y était effectivement pas.

En réalité, à cette heure, il était probablement en train de souper avec ses parents.

Il m'a dit plus tard qu'ils avaient mangé, et qu'une dispute avait éclaté.

Je ne sais pas trop ce qui s'est réellement produit, mais son père, Guy, est finalement parti dans son atelier de sculpture, un petit bâtiment qui se situait plus loin sur le terrain, à gauche de la maison.

Une belle petite maison de style campagnard, chaleureuse, jolie. Un peu comme dans les films familiaux typiques. *Lassie*, par exemple.

N'importe qui aurait de la difficulté à s'imaginer ce lieu comme étant sordide. La rue est paisible; il y a plusieurs maisons dans le voisinage, mais elles ne sont pas trop près les unes des autres. Les gens se connaissent. On salue chaleureusement son voisin le matin, on prend des nouvelles de la belle-sœur. Vous voyez?

Enfin bref, après le départ de Guy, la dispute aurait continué de plus belle dans la maison.

Émile aurait perdu la tête.

Et quand je parle de perdre la tête, je veux dire voir noir: un vrai *black-out*. Le genre de chose qui arrive habituellement quand on a trop bu; mais dans le cas d'Émile, ça s'est produit d'une autre façon. Complètement à jeun, mais avec aussi peu de souvenirs.

Le cerveau humain est doté de facultés incroyables quand il s'agit d'oublier ce qui pourrait être nuisible à sa propre santé. À sa propre survie. Heureusement pour Émile, je crois, il m'a dit n'avoir gardé que très peu de souvenirs des choses qui se sont produites ce soir-là.

Quelques *flashs* ici et là, qui lui reviennent sûrement encore aujourd'hui.

La violence laisse des marques partout où elle passe.

Émile a battu sa mère à mort, et l'a achevée d'un coup de fusil de calibre .410. Puis, il a descendu son corps dans le sous-sol de la maison et l'a enroulé dans un drap. Il l'a ensuite dissimulé sous des boîtes de carton qui traînaient sur place.

Son père, quant à lui, a eu le privilège de mourir sous les balles seulement, celles d'une carabine de calibre .303. Moins de souffrance. J'imagine facilement la scène : peu de mots, connaissant Émile, un regard, et vlan ! c'était sûrement fait. Enfin, c'est ce que je vois parfois dans ma tête, quand j'y pense.

Treize ans plus tard, ça m'arrive encore d'y penser. On n'oublie pas aussi facilement un événement de cette ampleur.

On met ça dans un coin de sa tête, et on ouvre le tiroir de temps en temps, pour retrouver son chemin dans des moments de doute, de questionnement.

Quand on a besoin de revoir son parcours pour mieux se comprendre. Ça m'arrive parfois.

J'ai su plus tard que sa mère aurait reçu 32 coups de marteau et d'un autre objet contondant. Enfin, ce sont des éléments que j'ai entendus pendant le procès, mais c'est même confus pour moi. Ce sont des choses qui font inutilement mal à entendre.

Et je ne veux pas nécessairement savoir. Je n'en ai pas besoin.

Je préfère me rappeler la personne qu'il était, et qu'il est resté après les événements.

Un gars charmant, attachant, doux et sensible. Les yeux rieurs, avec un grand sens de l'humour.

Ça fait mal à certaines personnes d'entendre ça, de savoir qu'Émile était un bon gars. Un vrai bon gars.

Je peux comprendre.

Ce qu'on ne comprend pas dans la vie fait toujours mal, et on a beaucoup de difficulté à croire que derrière la violence peut quand même se trouver une vraie bonté, une humanité. C'est contraire à la logique.

Mais la vie est loin d'être logique tout le temps, et loin d'être simple.

Les choses arrivent et c'est tout.

La sœur d'Émile était chez une amie, non loin de là. Ses parents avaient convenu avec elle qu'ils iraient la chercher vers 21 h. Comme ils n'arrivaient pas, Sarah a appelé à la maison, et son frère, dans un état confus, lui a répondu qu'ils avaient gagné à la loterie dans le courant de l'après-midi et qu'une limousine blanche était venue les chercher en soirée.

Elle a donc convaincu les parents de son amie Josianne d'aller la reconduire chez elle.

Je pense qu'elle a dû s'imaginer toutes sortes d'hypothèses alors qu'elle se rendait chez elle.

L'idée d'une blague organisée par son frère a même dû lui effleurer l'esprit.

Je ne sais pas.

Mais, en arrivant sur place, elle a quand même remarqué que toutes les fenêtres de la maison étaient recouvertes de grands draps.

L'image des draps dans les fenêtres, ça m'est resté. Je trouve que c'est un peu à l'image de ce que je percevais d'Émile à l'époque, avant le drame : un gars qui bloquait toutes les fenêtres de son existence et qui ne voulait pas voir dehors. Il en était de toute façon incapable.

Émile était enfermé dans son corps, dans sa tête, mais surtout dans son cœur. Son propre cœur était enroulé dans un drap, presque mort, probablement depuis longtemps.

Mais nous, ses amis, ne percevions surtout que l'autre partie de sa personne, la plus belle, celle qu'il nous montrait le plus souvent. Bien sûr.

Le côté obscur, il le gardait pour lui. Enfin, jusqu'à ce jour-là.

Sarah l'a trouvé dans la cuisine, vers 22 h, amorphe et confus. Elle m'a affirmé qu'elle n'avait pas eu peur de son frère pendant un seul instant. Ils ont eu un contact visuel, et ce n'est que par la suite qu'elle a remarqué certains éléments qui l'ont amenée à se questionner sur la situation : quelques taches de sang, des tissus également tachés de rouge.

Elle est montée à l'étage et a téléphoné chez son amie. C'est la famille de son amie qui a appelé la police.

Émile, quant à lui, n'a pas cherché à se cacher ou à s'enfuir. Non, rien de tout ça.

Il est resté assis sagement avec Sarah, sans parler. Comme figé dans l'attente de la suite des choses. Je pense qu'il commençait à revenir à lui tranquillement, et sa tête et sa mémoire étaient probablement très embrouillées.

Un peu comme au réveil d'un horrible cauchemar… Cette sensation d'engourdissement qui continue de paralyser le cerveau, toujours engourdi par la peur et le stress post-traumatique.

Mais ce n'était pas un rêve, ni même un tour de son imagination.

Deux personnes venaient de mourir, par la main d'un jeune homme de 17 ans.

Par la main de leur enfant. Ironiquement, ils avaient conçu leur propre mort.

Dans la vie, on ne sait jamais quand quelqu'un qu'on connaît va commettre un geste regrettable. Quelqu'un qu'on aime, dont on partage de près l'existence. Quelqu'un qui nous fait rire, qu'on trouve beau, gentil. Quelqu'un qu'on a du plaisir à côtoyer.

Ça peut être n'importe qui : votre voisin, votre beau-frère, votre cousin, votre amour.

Ça peut être vous.

Ce n'est pas écrit dans le front des gens qui commettent le pire qu'ils le feront.

Jamais, ou presque.

Dans mon cas, je n'aurais jamais pensé qu'Émile ferait une telle chose, et encore moins ce soir-là, tandis que je l'attendais patiemment dans les escaliers de l'appartement et que le soleil se couchait doucement sur une journée tragique aux conséquences irréversibles.

Mais nos vies venaient de changer, en quelques minutes.

Vers 23 h, ils ont amené Émile et l'ont interrogé pendant quatre heures aux bureaux de la Sûreté du Québec. Ensuite, il a passé la nuit dans un centre d'accueil pour adolescents, avant d'être transféré dans un hôpital psychiatrique universitaire connu de Montréal.

On peut soigner beaucoup de maladies de nos jours.

En passant par des cancers de toutes sortes, de nouveaux virus, et aussi par beaucoup de désordres mentaux, qu'ils soient légers ou très graves.

Mais il y a certaines choses qui demandent plus de soins… Les maladies et les troubles de la personnalité qui prennent naissance dans l'enfance sont de loin les plus difficiles à traiter, et les cas les plus dangereux.

Cette douleur en évolution doit trouver une oreille, elle ne doit en aucun cas rester silencieuse.

Émile n'en est qu'un exemple parmi tant d'autres.

Et ce gars-là, je l'aimais. Je l'aimais d'Amour.

L'amour, c'est fort, et ça supporte beaucoup d'incompréhensions.

On n'arrête pas d'aimer une personne du jour au lendemain. Même après un tel geste.

On ne comprend pas.

On ne l'explique pas.

On n'approuve pas.

Mais on aime encore.

Je ne tarderais pas à l'apprendre.

Première partie

Avant

La lumière est parfois trop blanche,
mais l'obscurité n'est jamais trop noire.
— Aline Viens

Chapitre 1

Je m'appelle Caroline Vignault.
L'histoire que je vais vous raconter commence il y a longtemps, très longtemps.

En fait, elle prend naissance dans mon enfance, un peu comme n'importe quelle histoire qu'on vit ; nos choix et les événements que nous vivons sont des conséquences directes de ce qu'on est, de ce qu'on a vécu en tant qu'enfant, des carences qu'on porte en soi parfois sans même s'en apercevoir, et sur lesquelles on fonde toute sa vie. Jusqu'à ce que...

Jusqu'à ce qu'on en guérisse ; mais entre vous et moi, on en garde presque toujours des séquelles. C'est un travail sur soi en continu.

Bref, de mon côté, j'ai eu toutes sortes de « bobos » de jeunesse, de traumatismes, et mon enfance est pour moi une source incroyable de mauvais souvenirs et de mauvaises expériences.

Les enfants sont parfois tellement méchants entre eux !

C'est fou, tout ce qu'on peut garder de souvenirs cruels et injustes quand on pense aux relations qu'on avait avec les autres enfants de notre époque. Les raisons pour rejeter quelqu'un, en faire une cible et le blesser sont multiples et gratuites.

J'appartenais à une catégorie qui, malheureusement, n'était pas parmi les plus populaires.

Avec mes lunettes, mes vêtements démodés parce que nous n'avions pas beaucoup d'argent à la maison, ma timidité maladive et mon gros handicap, c'est-à-dire mes bonnes notes, j'avais été classée dès la maternelle dans la classe des « rejets ».

Et on en sort difficilement.

Mon primaire a été une suite d'années malheureuses. Des années de peur, d'exclusion et de sentiment d'infériorité. J'étais constamment mise à l'écart, et je ne me sentais pas du tout à la hauteur. J'enviais ceux et celles qui démontraient une confiance en eux... J'aurais voulu ressentir ce sentiment qui nous fait se sentir grands et capables de tout.

Mais ce n'était pas le cas.

C'était plus facile pour moi de penser que c'était les autres qui me rejetaient.

Quand on ne s'aime pas, on pense tout le temps que ça vient des autres. On passe sa vie à se sentir moins bon que tout le monde. On en veut aux autres de ne pas nous donner l'appréciation qu'on mérite.

Mais en fait, on ne leur laisse jamais voir ce qu'on est vraiment. On préfère se retirer.

On croit toujours qu'on sait que c'est perdu d'avance. Dans tout : l'amour, le travail, nos rêves. On abandonne tout le temps avant que ça aille plus loin. On sent, avant même d'avoir essayé, qu'on n'a pas réussi à aller où on veut aller.

La douleur, c'est un puissant moteur de destruction.

Et moi, je me sentais nulle et indigne de tous.

Je n'ai jamais eu beaucoup d'amis. Une seule, avec qui j'ai partagé une belle amitié pendant près de 10 ans. À l'adolescence, nos chemins se sont graduellement séparés.

Marie-Lyne était une fille populaire et aimée de tous. Elle avait la beauté, une famille aisée, et surtout une attitude *cool* et ouverte, décontractée; celle des enfants qui ont eu la chance d'évoluer dans un milieu dit «sain».

Ce n'était pas tout à fait mon cas : à la maison, c'était, à l'inverse de chez ma meilleure amie, le terrain de multiples tensions intrafamiliales, et à l'âge où les différences prennent encore plus d'importance, nos routes n'ont pas tardé à prendre des directions opposées.

Quand on est enfant, on est doté d'une grande fragilité, et notre premier sentiment dans toutes circonstances est la peur. Quand on vieillit, cette même peur se transforme souvent en colère. Et il faut savoir s'en défaire.

Car la première personne qu'on blesse avec sa colère refoulée, c'est soi-même.

Rendue adolescente, je détestais la vie, et je me détestais moi-même d'être incapable de gérer mon existence. D'éprouver du bonheur et du plaisir.

Sans ami, sans amour, je me considérais comme une source de laideur et, surtout, comme une fille sans intérêt, sans talent, sans atout, sans valeur. J'aurais voulu pouvoir instantanément me faire disparaître de la surface de la planète, mais le courage me manquait pour poser un geste envers ma personne qui aurait pu être dramatique. Non.

J'ai préféré me punir moi-même d'être si mauvaise, si nulle.

À 13 ans, j'ai commencé à me priver de nourriture, et j'ai regardé avec bonheur mon corps fondre graduellement. Ce corps, qui commençait à grandir, à mûrir, à devenir différent, je l'ai réprimé jusqu'à n'en voir que les os.

Plus mes os saillaient sous mes vêtements, plus j'étais fière.

Plus je me détestais, plus j'aimais ma vie. Je m'effaçais. Je me volatilisais. Je m'en allais. Mais je ne disparaissais toujours pas.

À 15 ans, j'ai rencontré un jeune homme dans mes cours d'espagnol, à l'école. Rico m'a tout de suite remarquée, sans que je comprenne pourquoi. Il est venu à ma rencontre et m'a fait la cour. Personne ne m'avait jamais courtisée avant.

J'ai cédé avec joie, mais aussi avec peur et appréhension.

Enfin, quelqu'un m'aimait. Je m'y suis accrochée un certain temps, sans toutefois m'abandonner totalement.

Malgré les rapports difficiles que nous entretenions entre nous à la maison, ma mère a vraisemblablement voulu conserver pendant longtemps la famille telle qu'elle était, malgré ses failles évidentes.

Pour elle, une famille unie possédait malgré ses faiblesses une force qui lui était propre.

Avec le temps et, avec du recul, je crois toutefois qu'il est préférable de séparer le noyau familial et d'élever son enfant dans l'harmonie et le respect que d'essayer de forcer une union à perdurer dans des conditions difficiles, et d'ainsi brimer l'image première du respect de soi à laquelle les enfants ont droit dans la vie ; l'image même du comportement de leurs parents par rapport à eux-mêmes, par rapport à leur propre bonheur.

Il est souvent long et difficile de comprendre certaines choses.

Malgré tout, je n'en veux pas à ma mère. Je ne lui en ai jamais voulu pour quoi que ce soit, d'ailleurs.

Quant à mon père, les années nous rapprocheraient et nous feraient découvrir à quel point nous nous ressemblons et à quel point nous avons beaucoup à explorer ensemble. La vie fait bien les choses… et rien n'est laissé au hasard.

Une chose est sûre, cependant; si j'ai réussi à grandir en conservant cet amour des gens à l'intérieur de moi-même, malgré tous les exemples de cruauté, de méchanceté et de manque de respect et d'humanité qu'il m'a été donné de voir au cours de mon existence, c'est bien grâce à ma mère et à son ouverture d'esprit.

Je l'en remercie encore, quand je pense à quel point j'aime les gens, et à quel point il m'est facile de ressentir de l'amour pour toute chose ou tout être vivant.

Mes valeurs de pardon et d'ouverture d'esprit, c'est à elle que je les dois.

Elle m'a toujours écoutée et respectée. Peu importe si mes choix lui plaisaient ou non, elle me laissait prendre mes décisions et me soutenait dans toutes les situations.

Quoi qu'il en soit, à 16 ans, j'ai décidé de quitter l'école à la moitié de l'année scolaire.

Dois-je vous dire que mon père n'était pas d'accord?

Ça a causé bien des crises et des éclats, mais mon choix était fait. Et j'ai la tête dure.

Voilà bien une chose que je tiens de mon père et dont je suis parfois fière, selon les circonstances.

L'année 1999 venait de commencer et, déjà, j'étais au bord de la crise.

Une crise existentielle dont je sortirais ou bien morte, ou bien plus vivante que jamais.

J'ai choisi de vivre.

J'ai choisi de miser le tout pour le tout. De changer. De travailler sur moi-même, de faire sauter l'embâcle qui bloquait tout dans ma vie, et de retrouver un semblant de bien-être, pour commencer, et d'ensuite chercher sans relâche ce bonheur dont j'avais tant entendu parler.

Rien de moins.

J'ai laissé Rico. J'ai abandonné l'école. Et je me suis fait des amis.

J'ai commencé à traîner avec des jeunes de mon coin, des drogués pour la plupart, d'autres rejetés du système qui faisaient preuve, malgré leurs problèmes de consommation et leurs différents troubles de comportement, d'une grande ouverture et d'une gentillesse insoupçonnable, et qui avaient un grand sens de l'amitié.

Grâce à eux, j'ai retrouvé une certaine santé, je me suis enfin ouverte aux autres. J'ai appris à dialoguer, à me sentir acceptée malgré mes différences, malgré mon bagage émotif et personnel encore enfoui au fond de mon cœur, mais que je sentais de plus en plus léger.

J'avais enfin un réseau social au sein duquel je me sentais la bienvenue, et j'ai sauté dedans à pieds joints. La liberté m'est apparue dans toute sa beauté et sa grandeur.

Jamais, en 15 ans d'école, je n'avais ressenti cette appartenance et cet amour fraternel. Ça m'a fait un bien fou. Une thérapie étrange, mais très salvatrice.

Bien entendu, ce pèlerinage ne plaisait pas à mes parents, qui s'inquiétaient davantage pour moi maintenant que je semblais errer sans but ; pourtant, je me sentais enfin libre et j'avais l'impression de guérir. Je remercie la vie d'avoir mis tous ces gens sur mon chemin ; ils m'ont aidée sans le savoir et font partie de moi, encore aujourd'hui. Je les porte en mon cœur.

Quand l'automne est arrivé, j'ai enfin senti un besoin de m'enraciner quelque part.

Pendant l'été, j'avais vécu une déception amoureuse, et je me sentais un peu en déséquilibre.

Je suis alors retournée voir Rico.

Nous avons décidé de former un couple de nouveau, et l'histoire que je vais vous raconter commence ici, par un matin gris d'octobre 1999.

Le temps qu'on passe à s'oublier,
à se défaire, à se délier.
Le temps qu'on passe à se guérir ;
des mots qui blessent, des souvenirs.
— Aline Viens

Chapitre 2

Je venais de me lever ce matin-là. Il devait être 9 h.

Il faisait un temps plutôt morne ; une parfaite journée pour rester au lit. Mais je n'avais plus sommeil. Malgré le temps gris, la lumière était forte et puissante, et je l'ai sentie inonder mon visage quand je me suis assise sur le banc qui faisait office de chaise.

Chez mes parents, rien n'était tout à fait conventionnel.

Dans la cuisine, une grande fenêtre située au bout de la table dominait l'endroit. Elle offrait une vue sur la forêt et sur une panoplie de mangeoires d'oiseaux accrochées à la corniche.

J'observais souvent ces derniers pendant de longues périodes, alors qu'ils venaient se nourrir en groupe. On en voyait différentes variétés : des colorés, des bruyants, des minuscules…

Les joies de la nature.

Ma mère était déjà debout, car elle se levait tous les matins avec ma jeune sœur pour lui préparer son déjeuner et l'accompagner avant son départ pour l'école.

À mon arrivée dans la cuisine, ça sentait le café, les œufs et le bacon. Sûrement le déjeuner de papa.

Je me suis assise à la table, tout en me frottant les mains au-dessus du calorifère qui se trouvait à son extrémité. C'était une habitude que j'avais depuis mon enfance, quand ma meilleure amie et moi avions à peine 7 ou 8 ans, et qu'elle dormait à la maison les soirs de semaine.

Nous nous levions très tôt pour aller à l'école, et il faisait toujours frisquet dans la maison. Marie-Lyne faisait alors toujours ce truc avec ses mains pour se réchauffer en attendant les crêpes de maman. Je l'avais vue faire tellement de fois que j'en avais plus tard pris l'habitude.

Ma mère m'a regardée et m'a fait son fameux sourire réconfortant du matin.

— Prendrais-tu un bon café, Caro ? Des rôties ? Des céréales ?

Elle attendait ma réponse, mais j'étais encore un peu endormie et j'ignorais même si j'avais faim.

— Je sais pas.

J'ai souri en retour à Ghislaine, un petit sourire pour lui signifier que j'étais désolée de ne pas être plus coopérative, et j'ai entendu au même instant les pas lourds de mon père dans l'escalier.

Robert travaillait à la maison dans son atelier de menuiserie, et c'était quelqu'un de très discipliné.

Il l'est toujours, même en vieillissant.

Il commençait toujours sa journée à peu près à la même heure, vers 9 h, et la terminait vers 18 h.

Il se faisait alors couler un bain, écoutait le journal télévisé en mangeant et prenait un thé avec un soupçon de lait. Ensuite, il buvait quelques bières et fumait une dizaine de cigarettes tout en écoutant la télévision, et allait se coucher.

Parfois, il ajoutait une variante : il pouvait s'esquiver après le thé et aller prendre quelques bières chez ses copains, et revenait alors vers 23 h.

Le matin, papa était toujours prêt quand il franchissait l'entrée de la cuisine, ses bottes de construction déjà aux pieds. Ne restait qu'à les lacer. On dirait qu'elles lui servaient de pantoufles, qu'elles l'attendaient en permanence à côté du lit.

À croire qu'il ne prenait jamais le temps de flâner un peu en commençant sa journée. Ça, c'était mon père.

Je l'ai donc regardé arriver dans la cuisine, avec un air déjà aigri. Il ne m'a pas regardée.

Je l'ai vu passer devant moi et s'asseoir sur le banc qui me faisait face. Il s'est penché et a commencé à attacher ses bottes. C'était une autre de ses routines.

Maman s'est approchée et a mis un café sur le napperon devant lui.

Un litre de lait 2 % traînait sur la table, et mon père s'est empressé d'en verser dans sa tasse. Il s'est ensuite mis à brasser son contenu avec vigueur. J'ai regardé le café se répandre à côté de la tasse, comme toujours.

On aurait dit que mon père était incapable de brasser sa boisson sans en renverser le quart à côté. Ça m'a toujours impressionnée.

Ma mère lui a ensuite servi son assiette, et je l'ai regardé discrètement tandis qu'il mangeait.

Son visage était déjà rougi par l'impatience, et moi, je tremblais par en dedans. Je voulais lui parler de quelque chose.

De mon *chum*. Avec qui je venais de renouer, et que je désirais inviter à coucher à la maison.

Un sujet difficile à aborder lors du déjeuner, et encore plus au souper quand mon père avait pris un verre de vin… Je devais au moins essayer de tâter le terrain. Maintenant.

J'en avais glissé un mot à ma mère, et comme d'habitude, elle m'avait affirmé qu'elle n'avait rien contre l'idée. Mais ce n'était pas maman qui décidait ces choses-là, et je le savais très bien.

Je savais aussi très bien que papa n'allait probablement pas apprécier mon initiative. Mais j'étais rendue là. Et je devais me lancer.

J'ai levé les yeux vers ma mère, debout dos contre sa cuisinière, et j'ai vu qu'elle me regardait, les yeux bien ronds, comme pour me dire d'y aller.

Mais je suis restée silencieuse, timide, et ma mère a fini par s'approcher. Elle s'est postée à côté de mon père alors qu'il venait de prendre sa première gorgée de café et a tout de suite lancé sa phrase tout en épongeant son napperon souillé.

— Robert, Caroline aimerait ça inviter Rico à dormir ici ce soir. Toi… tu te sens comment par rapport à ça ?

Mon père a commencé par regarder ma mère comme si elle venait de dire une grossièreté, puis son regard s'est levé sur l'écran de télévision qui surplombait la cuisine, au-dessus du réfrigérateur.

Puis, il a de nouveau regardé ma mère.

Nous avions toutes deux arrêté de respirer.

J'ai entendu sa voix résonner comme dans un long tunnel.

— Quoi ?

Ses joues étaient rouges.

Ma mère semblait perdre de l'assurance au fil des secondes, et je voyais sur son visage des signes de nervosité extrême.

J'aurais bien voulu venir à sa rescousse, mais j'étais moi-même pétrifiée.

Et nous ne pouvions plus reculer; mon père était comme une machine dont on venait de tourner la manivelle.

J'ai fini par prendre une respiration.

Vraisemblablement, ma mère aussi, car elle s'est adressée à lui de nouveau :

— Tu sais que Caro a repris avec Rico…

Robert a hoché la tête sans répondre.

— Bien…, a continué ma mère, c'est déjà arrivé par le passé que Rico couche ici… Tu te souviens? a-t-elle demandé, hésitante.

Robert avait déjà commencé à tourner la tête en la secouant.

Il a balayé rapidement la table des yeux et s'est levé en ramassant sa tasse de café.

Accrochant maladroitement ma mère au passage, il a déposé sa tasse à côté de l'évier.

À ce moment seulement, il l'a regardée en la pointant du doigt, l'index tout près de son visage, et lui a répondu sur un ton ferme :

— Non, j'me rappelle pas de ça.

Son visage était écarlate, sur le point d'exploser. Nous le sentions toutes les deux et n'osions même pas nous regarder.

Mon père a marqué une pause, et c'est à ce moment qu'il m'a regardée pour la première fois.

Je suis restée surprise, et mon regard baigné d'eau est resté accroché au sien, involontairement.

Je me retenais pour ne pas pleurer. Surtout, ne pas lui montrer ma faiblesse.

Son bras gauche s'est levé, et il m'a pointée d'un doigt accusateur.

— Pis c'est pas aujourd'hui que ça va commencer, l'ostie de niaisage, a dit mon père avec colère. Moé, des affaires de couchage pis de « gnagnagnignagnan », y'aura pas d'affaires de même icitte, a-t-il continué. On se comprend-tu ? Ch'us pas un motel, moé, câlisse. C'tu compris ?

Son regard est ensuite tombé sur ma mère, qui avait les mains levées dans les airs, comme pour se protéger des mots.

J'étais sous le choc, et papa me regardait, attendant ma réaction mais, surtout, ma réponse, celle qui lui donnerait raison.

Pour finir la conversation, et qu'on ne rajoute plus rien, c'était sa façon de fonctionner.

Mon père a toujours voulu avoir le dernier mot dans sa maison. Rien à faire.

C'est un homme qui, sans être autoritaire, fait les choses proprement selon l'éducation qu'il a reçue.

Et au début des années 60, on n'amenait pas son petit ami ou sa petite amie coucher à la maison aussi facilement qu'aujourd'hui.

Cependant, quand on a 17 ans, on se fout bien de l'éducation de nos parents, qu'on trouve souvent dépassée.

Toujours assise, j'ai ramené mes longs cheveux derrière mon oreille avant de jeter à mon tour un regard furtif à ma mère.

Je n'étais pas d'accord avec mon père, pour plusieurs raisons.

Premièrement, Rico avait déjà couché à la maison. Je m'en souvenais très bien. Nous ne dormions pas dans la même chambre, mais il était tout de même venu passer quelques nuits ici.

C'était cependant la première fois que j'en faisais la demande depuis que nous nous étions remis ensemble.

Je croyais que mon père avait gardé le souvenir de ces quelques fois de l'année précédente. Qu'il n'en ferait pas un cas. Que je pourrais reprendre mes habitudes avec Rico, comme avant, sans avoir à repartir à zéro.

Je sentais que plusieurs portes s'ouvraient à moi, en ce début d'automne, et que la vie me réservait une panoplie de surprises et de belles découvertes.

Comme une certitude au fond de moi, je le sentais profondément.

Mais ce jour-là, en regardant mon père et la colère imprimée sur ses traits, je me suis dit que je m'étais peut-être trompée sur la possibilité qu'il me comprenne.

Papa était vraiment dans une période creuse depuis l'an dernier. Je le sentais sur le point de craquer à tout moment.

De plus, il entretenait envers moi une attitude plus froide que jamais, et je le sentais imprégné de rancœur, de déception.

Quant à ma mère, elle devenait de plus en plus surpro-tectrice envers moi.

Elle l'avait toujours été mais, depuis quelque temps, je sentais qu'elle s'accrochait à ma personne. Peut-être pour essayer de comprendre ce qui m'arrivait depuis huit mois. Ou tout simplement parce qu'elle sentait que je m'éloignais de plus en plus d'eux, de la maison, et qu'elle aurait voulu me retenir. Je ne sais pas.

Je lui avais fait part quelque temps auparavant de mon désir de partir de la maison. Mais Ghislaine était inquiète à propos de ma santé, autant physique que mentale… Je pense qu'elle me voyait encore comme une enfant malade, anorexique, phobique et fragile comme une poupée de porcelaine. Mais j'étais devenue plus forte avec le temps.

J'ai donc pris mon courage à deux mains, et j'ai répondu à mon père :

— Ben, c'est arrivé avant.

Et je me suis tue sur ces derniers mots, le laissant perplexe. Il n'était pas habitué à ce que je lui réponde. Il a bien pris quelques instants avant de reprendre une certaine contenance.

De mon côté, j'ai senti mes joues s'enflammer, et mes mains sont devenues moites d'un coup.

Je ressentais de la colère, une colère retenue et, en même temps, j'avais honte.

Honte de me laisser parler sur ce ton par mon père, moi qui venais d'avoir 17 ans, et de ne toujours pas être capable de lui dire ma véritable pensée.

Honte comme une enfant qui se fait gronder. Honte aussi de désirer quelque chose.

J'avais encore beaucoup de difficulté à m'affirmer, et à affirmer mes besoins, mes idées.

À affirmer qui j'étais, et où j'allais. Et j'allais droit devant, vers ma vie d'adulte.

Je n'y étais pas encore, mais j'y allais.

J'ai regardé mon père droit dans les yeux, et tout en serrant les poings pour me donner du courage, j'ai continué :

— En tout cas, si Rico peut pas venir coucher icitte, c'est moi qui vais partir !

Il m'a regardée avec une colère exacerbée et m'a hurlé, tout en postillonnant sur moi :

— Tu vas partir d'icitte quand t'auras 18 ans, tabarnak!

Son visage était rouge comme une pivoine, ses yeux, injectés de sang. Il me pointait toujours de son index, et je me retenais de mon côté pour ne pas pleurer et pour soutenir son regard le plus longtemps possible.

Mon père a baissé la voix un peu, mais je le sentais bouillonner à l'intérieur.

— T'as même pas de *job*, câlisse!

Il m'a adressé une grimace, comme pour se moquer de moi et m'exprimer son insatisfaction.

— On en reparlera quand t'auras une *job*. Quessé ça, ces histoires-là, à matin…

Ses yeux sont restés sur moi quelques instants, toujours avec sa même grimace, et il a fini par pivoter tranquillement vers le comptoir.

Il s'est dirigé vers son agenda, posé plus loin, et y a gribouillé quelque chose.

Je savais que c'était tout simplement pour clore la discussion.

Laissant tomber ses lunettes à côté de l'agenda, il a toussé un bon coup et s'est retourné en se passant la main dans les cheveux.

— Bon, a-t-il dit en se dirigeant dans ma direction.

Pourtant, il ne me regardait pas.

Se penchant au-dessus de la table, il a empoigné le litre de lait, qu'il a ensuite rangé dans le réfrigérateur. Mes yeux étaient humides et brûlaient, et j'ai jeté un œil vers ma mère, qui nettoyait le comptoir.

Papa est disparu derrière le mur, et j'ai écouté ses pas redescendre les escaliers qui menaient à son atelier de menuiserie. Des pas pesants, pleins d'amertume.

J'ai regardé à nouveau ma mère pour lui parler et j'ai remarqué qu'elle s'était arrêtée et semblait figée dans le temps. Son regard était vague ; elle regardait par la fenêtre, mais je crois qu'elle ne voyait rien… elle n'était plus ici.

— Maman ?

Ma mère s'est retournée d'un coup, et j'ai vu sur son visage une grande fatigue.

Pour la première fois, j'ai remarqué les quelques rides autour de ses yeux bleus, et celles autour de sa bouche, comme un souvenir de tous les sourires qu'elle nous avait faits, à ma sœur et moi.

Elle m'a fixée, dans l'attente de la suite.

J'ai senti la lumière entrer dans la cuisine au même instant, un rayon inattendu, comme la main d'un dieu du ciel qui caressait tendrement mon visage.

J'ai esquissé un petit sourire à cette pensée.

— Tu peux me faire un *lift* ?

Il y a un cimetière d'espoir,
dans tous les cieux égarés.
Là où on cherche à croire,
qu'on peut toujours rêver.
— Aline Viens

Chapitre 3

Au cœur de la ville se trouvait une boutique de vêtements usagés qui m'avait toujours attirée et où j'allais
parfois fureter.

J'ai donc demandé à ma mère de m'y conduire, avec l'espoir que la propriétaire serait peut-être à la recherche d'une
vendeuse à temps plein.

Mon père m'avait, sans le vouloir, mise au défi.

C'était maintenant décidé : j'allais me trouver un emploi
et un appartement, où j'irais vivre avec Rico. Enfin, j'irais
cueillir ma liberté. Loin de la discorde familiale.

C'était pour le mieux.

Ma mère n'a rien dit de toute la durée du trajet en voiture, et moi non plus. Nous étions muettes comme des
tombes, et je savais qu'elle avait probablement compris ce
qui se tramait dans ma tête.

Ma mère me connaît mieux que quiconque. Du moins,
c'était encore plus vrai à cette époque.

Je me souviens : je la regardais du coin de l'œil, dans
l'auto, et je sentais sa tristesse.

Ses yeux n'étaient pas comme d'habitude ; sa paupière
était légèrement tombante, comme résignée. Ça me faisait
de la peine de la quitter, mais j'en avais assez, je devais
partir.

Et une voix au fond de moi me disait que je faisais le bon choix.

Maman m'a laissée sur le trottoir, devant la boutique de vêtements. Je connaissais un peu la propriétaire, une jeune femme blonde et sympathique, et nous parlions souvent pendant une quinzaine de minutes quand j'allais y faire un tour.

Il m'arrivait même d'arrêter au passage et d'entrer uniquement pour lui dire bonjour.

Quand j'ai poussé la porte d'entrée, Natasha Murray m'a tout de suite fait un grand sourire.

— Salut Caro! Ça va? m'a-t-elle immédiatement lancé.

Son ton était joyeux, et ses yeux, rieurs; je me suis dit qu'elle ferait probablement une bonne patronne.

Jeune, dynamique, jolie, elle avait tout pour elle. J'avais entendu dire qu'elle n'avait que 24 ans.

Elle avait ouvert son commerce à l'âge de 20 ans, ce qui était assez exceptionnel et démontrait selon moi qu'elle était sûre d'elle et très confiante en général.

Bref, elle m'inspirait.

Natasha est sortie de derrière son comptoir et a marché vers moi en tendant les bras.

Nous nous sommes rapprochées et elle m'a serrée contre elle, me faisant la bise.

Puis, nous nous sommes regardées, et je me suis rendu compte qu'elle avait de minuscules taches de rousseur dorées sur le haut des joues ainsi que dans l'échancrure de son chandail rose.

— En quoi puis-je t'aider? m'a demandé Natasha, intéressée.

J'ai fait un petit sourire.

— Je me cherche une *job*, pis comme ici, c'est ma boutique préférée en ville, j'ai décidé de venir te demander en premier si tu cherchais quelqu'un, ai-je répondu.

Je lui ai fait un large sourire et un regard séducteur amplifié, qui l'ont fait éclater de rire.

Elle m'a donné une petite tape sur l'épaule, comme entre filles qui se taquinent.

— T'es drôle ! s'est-elle exclamée, et elle rit de plus belle.

Elle avait l'air d'aimer l'idée, cependant.

— Tu sais comment me prendre, hein ?

Elle m'a souri, révélant sa belle dentition.

Puis, elle m'a pris par le bras tout en me tirant vers le comptoir.

Elle m'a alors pointé une espèce de tiroir qui était sur une des tablettes.

— J'imagine que t'as jamais été caissière ?

J'ai secoué la tête, et j'ai cru voir qu'elle scrutait mon visage à la recherche d'une réponse. Peut-être se demandait-elle si j'aurais les compétences pour le faire ?

Toujours est-il qu'elle a lâché mon bras, et je l'ai observée tandis qu'elle se dirigeait rapidement de l'autre côté du comptoir auquel nous étions accotées.

Elle s'est alors mise à fouiller dans un espace bien rempli de son étagère, et j'ai détourné les yeux pour lui montrer que je ne voulais pas être indiscrète.

J'en ai profité pour jeter un œil sur tout ce qui se trouvait dans la boutique : il y avait partout des vêtements différents ; pas un morceau pareil. C'était assurément quelque chose qui me plaisait, ce côté qui rendait chaque élément unique parmi la masse !

J'avais toujours aimé les friperies; depuis le début de mon adolescence, j'allais à l'occasion faire une petite visite dans les quelques friperies que je connaissais, dont certaines à Montréal. Ma mère m'y amenait, car elle était comme moi une passionnée de la différence sous toutes ses formes.

Natasha m'a fait sursauter quand elle s'est de nouveau adressée à moi quelques instants plus tard.

— Bon, j'ai regardé mon horaire pis, c'est vrai que ça pourrait être intéressant d'avoir quelqu'un…, a-t-elle dit en levant un œil intéressé sur moi.

J'ai retenu mon souffle jusqu'à ce qu'elle poursuive, tout en serrant dans ma main un petit porte-clés en cuir brun sur lequel mon nom était inscrit, et que ma grand-mère m'avait rapporté de Floride quand j'étais petite. Il était un peu comme un porte-bonheur.

Ce petit bout de cuir représentait beaucoup pour moi, et je l'ai senti devenir chaud et humide au contact de ma main moite.

— J'ai de plus en plus de choses à faire, du magasinage pour la boutique deux fois par semaine, et j'ai plusieurs rénos à faire chez nous… Pis y'a les jeudis pis les vendredis soirs… Toi, t'es disponible à partir de quand? m'a-t-elle lancé en me regardant directement cette fois.

J'étais bouche bée d'avoir autant de chance, au premier coup. Mon pèlerinage à la recherche d'un emploi commençait et, déjà, on me proposait un travail!

J'ai regardé Natasha avec émotion.

— Pour de vrai? Tu me prendrais? lui ai-je fébrilement demandé.

Elle a souri, et m'a pointé à nouveau le tiroir-caisse.

— Je te montre tout de suite, pis tu commences dans deux jours, ça te va ?

Je l'ai regardée, les yeux pleins d'eau, et je lui ai répondu, la voix tremblante mais remplie de joie :

— Oui, ça me va.

Natasha m'a fait un signe de la main m'invitant à passer de l'autre côté du comptoir avec elle et, pendant une heure, elle m'a instruite sur les rudiments de la caisse.

J'étais tellement fière ! Je me sentais d'autant plus fière que c'était vraiment un endroit qui me plaisait, et je m'imaginais très bien y travailler.

Nous avons ensuite discuté un peu à propos de ce que je devenais, de mes projets personnels, de mes amours.

Elle m'a parlé de sa vie et de la boutique, qui était comme son bébé.

Je sentais qu'elle me faisait confiance et qu'elle croyait en mon potentiel de vendeuse. Elle en a profité pour me donner quelques conseils sur la vente, et d'autres en matière de mode pour réaliser de beaux assortiments vestimentaires.

Nous avions à la boutique une multitude d'accessoires à combiner avec les vêtements : des chapeaux, des ceintures, des bijoux, des souliers. Nous disposions donc de plusieurs éléments avec lesquels je devrais me familiariser, mais j'entrevoyais ce défi avec joie et excitation.

Je suis donc repartie de la boutique exaltée, ayant l'impression que j'avais réussi.

Je n'avais peut-être pas encore d'appartement, mais j'avais la chance de mon côté, et j'étais convaincue que le reste suivrait.

J'avais rendez-vous vers 10 h dans un café avec Rico, et quand je suis arrivée au P'tit Loup, à deux coins de rue de la boutique, il était déjà assis à une table et discutait avec la serveuse, une jolie brunette, qui m'a regardée avec un drôle d'air quand je me suis assise.

J'étais quelque peu habituée à ce genre d'accueil avec Rico, car il était, sans être un coureur de jupons, un grand séducteur.

Toutes les filles tombaient sous le charme de mon *chum*; je ne sais pas si c'était dans sa façon de les aborder et de savoir les mettre en valeur. Je n'ai jamais vraiment compris ce qui les attirait toutes comme des aimants. Mais ça marchait.

Et son teint basané et son accent espagnol plaisaient également à plus d'une.

Je ne peux évidemment pas dire que je raffolais de sa façon de faire avec les filles, mais j'endurais.

Je savais que malgré tout, j'étais celle qu'il avait choisie.

La serveuse m'a demandé si je prenais quelque chose, et j'ai commandé à mon tour un café.

Rico me fixait avec un drôle de sourire. Ses yeux étaient clairs et plus brillants que d'habitude.

Il avait l'air très en forme.

Cela faisait quelques jours que nous nous étions vus, et je l'ai regardé avec attention, passant au peigne fin tous les petits détails de son visage. Je l'ai trouvé beau.

Il a continué à me regarder quelques instants en souriant, et s'est finalement adressé à moi :

— Coudonc, t'es ben mystérieuse à matin, toi! T'arrives d'où?

Je lui ai enfin offert mon plus beau sourire.

— Devine, ai-je répliqué tandis qu'il me regardait de la tête aux pieds comme pour trouver une réponse.

— Ben là... De chez vous ? a-t-il risqué en faisant une petite grimace.

J'ai regardé ses cheveux, qui commençaient à être plus longs et lui donnaient un air légèrement plus rebelle. Ça me plaisait, ce style.

— Non, ai-je dit en cherchant mon paquet de cigarettes dans le fond de mon sac à main.

Je l'ai finalement trouvé, et je m'en suis allumé une, en tirant longuement sur ma première bouffée.

Elle a rempli mes poumons, et j'ai regardé Rico en souriant doucement à travers la fumée qui s'échappait de ma bouche. J'étais si excitée de lui apprendre la nouvelle que ça m'amusait follement de retarder le moment où je lui ferais part de mon plan.

— J'ai eu une idée, ai-je ajouté en faisant tomber la cendre dans le petit cendrier en aluminium.

Rico a froncé les sourcils.

— OK, c'est quoi, cette fameuse idée ? Tu veux partir en voyage ? m'a-t-il lancé, m'arrachant la cigarette des doigts pour en prendre lui aussi une bouffée.

— Non, pourquoi tu dis ça ? lui ai-je demandé avec curiosité.

Rico a haussé les épaules.

— Parce que... je sais pas, t'as l'air bizarre. Je me suis dit que tu planifiais sûrement quelque chose de gros, comme un voyage, a-t-il fini par dire.

Je lui ai souri à nouveau, et j'ai juste hoché la tête de gauche à droite, dévoilant toutes mes dents.

— Non, bien mieux. Un déménagement.

Son regard a fouillé le mien, et il a fini par demander :

— Avec moi ? Un appart ?

— Ben… Ça te tentes-tu ? On pourrait regarder pour un deux et demie ou un trois et demie, je sais pas. Quelque chose de pas trop gros, pas trop cher… Non ? ai-je demandé avec une hésitation dans la voix.

Sa réaction me faisait peur, et j'appréhendais maintenant sa réponse.

Son visage s'est brusquement fendu d'un immense sourire, et il s'est mis à rire.

— Pensais-tu que je voudrais pas ? s'est-il moqué, tandis que je comprenais qu'il avait essayé de me faire peur.

Je lui ai tiré la langue, et il a continué à rire en jetant un œil subtil sur la serveuse.

— T'es pas drôle, Rico Tremblay. Tu veux, oui ou non ? ai-je demandé sérieusement et un peu frustrée de m'être fait avoir.

Mon *chum* a finalement arrêté de rigoler et s'est penché au-dessus de la table pour m'embrasser fougueusement. Il avait une haleine de café et de tabac. Sûrement comme la mienne. Je lui ai rendu son baiser.

— C'est sûr que je veux, ma belle, m'a dit Rico en passant tendrement sa main dans mes cheveux. Si je pouvais, je serais tout le temps avec toi, pis tu le sais, a-t-il ajouté tandis que je touchais sa main du bout des doigts, pour ensuite la baiser doucement du bout des lèvres.

Ça me rassurait de savoir qu'il m'appuyait dans mon projet, et qu'il était d'accord pour me suivre.

J'ai expliqué à Rico mon entretien avec Natasha, et nous nous sommes réjouis, pendant quelques instants, à imaginer notre vie en appartement.

Je planifiais déjà ma décoration, et lui, les fêtes qu'on y tiendrait. Nous étions heureux et, surtout, très enthousiastes.

La serveuse est venue nous servir d'autre café tandis que se consumait ma quatrième cigarette.

Rico ne la regardait même plus tellement notre projet l'avait allumé. Je m'en suis secrètement réjouie, tout en faisant à la fille un petit sourire vainqueur.

— Eille toi, c'est tout ou rien, s'est exclamé Rico après que je lui eus raconté ce qui s'était passé ce matin avec mes parents.

Son visage s'est soudain assombri, et j'ai eu peur pour la suite.

— Mais… as-tu pensé à l'argent? Ça serait pas mieux de se trouver des colocs, qui pourraient payer avec nous autres? Parce que…

Et il a arrêté brusquement de parler.

— Parce que quoi? ai-je demandé, les yeux ronds.

Rico a baissé les yeux sur sa tasse, et j'ai senti qu'il me cachait quelque chose.

— Ben… prends-le pas mal, mais j'en avais déjà parlé à des amis. Pour aller en appart avec eux.

J'ai froncé les sourcils.

— Tu voulais partir sans moi? me suis-je empressée de demander, légèrement vexée.

Rico m'a fait des yeux piteux en prenant ma main de force.

— Mon amour, ça a pas rapport avec toi, c'est juste que je pensais pas que tu partirais dans pas long, pis moi, c'est de pire en pire avec ma mère. Je peux plus rester là, je vais virer fou, a terminé Rico en tentant de m'embrasser.

Je me suis tassée, et Rico a de nouveau regardé sa tasse de café.

J'ai pris une grande respiration, car je détestais qu'on me cache des choses, d'autant plus quand il le faisait. Et il le savait.

— Qui ? ai-je demandé anxieusement.

Je l'ai regardé en plein dans les yeux pour m'assurer qu'il ne me mentirait pas.

— Piché, m'a lancé Rico. Lui non plus, ça va pas bien avec sa mère, pis il vient de se trouver une *job* dans un resto. Il m'a parlé d'un autre gars avec qui on aurait pu déménager.

J'ai attendu qu'il me dise de qui il s'agissait, mais Rico fouillait maintenant dans ses poches de manteau, qu'il s'est mis à vider sur la table. Cette dernière n'a pas tardé à être jonchée de vieux papiers froissés, de monnaie, de papiers de gomme à mâcher, de papiers à rouler et de mouchoirs souillés.

J'ai regardé son bazar pour ensuite lever les yeux sur lui, qui cherchait parmi ses débris.

— Euh… Qu'est-ce que tu fais ? l'ai-je finalement questionné après plusieurs secondes d'attente.

— Je cherche son numéro, je vais l'appeler tout de suite, m'a lancé Rico.

— Mais qui ? ai-je demandé, impatiente.

Il avait le don de m'énerver, comme un gamin qui prend plaisir à faire enrager sa mère.

— Émile Deschamps, m'a dit Rico en trouvant enfin son numéro sur un bout de papier cartonné bleu.

Je me suis arrêtée de respirer, comme surprise. Émile Deschamps ?

C'était un gars avec qui j'étais allée à l'école secondaire, plutôt timide, et qui, je ne sais pourquoi, m'avait toujours intriguée.

Peut-être à cause de ses yeux de saint-bernard, comme j'aimais dire ; des yeux légèrement tirés vers le bas, qui lui donnaient une perpétuelle impression de tristesse.

Ou de ses *dreadlocks* tirant vaguement sur le roux. Je ne sais pas. Il m'intriguait, tout simplement.

J'ai demandé à Rico si Émile cherchait un appartement pour bientôt.

— Je sais pas. Sûrement pour ce mois-ci, ou le prochain.

J'ai pris une bouffée de ma cinquième cigarette tout en soufflant sur son visage, pour le provoquer.

Rico a grimacé et m'a fait un signe de tête, me signifiant qu'il n'appréciait pas mon indélicatesse. Je voulais surtout qu'il m'écoute.

— Dis-lui que ça serait pour la semaine prochaine, ai-je annoncé.

Il a levé un sourcil.

— T'es sérieuse ? m'a demandé Rico, l'air légèrement paniqué.

Je me suis penchée vers lui, les deux mains appuyées sur la table, et j'ai commencé à parler en baissant considérablement la voix :

— Rico, je resterai pas là certain, pas après ce matin ! ai-je dit sur un ton agressif et impatient. Viens donc rester chez nous quelques semaines pour voir, pis tu m'en reparleras!

Je l'ai fixé intensément pendant quelques secondes, jusqu'à ce que je remarque derrière lui une femme, assise un peu plus loin, qui me regardait avec un air outré.

Je l'ai fixée à mon tour, et elle a fini par détourner son regard pour le reposer sur son journal, grand ouvert sur sa table.

— Es-tu malade, toi? s'est esclaffé Rico, me sortant de ma transe.

Il m'a adressé un énorme sourire, un brin haïssable.

Je lui ai répondu par un petit sourire en coin complice.

— J'aime bien mieux aller vivre avec toi... Je suis sûr qu'on va être bien, pis ça va être *cool* avec Piché pis Émile; sont pas stressants comme gars, avoue, a-t-il fini par me dire.

Il s'est approché de mon visage et m'a embrassée à nouveau.

Puis, nous nous sommes levés et nous avons quitté le café, bras-dessus bras-dessous, tels deux enfants heureux et insouciants, prêts à affronter le monde invitant des adultes.

*Je t'avais préparé un coin, puis
je t'ai aperçu au bout du chemin.
Je t'aurais reconnu les yeux fermés ;
car toute ma vie, à toi j'avais rêvé.*
— Aline Viens

Chapitre 4

Une semaine plus tard, nous emménagions déjà tous ensemble, dans notre nouvel appartement.

Je venais d'avoir une semaine ultra-chargée, remplie d'une multitude d'événements qui m'avaient laissée épuisée ; autant mes premières journées de travail (bien que j'adorasse mon nouvel emploi), que la recherche du logement, suivie de la signature du bail à tour de rôle avec nos parents, puisque nous étions tous mineurs.

J'avais également mis beaucoup de temps à la préparation de mes boîtes d'effets personnels à la maison, et il régnait une ambiance désagréable chez mes parents, qui accentuait davantage mon envie de quitter définitivement l'endroit.

Ma mère m'avait beaucoup aidée à finaliser mes préparatifs et se montrait très coopérative quant à mon déménagement. La journée venue, j'ai embarqué mes choses dans sa fourgonnette, et nous avons fait quelques voyages de boîtes, ainsi que de meubles.

Quand nous avons finalement quitté la maison avec mes dernières boîtes, j'ai entendu le silence prendre place avec nous dans le véhicule.

Arrivées sur les lieux de mon nouveau chez-moi, j'ai aperçu un camion blanc qui reculait sur le côté du bloc. J'ai reconnu le père de Rico au volant, et je l'ai salué d'un petit signe de la main avant d'entrer, accompagnée de ma mère.

Un grand escalier montait à notre logis, au bout duquel se trouvaient la salle de bain et un couloir.

La cuisine et ce qui ferait office de salon se trouvaient à gauche.

Il y avait également dans ce même salon une seconde porte, qui s'ouvrait sur un balcon qui longeait l'arrière du bâtiment et communiquait avec celui du logement d'à côté.

Le couloir s'étendait ensuite vers la droite, et deux portes ornaient son côté droit, donnant accès aux chambres de nos colocs.

Ce même couloir se terminait sur une grande pièce au bout, toute vitrée, qui surplombait la rue principale et nous servirait de chambre, à Rico et moi.

Ma mère semblait quelque peu perturbée, et elle s'est soudain figée à l'entrée de ma chambre, détaillant la place. Je sentais sa nervosité et son émotion.

Il y avait beaucoup de bruit dans l'appartement, et j'entendais mon *chum* qui parlait dans l'entrée, tout en bas des escaliers.

Ça me faisait drôle de penser que c'était notre chez-nous, notre nid.

J'étais fière et, en même temps, un peu secouée moi-même. Mais j'essayais de ne pas montrer à ma mère ce côté de moi qui ressentait tout de même une certaine insécurité quant à mon avenir.

Je ne voulais pas qu'elle s'inquiète davantage.

Je lui ai fait un large sourire, pour lui faire sentir que tout allait bien et que je maîtrisais désormais la situation.

Un bruit venant des escaliers a alors retenti, nous faisant sursauter.

Ma mère et moi avons tourné la tête en même temps vers l'endroit d'où provenait le son, pour nous apercevoir qu'il s'agissait de Guillaume, qui transportait une petite table en bois qu'il cognait sans faire exprès sur les murs tout en avançant.

Il m'a regardée et m'a adressé un mouvement de tête en guise de salutation, et je l'ai salué à mon tour.

Marchant dans notre direction, il a finalement pénétré à l'intérieur de sa chambre, à côté de la mienne. Je l'ai entendu s'affairer quelques instants, et le son d'une petite radio portative a alors brisé le silence.

Guillaume était aussi un ancien camarade d'école, artiste à ses heures, qui était plutôt timide. Il me faisait penser à un enfant. Plutôt grand, les cheveux bruns, les bras trop longs pour son corps ; il avait toujours les joues rougies et possédait plusieurs tics nerveux.

Je savais qu'il était un ami de Rico, mais sa présence ici me surprenait un peu. Il était très différent de nous ; plus solitaire et plus timide. J'avais du mal à l'imaginer vivre avec des gens comme nous, qui étions constamment entourés d'amis.

Mais apparemment, il avait choisi d'expérimenter la vie en notre compagnie.

— Tu penses que les deux autres gars sont vraiment fiables, Guillaume pis Émile ? m'a alors demandé ma mère, innocemment.

Je l'ai regardée en arborant une expression outrée, les yeux exorbités, et lui pointait la chambre de Guillaume pour

lui signifier de faire attention à ses propos. Il pouvait clairement nous entendre au-delà du son de sa radio.

— Ben quoi, a répliqué ma mère sur un ton défensif. Je
connais bien sa mère, au p'tit Piché, mais l'autre gars,
je connais pas ses parents, pis je sais même pas d'où il
vient !

J'ai roulé mes yeux, voulant lui montrer mon exaspéra-
tion. C'était bien ma mère de s'inquiéter comme ça.

J'ai ouvert la bouche pour lui répondre que je ne le
connaissais pas beaucoup et que je le croyais tout de même
fiable mais, au même instant, Émile est apparu en haut des
escaliers.

Mes yeux se sont immédiatement rivés sur son visage,
que je n'avais pas vu depuis un bon moment.

Émile Deschamps n'était pas un garçon qu'on pouvait à
première vue qualifier de beau.

En fait, son physique avait même quelque chose de totalement banal. À part ses *dreadlocks* châtain-roux, il n'avait
rien de particulier, ni même de mémorable.

Pourtant, en le revoyant, avec son regard pénétrant qui
me fixait du haut des escaliers, je me rendais compte que je
n'avais rien oublié de ses traits.

Et qu'il m'intriguait toujours autant qu'avant.

Nous nous sommes dévisagés pendant un instant qui
m'a paru durer une éternité, puis Émile a tourné le coin
qui menait à la cuisine.

Ma mère regardait dans sa direction, et j'ai senti qu'elle
analysait ce qu'elle avait perçu de lui.

— Je pense pas que c'est un gars à trouble. Depuis le
temps que je le connais, je pense que je l'ai jamais entendu
parler…, ai-je ajouté, me demandant ce qu'elle pensait.

Ma mère a pris un air perplexe pour ensuite consulter sa montre.

— Ça a plus l'air d'un gars tranquille qui va faire ses petites affaires de son bord… ai-je enchaîné.

Ma mère a approuvé de la tête et m'a touché la joue tendrement en souriant légèrement.

— Il faut que j'y aille, Caro. Ton père va m'attendre, pis tu le connais… Il était déjà furax que je sois venue t'aider ce matin, a-t-elle murmuré.

Elle s'est approchée de moi, et j'ai senti son odeur indescriptible, qui me plaisait tant.

J'en ai pris une grande bouffée, pour les fois où cette odeur me manquerait dans les prochains jours de ma nouvelle vie.

— Merci pour tout, maman, ai-je chuchoté en la serrant dans mes bras, un peu triste, mais tellement heureuse de passer à une prochaine étape de mon existence.

Je l'ai regardée partir par la fenêtre en lui envoyant la main, comme quand j'étais petite et qu'elle allait travailler.

Son véhicule a disparu au loin, lentement, hors de mon champ de vision.

※❀※

Le lendemain, j'avais presque terminé de ranger toutes mes choses.

J'avais mis beaucoup de temps à peaufiner mon espace, le rendre beau, à mon goût.

L'emplacement des meubles me plaisait, et notre lit était presque collé contre la fenêtre, qui partait pratiquement du plancher pour monter vers le plafond.

C'étaient vraiment de gigantesques fenêtres, qui couvraient la devanture ainsi que tout le côté droit de la bâtisse, et quand les stores étaient ouverts, nous avions presque l'impression de pouvoir sauter dans le vide. C'était superbe.

Je m'étais donc endormie, pour ma première nuit, en regardant par la fenêtre les lumières de la ville ; celles des lampadaires et des commerces environnants. De toute beauté, et tellement différent de tout ce que j'avais connu auparavant !

Quand je me suis réveillée le matin suivant, dans mon nouveau logement, j'ai regardé à côté de moi pour secouer Rico, mais il était déjà parti.

Il avait été embauché à l'épicerie comme emballeur quelques jours avant, et c'était sa première journée de travail. J'avais oublié.

Levant alors les yeux vers l'horloge, j'ai constaté qu'il était presque midi. Je me suis étirée, et après avoir flâné quelques minutes en regardant les passants par la fenêtre, je me suis levée et je me suis habillée rapidement.

Tous mes gestes me semblaient étranges ; après les avoir accomplis tant de fois dans le même endroit pendant des années, je me surprenais à les faire comme si c'était la toute première fois de ma vie.

J'ai souri en pensant que ma mère se sentait sûrement aussi désorientée de son côté.

Il n'y avait personne dans la cuisine quand j'y ai mis les pieds, et j'ai jeté un œil curieux vers les chambres de mes colocataires. Celle de Guillaume semblait vide. La porte était légèrement entrouverte, et aucun bruit n'en provenait.

Celle d'Émile, par contre, était fermée, et sans pouvoir dire pourquoi, j'ai eu l'impression qu'il était à l'intérieur.

Peut-être dormait-il ? J'ai opté pour cette hypothèse, et j'ai tenté de faire le moins de bruit possible.

Je me suis fait des rôties, et j'ai bu un jus d'orange tout en écoutant la télévision à bas volume. Comme il n'y avait rien d'intéressant, je me suis finalement lancée dans la lecture, profitant de ma deuxième journée de congé pour me reposer enfin un peu.

Les événements des derniers jours m'avaient éreintée, mais je me consolais en pensant que j'étais maintenant installée ; c'était fait, et je pouvais dorénavant déployer toutes mes énergies à me reconstruire une vie sur mesure, avec Rico, et sans mes parents.

Je travaillais cinq jours par semaine, parfois même plus quand Natasha avait besoin de davantage de temps pour accomplir ses activités personnelles.

J'avais calculé que j'aurais suffisamment d'argent pour bien vivre ; payer ma part de loyer, manger, et m'acheter un peu de vêtements à la boutique, question de profiter un peu de la remise que j'avais là-bas.

Je m'étais d'ailleurs procuré quelques pièces dès la première semaine, comme cette longue robe noire que j'avais sur le dos ce matin-là et qui m'allait vraiment comme un gant. Je l'ai repliée sous moi pour me recroqueviller sur le divan, en petite boule, et faire mon brin de lecture.

Cela faisait bien deux heures que je lisais dans cette même position quand un bruit subtil m'a fait lever les yeux vers son origine.

Émile se trouvait dans l'entrée du salon, les deux mains dans les poches de son jeans, et me regardait.

Je lui ai adressé un petit sourire, mais son visage n'a pas cillé.

J'ai attendu quelques secondes, mais comme il ne bougeait toujours pas et ne me parlait pas, je suis retournée à mon activité.

C'est bien évidemment ce moment-là qu'a choisi Émile pour s'adresser à moi, me faisant faire un bond.

— Pis, c'est comment à la boutique ? m'a-t-il demandé, encore impassible.

J'ai levé les yeux à nouveau vers son visage, tout en essayant de dissimuler le fait que je scrutais attentivement chaque petit détail qui le composait.

C'était la première fois que je remarquais ses yeux cernés. Le contraste entre les creux foncés et bleutés et sa peau blanche était frappant. Je ne pouvais plus en détacher mes yeux.

J'ai entendu sa question avec un décalage, et j'ai essayé de m'y accrocher pour revenir à la réalité.

La lumière crue du salon éclairait sa chevelure, qui semblait sous son voile encore plus rousse que d'habitude.

Je me suis redressée pour mieux lui répondre.

— Heu…, ai-je commencé timidement.

Émile a penché la tête comme pour mieux m'écouter. Toutefois, son expression n'a pas changé. Il demeurait imperturbable.

À cet instant précis, je me suis vraiment sentie intimidée par son étrange attitude, que j'avais de la difficulté à comprendre et à analyser.

J'ai quand même continué ma phrase en y mettant de l'enthousiasme.

— C'est *cool*…, ai-je dit sur un ton joyeux. C'est un genre de friperie, avec plein de trucs pas chers ; il y a même du linge pour les gars, si jamais ça te tente de venir voir ça.

Je rougissait d'en avoir dit autant.

Émile est entré dans la pièce et s'est avancé vers moi. J'ai senti tout mon corps se raidir, involontairement.

Mais il a bifurqué vers la cuisine, passant à côté de moi et me laissant une brise de son odeur corporelle. Ça sentait la lessive propre, et une autre odeur, aussi… le *pot*? Je n'aurais pu en être certaine, mais ça ne m'aurait pas étonnée.

Il est allé directement au comptoir de la cuisine et a mis un chaudron avec de l'eau sur l'élément de la cuisinière, qu'il a allumé.

Je l'observais toujours; comme il n'avait pas répondu à ma question, ni même d'ailleurs démontré un quelconque intérêt pour mon propos, je commençais sérieusement à me questionner sur ses facultés en matière de communication.

À l'évidence, ou il n'aimait pas discuter, ou il ne m'aimait pas. Un des deux.

Ou les deux.

Alors seulement, il s'est retourné vers moi.

— C'est pas vraiment mon genre, a-t-il lancé de sa voix plutôt basse et sans émotion.

J'étais tellement rendue plus loin dans mon questionnement que je n'ai pas compris le sens de sa réponse.

— Ton genre de quoi? ai-je demandé, intriguée.

Émile s'est assis à la table ronde qui meublait le centre de la cuisine.

— Ben… mon genre de place, a-t-il précisé.

Il ne souriait toujours pas et ne démontrait aucune émotion qui m'aurait indiqué qu'il prenait plaisir à converser avec moi. Rien.

J'étais de plus en plus mal à l'aise, et j'ai décidé que j'en avais eu assez de cette attitude qui me déplaisait au plus haut point.

Après tout, il avait le droit de profiter de la cuisine en paix si tel était son désir. Je n'allais pas l'en empêcher.

J'ai refermé mon livre, qui était à plat sur le divan à côté de moi et, l'empoignant rapidement, je me suis levée en me dirigeant vers le couloir assombri qui menait à ma chambre.

Émile s'est levé si brusquement de sa chaise que je l'ai vue vaciller, comme si elle allait tomber à la renverse.

Le bruit strident des pattes de bois crissant sur les tuiles nous a figés tous les deux, et j'ai arrêté immédiatement ma progression vers le couloir, dévisageant malgré moi Émile.

Il était debout, le bras tendu vers une chaise face à lui.

— Tu veux pas t'asseoir ? a-t-il balbutié d'une voix mal assurée.

Un silence profond habitait la pièce, et Émile semblait si désappointé que je me suis approchée doucement pour ne pas le brusquer, et j'ai tiré la chaise vers moi, m'y installant lentement.

Il s'est lui aussi assis, et nous nous sommes regardés avec intérêt pour une première fois.

J'ai enfin senti que ses yeux me voyaient telle que j'étais. Et à ce moment précis, j'étais surtout intriguée par ses agissements, qui me laissaient de plus en plus mitigée quant à sa personnalité.

Chose certaine, il n'était pas comme tout le monde. Cependant, j'avais toujours aimé les gens différents.

L'eau bouillait, et j'ai jeté un œil sur le tunnel de vapeur qui sortait du chaudron et qui emplissait la cuisine d'humidité.

— Il est où, Rico ? s'est enquis Émile.

Je fixais toujours l'eau qui bouillait, et j'ai ramené mon attention sur lui, qui m'observait avec intérêt. Il semblait vraiment attendre ma réponse.

— Il travaille, aujourd'hui…, ai-je répondu calmement.

Émile a hoché la tête et m'a souri pour la première fois. Ses yeux devenaient tout petits quand il souriait.

De le voir révéler son premier sourire m'a donné envie de lui répondre par la même chose, ce que j'ai fait.

— Toi, tu travailles pas ? ai-je risqué.

— Pas encore, m'a annoncé Émile, toujours souriant. Mais ils sont censés m'appeler cette semaine pour me dire si j'ai la *job*.

J'ai acquiescé de la tête, et il a continué :

— Pour un resto ; j'connais un gars qui travaille là, il est censé me faire rentrer.

Émile a pris un mégot de joint qui se trouvait dans le cendrier au centre de la table et, sortant son briquet de sa poche, l'a rallumé. Il en a pris une longue bouffée, qu'il a inhalée longuement avant de la souffler doucement vers sa droite.

Je me suis aventurée à faire une première observation, tout en testant son sens de l'humour.

— J'suis pas certaine que ce soit une bonne idée, ai-je commencé à dire, esquissant un début de sourire dans sa direction alors qu'il toussotait.

Émile a froncé les sourcils en examinant mon visage.

— Ça fait presque 10 minutes que ton eau bout, et t'as toujours pas mis tes pâtes dedans… Ça va être beau au resto ! me suis-je moquée gentiment.

Émile a jeté un œil affolé sur son chaudron tandis que j'éclatais de rire et, quand il m'a regardée à nouveau après y avoir ajouté ses pâtes, il s'est mis à rire avec moi ; l'ambiance s'est considérablement détendue.

On a discuté quelques minutes et je me suis rendu compte qu'il était plutôt sympathique, comme gars.

Émile m'a raconté qu'il se souvenait bien de moi au secondaire, et que je démontrais à l'époque une attirance évidente pour son meilleur ami Éric.

— N'importe quoi ! me suis-je exclamée sans vouloir lui révéler qu'en réalité, c'était probablement lui que je reluquais.

— En tout cas, c'est ce qu'il m'a dit, m'a confié Émile, et nous avons continué de discuter de nos années du secondaire.

À peu près une demi-heure plus tard, nous étions comme deux vieux amis plongés dans nos souvenirs, et je le trouvais de plus en plus agréable.

Alors qu'il venait d'évoquer un moment cocasse dont je me rappelais bien, et que je riais à gorge déployée comme une gamine, nous avons entendu la porte d'entrée claquer et des pas monter rapidement les escaliers.

J'ai arrêté de rire pour pouvoir accueillir notre visiteur, mais quelle ne fut pas ma surprise de me trouver face à face avec Rico, qui nous observait d'un air louche.

Nous avons échangé un regard, et Rico a observé Émile, qui finissait de préparer son repas, dos à nous, face au comptoir.

Quand Émile s'est finalement retourné, il était légèrement rouge à cause de la chaleur de la cuisinière, et Rico s'est avancé vers lui.

Se penchant au-dessus de la table de cuisine, il lui a tendu une main ferme, qu'Émile a serrée.

— Ca va, *man*? a demandé Rico, un peu essoufflé.

Ils se sont souri amicalement, et Émile m'a alors surprise par sa réponse.

— Ben ouais, j'étais en train de *cruiser* ta blonde, a-t-il affirmé avec un petit sourire rapide dans ma direction.

Je me suis sentie rougir jusqu'à la racine des cheveux.

Mon *chum* a alors adressé à Émile un faux air menaçant et lui a montré son poing.

— Essaye pas, a-t-il dit sur une note dramatique.

Émile a levé le menton vers lui, et ils se sont souri à nouveau.

— J'te casserais ta p'tite gueule de rouquin, a continué Rico en accentuant sa prononciation espagnole.

J'ai examiné mon *chum*, et je l'ai trouvé différent. Comme... compétitif.

Se sentait-il menacé par quelque chose?

Ses yeux ont descendu sur moi, qui étais toujours assise, et il m'a demandé si j'avais mangé.

J'ai regardé l'heure, et j'ai vu qu'il était déjà 17 h.

Deux heures avaient passé depuis le début de notre conversation, à Émile et moi. Ça m'avait pourtant paru un court moment.

— Non, ai-je répondu à Rico. J'avais pas vu l'heure... Toi, t'as mangé quelque chose au travail? lui ai-je demandé tout en lorgnant du côté d'Émile, qui venait de s'installer à la table avec son assiette de pâtes.

— Non, m'a dit Rico. Je voulais attendre d'être avec toi.

Il a souri, et j'ai vu du coin de l'œil qu'Émile me regardait.

— Viens-t'en, s'est exclamé Rico sur un ton semi-pressé tout en me tirant par le bras.

Je me suis levée prestement, et j'ai ramassé mon livre qui traînait sur la table tout en jetant un œil subtil sur Émile, qui mangeait.

Avant de quitter la pièce, je lui ai lancé un « bon appétit » dans l'espoir qu'il me réponde.

Je voulais lui faire un petit signe, au moins pour m'excuser de mon départ précipité, et pour lui signifier que j'avais grandement apprécié notre conversation.

Mais il ne m'a pas répondu.

Et s'il est encore tôt pour une fonte, une rupture
Se veut une règle propre ou le credo de la nature
Est le plus fou un sage qui navigua jusqu'à mon île
Et provoqua la rage de la débâcle d'avril
— Aline Viens

Chapitre 5

Décembre est arrivé très vite, avec la neige, le froid et la féérie de Noël.

Il y avait également tout un phénomène autour du 31 décembre, où le siècle basculerait pour faire place à un tout nouveau millénaire.

On racontait toutes sortes d'histoires à propos de cette journée fatidique ; par exemple qu'il y aurait un gros bogue qui ferait planter tous les systèmes informatiques du monde.

Tout ça à cause de la programmation générale des systèmes, prétendument inadaptée pour supporter un changement de millénaire en son sein... Bref, il régnait une espèce de panique générale dans l'atmosphère, et ça se sentait partout, autant dans les maisons que dans les commerces.

À la boutique, c'était assez occupé. Nous avions affiché plusieurs spéciaux, et je faisais beaucoup d'heures, plus que la normale.

Natasha semblait assez satisfaite de mon rendement, et nous nous entendions également bien, toutes les deux.

De ce côté, tout allait très bien.

J'avais surtout des difficultés dans mon couple.

Depuis que nous reformions un couple, Rico et moi, ce n'était plus comme avant.

Plusieurs choses me dérangeaient par rapport à ce qu'il avait vécu de son côté durant nos six mois de séparation.

Lui aussi me reprochait certains choix que j'avais pris et d'avoir fréquenté certaines personnes.

Nous avions constamment des discussions désagréables à propos du passé, et de ce qui avait déjà été fait. Nous ne pouvions ni un ni l'autre changer ces éléments, qui faisaient dorénavant partie de nos vies, même s'ils appartenaient au passé.

Mais ni Rico ni moi n'arrivions à composer avec cette réalité.

Aux alentours du 15 décembre, nous nous sommes finalement accordé une pause, d'autant plus que la condition de notre vie de couple ne cessait de se dégrader. J'étais à bout de nerfs, et lui aussi.

Nous avions convenu que ce n'était pas une séparation, mais bien une pause. Nous devions être en mesure de nous remettre de tout ça, du passé, ou simplement d'analyser ce qui était le mieux pour nous deux, à ce stade-ci de nos vies.

En réalité, je n'étais pas si triste ; plus… déçue.

J'aurais vraiment aimé que tout soit facile, et que nous puissions simplement reprendre le cours de notre histoire d'amour sans que d'autres choses interviennent entre nous et nous laissent constamment amers.

La veille, Rico n'était pas rentré coucher, et je m'étais brièvement demandé où il était, mais sans plus. Je ne le croyais pas capable d'infidélité, pas encore.

Il semblait encore accroché à moi et me démontrait toujours d'une certaine façon qu'il était encore amoureux.

Cependant, je me doutais bien de l'issue de notre pause.

Nous savions bien tous les deux qu'on ne pouvait pas jouer à ce genre de jeu bien longtemps.

Du moins, pas sans conséquence.

Je n'étais plus certaine de mon côté des sentiments que j'éprouvais pour lui, bien que je tinsse assurément à sa personne et à son amitié.

Rico était un gars très drôle et très ouvert. Rien ne semblait le déranger. Il était toujours au-dessus de ses moyens, et n'avait peur de rien ni personne.

Ayant été adopté à l'âge de cinq ans par des parents québécois anglophones, il avait en lui une grande force de caractère, qui, j'en étais convaincue, l'amènerait loin. Il était habitué aux jugements que les gens portent sans cesse sur la différence. Ça l'avait rendu plus fort, indéniablement.

Pourtant, il portait quand même une grande fragilité, cherchant à travers le temps son appartenance à un groupe. On aurait dit qu'il ne se sentait nulle part chez lui. Je l'avais remarqué en apprenant à le connaître.

Mais c'était quelqu'un de bien, et dont la présence était très agréable.

La seule ombre au tableau se trouvait probablement dans mon cœur.

Et je commençais à y voir plus clair.

❧

Quelques jours avant Noël, j'étais au travail, et j'ai cru apercevoir Rico passer en face de la boutique, sur le trottoir opposé de la rue principale.

Comme j'étais loin dans le local, je me suis rapprochée de la porte d'entrée, et je l'ai scruté attentivement alors qu'il déambulait, accompagné d'une jolie brunette dans le cœur de la ville.

J'ai observé la fille, que je n'avais jamais vue avant ; elle était plutôt grande, les cheveux bruns aux épaules, et portait un long manteau gris. Elle semblait avoir un joli visage, tout en douceur.

Ça me faisait étrange de les regarder marcher, côte à côte mais, en même temps, j'étais plutôt contente que Rico se soit fait une nouvelle amie. C'était probablement seulement amical, mais je me suis tout de même préparée à toute éventualité.

Nous avions organisé une petite fête à l'appartement, ce soir-là, et j'avais très hâte de rentrer. La journée me paraissait interminable.

Plusieurs de nos amis avaient confirmé leur présence : Samuel DeBoeck, originaire de Belgique, que j'aimais beaucoup pour son écoute et pour la confiance qu'il m'accordait, visiblement, puisqu'il me racontait sans cesse ses histoires de cœur toujours plus compliquées les unes que les autres.

Les frères Soulard, Mikaël et David, des Suisses qui habitaient au Québec depuis quelques années, et qui seraient accompagnés de Sandra, la petite amie de David. Elle était plutôt sympathique, bien qu'un peu plus jeune que nous. Mais j'apprenais tout de même à la connaître.

Une amie colombienne avec qui j'étais allée à l'école, et qui était aussi une amie de longue date de Rico, Séléna Provost, m'avait également juré qu'elle viendrait. Ça faisait un bout de temps que je l'avais vue, et l'idée de sa présence me réjouissait grandement. Elle était très spéciale et avait une âme d'artiste, comme moi. On se comprenait au-delà du langage.

Sans oublier Simon, mon cousin le plus proche, qui passait beaucoup d'heures chez moi depuis que j'avais emménagé en ville. Nous avions toujours eu une bonne chimie, lui et moi, et encore plus en vieillissant. J'appréciais beaucoup sa présence, et il me faisait rire.

Et bien sûr, il y aurait nous, résidents de l'appartement : Rico, Guillaume, Émile et moi.

J'étais très excitée à l'idée de voir tous mes amis. Mais j'étais surtout excitée de rentrer à la maison pour y retrouver Émile.

Depuis quelques semaines, il s'était produit quelque chose d'étrange entre lui et moi ; une relation s'était installée. D'amitié, certes. Mais je ne pouvais pas me cacher qu'il provoquait chez moi autre chose, que je n'arrivais pas à identifier.

Une fascination, une attirance. Un désir quelconque.

Le désir d'en savoir plus.

Il m'intriguait, et je n'arrivais toujours pas à comprendre son étrange personnalité.

Parfois, je revenais de travailler et je sentais presque qu'il m'attendait.

Il rôdait souvent autour de moi, indirectement, et il m'arrivait régulièrement de le surprendre à me regarder à des moments inattendus.

Avec Rico dans les parages, je n'osais pas vraiment montrer moi-même un intérêt, d'autant plus que j'ignorais, au fond, mes sentiments par rapport à Émile.

Tout ce que je savais, c'était qu'il me manquait quand je partais travailler. Et que j'y pensais souvent, très souvent.

Il m'était même arrivé de rêver à lui, récemment. Des rêves que je n'aurais racontés à personne... Mais qui me hantaient parfois, le matin levé.

Plusieurs fois par jour, à la boutique, je me postais à la porte, et j'observais les passants ; toujours un peu dans l'espoir de voir arriver Émile et de l'inviter à venir passer quelques instants avec moi à l'intérieur.

Mais je savais au fond de moi qu'il n'arrêterait pas. Ce genre d'endroit n'était pas son style, et il était plutôt casanier. J'avais remarqué qu'il passait le plus clair de son temps à l'appartement lorsqu'il n'était pas au travail. J'ignorais tout, par contre, de ce qu'il y faisait.

J'avais par ailleurs remarqué qu'il dessinait très bien ; j'avais vu quelques-unes de ses créations traîner dans sa chambre en passant devant la pièce.

Les dessins d'Émile portaient en eux un style unique et légèrement lugubre. Des personnages tout droit sortis de contes, de légendes et de mythes. Parfois des monstres ou des créatures étranges. Mais toujours cette même ambiance sournoise de peur et de menace.

Ça me fascinait à quel point Émile se révélait dans ce qu'il créait artistiquement… On aurait dit qu'à travers son art, je percevais mieux qui il était. Un gars aux prises avec plusieurs démons intérieurs, qu'il tentait de combattre ; comme en témoignaient les personnages de ses œuvres.

Je pensais à tout ça, ce soir-là, tout en marchant vers mon appartement dans le froid de décembre.

Les rues étaient désertes et, pourtant, il y avait probablement eu cette journée-là des records de ventes et d'achalandage dans les magasins de la ville.

Mais alors que je marchais, seule, et que je regardais au passage les vitrines et les bâtisses illuminées de la ville, je me disais qu'Émile m'avait encore trop peu montré de sa personne et de son âme. Et que j'en voulais plus, assurément.

Je suis finalement arrivée chez moi, et j'ai ouvert la porte. Elle n'était pas verrouillée.

J'ai levé les yeux vers le couloir, et j'ai vu Émile passer, comme s'il sortait de sa chambre. Il m'a souri, et je l'ai suivi des yeux tandis qu'il pénétrait dans le salon, d'où provenaient plusieurs voix entremêlées. J'ai reconnu celle de mon amie Séléna, qui parlait plus fort que les autres et avec un fort accent espagnol.

J'ai souri sans m'en rendre compte, et c'est là que je l'ai vu. Son long manteau gris.

J'ai à nouveau regardé en haut des marches, pris une bonne inspiration, et je suis montée.

Il y avait une dizaine de personnes installées dans le salon et la cuisine et, tournant la tête vers la droite, j'ai remarqué qu'il semblait y en avoir d'autres dans la chambre de Guillaume, d'où provenait une musique électronique en sourdine.

J'ai immédiatement repéré Rico et la fille, qui étaient collés sur deux chaises, plus loin, entre le salon et la cuisine. La fille avait la tête penchée vers lui et l'écoutait parler avec attention, tout en riant de temps en temps. Je savais que Rico m'avait vue, mais nous faisions tous les deux comme si l'autre n'était pas là, pour ne pas nous brusquer.

Séléna était assise sur le long divan, complètement à gauche, à côté de David ; elle m'a fait un signe de la main, puis a continué de lui montrer des croquis qu'elle avait faits dans un grand carnet. Sandra, la petite amie de David, se trouvait debout devant son amoureux, dévisageant légèrement Séléna. On aurait dit qu'elle faisait semblant d'écouter la conversation entre Mikaël et Samuel, qui se trouvaient également à l'autre extrémité du meuble beige.

L'appartement semblait vraiment désordonné, et je me suis demandé ce qu'aurait pensé ma mère si elle avait vu tout ça.

J'ai parcouru des yeux la table de salon qui faisait face au divan, et j'ai été stupéfiée par le nombre de bouteilles de bière qui s'y trouvaient. Le cendrier de poterie que ma mère m'avait donné il y avait de cela quelques années et qui datait des années 70 débordait littéralement de mégots de cigarettes et de joints, sans parler des petits bouts de cendre qui ornaient la table.

Une multitude d'objets hétéroclites étaient éparpillés sur sa surface, comme différentes empreintes des événements qui s'y étaient déroulés : papiers à rouler, *pot*, mini-sacs refermables, ciseaux, magazines, boîtiers de films et de CD, un cellulaire rose et le journal régional.

Un vieux restant de Cup Noodles au poulet renversé traînait parmi le lot, portant encore une fourchette en son réceptacle souillé. J'ai eu un vague haut-le-cœur en examinant le petit jus qui avait coulé sur la table et se mêlait au reste.

Heureusement, une voix m'a soudain interpellée, me tirant de mes désolantes constatations :

— Hey, la couz' ; on t'attendait justement pour fumer un joint, a lancé mon cousin à travers la pièce, et j'ai cru apercevoir la fille qui accompagnait Rico lever enfin son visage d'albâtre vers moi.

J'ai souri, voyant l'expression triomphante de mon cousin Simon, qui arborait un air victorieux et on ne peut plus joyeux.

— Ah bon, ai-je risqué, jetant mon premier regard sur Émile, qui était occupé à égrainer une cocotte de *pot*.

— Émile m'a juré qu'il te convaincrait, a continué Simon, donnant un coup de coude à celui-ci, qui a alors osé lever un œil gêné sur moi, examinant ma réaction.

Je me suis dirigée vers la table, en omettant bien de laisser mes yeux vagabonder dans la direction de Rico, et je me suis dit qu'il était probable que tout le monde dans la pièce faisait actuellement la même chose.

Simon s'est levé pour m'enlever mon manteau comme un vrai gentleman, et il l'a apporté dans le couloir, me laissant face à face avec Émile, qui semblait concentré sur son activité.

Je me suis tiré une chaise, et mon cousin est revenu sans que j'aie eu le temps de faire quoi que ce soit. Il me regardait avec un air louche, si bien que je me suis demandé si j'avais quelque chose au visage.

Il s'est légèrement penché vers moi et, baissant considérablement le ton, m'a demandé :

— Coudonc, j'en ai-tu manqué un bout ?

Ses yeux étaient ronds comme des deux dollars.

Émile a levé les yeux tout en allumant le joint, qu'il a d'abord mouillé.

Mon cousin attendait toujours ma réponse. Je me suis lancée.

— On a décidé de prendre un *break*, Rico pis moi, ai-je répondu tout bas, jetant malgré moi un regard vers Émile, qui prenait sa première bouffée et me regardait droit dans les yeux à travers la fumée opaque qui s'échappait de sa bouche en cœur.

Il m'a tendu le joint et j'ai secoué la tête, mais sa main est demeurée tendue vers moi. J'ai donc tourné la tête vers mon cousin, pour lui signifier que je n'en voulais pas.

Simon a pris le joint avec enthousiasme et a lui aussi tiré une longue bouffée.

J'en ai profité pour jeter un œil sur Rico et la fille, mais ils n'étaient plus là.

Voyant mon expression intriguée, Émile a alors pris la parole.

— Ils sont partis dans votre chambre, je viens de les voir, a-t-il dit sur un ton étrange, comme teinté d'une triste empathie.

Mon cousin m'a touché le bras avec une douceur toute masculine tandis qu'Émile me repassait le joint. Je l'ai pris.

J'ai tiré tout doucement la fumée en l'aspirant loin dans mes poumons, et je l'ai retenue le plus longtemps possible, comme m'avait expliqué Émile quelques semaines auparavant.

Quand j'ai senti que le souffle me manquait, je l'ai enfin expulsée.

J'ai ressenti comme un ralenti s'installer dans ma tête et dans mes membres, et j'ai remarqué que les murs s'étaient recouverts d'un brouillard épais, tout comme les lumières, qui s'étaient voilées de vapeur.

J'ai agrandi les yeux pour observer ces phénomènes, et j'ai entendu Émile en sourdine, qui riait doucement, tandis que j'essayais de me focaliser sur son visage. Il m'est soudain apparu plus clair, mais j'entendais les voix autour de moi, un peu comme si je m'étais mis un foulard sur la tête. Cette pensée m'a fait sourire ; j'ai senti les muscles de mon visage se détendre.

Les yeux d'Émile étaient bleus comme le ciel, et quand j'y ai posé les miens, je me suis sentie bien comme ça faisait longtemps que ça ne m'était pas arrivé.

Je nous croyais liés autrement qu'avec Rico, comme si autre chose nous unissait, au-delà de l'attirance physique. Un peu comme une ressemblance.

Quelque chose me disait qu'il était aussi fragile que moi dans son cœur. J'étais convaincue qu'en ce moment même, il ressentait sûrement la même impression de solitude, peu importe le fait que nous étions entourés de gens.

Je sentais jusqu'à moi le vide qui l'habitait et qui se voyait même de l'extérieur, ce même vide qu'on avait tendance à prendre chez lui pour du mépris ou une simple indifférence.

C'était ce qui lui donnait cette apparence étrange ; mais une fois le vide traversé, Émile était d'une richesse étonnante. Je m'émerveillais encore de ce que je découvrais de lui.

— Tu sais, a alors commencé mon cousin, me tirant de ma transe, quand tu m'as dit que tu revenais avec Rico en octobre, je me suis dit que ça durerait pas longtemps, a-t-il enchaîné, lentement.

Nos yeux ont fusionné, et je m'y suis accrochée pour la suite.

— Il s'est passé trop d'affaires, depuis le mois d'avril, entre vous deux. Ça reviendra pas, ça reviendra jamais. Tu comprends, Caro ? a-t-il soufflé en se penchant vers moi.

Ses yeux étaient rouges et vitreux, et ses cheveux, comme toujours, hirsutes.

Je me suis laissée aller quelques instants à l'émotion du moment, à me contenter d'écouter les bruits ambiants de la pièce, les yeux mi-clos.

Un disque de rap jouait en arrière-plan, et bien que je n'eusse jamais aimé cette sorte de musique, je trouvais pour la première fois qu'une musicalité s'en dégageait, et je me suis surprise à écouter les mots. Leur poésie m'a frappée, et quand le refrain a recommencé la deuxième fois, j'ai fredonné sa ritournelle, tout bas, les yeux dans le vide.

Quand je suis revenue à la réalité, Émile me tendait le joint et me souriait, et j'ai ressenti une forte envie de l'embrasser. Mes yeux ne pouvaient carrément plus se détacher de sa bouche.

Posant la mienne sur ce qu'il restait du joint de *pot*, je me suis imaginé l'empreinte de ses lèvres dessus, et j'ai collé les miennes là où je la sentais, y trouvant une agréable moiteur que j'ai figurée dans mes pensées comme étant la sienne.

Un grand frisson m'a parcourue.

Quand Émile a commencé à parler, je lisais sur ses lèvres.

— Tu vas tout le temps t'en rappeler, que c'est moi qui t'a fait fumer ton premier joint, m'a-t-il déclaré, un air fier peint sur le visage.

Je n'ai pas cillé; j'étais trop figée par mon attirance, qui me tenaillait maintenant le ventre comme une poigne ferme.

— T'avais pas un appareil photo, toi? m'a demandé Émile, m'observant.

J'ai enfin opiné, et mon cousin, que j'avais oublié, s'est esclaffé :

— On prend des photos! Ça va être malade!

Il exultait.

Émile et moi nous sommes souri, complices, et je me suis levée pour aller chercher mon appareil dans ma chambre, un Chinon usagé que j'avais eu en cadeau pour mes 17 ans et auquel je tenais énormément.

J'y étais presque arrivée, que je me suis souvenue de ce qu'Émile m'avait dit : Rico et la fille s'y trouvaient.

Mais comme je me sentais relativement détachée de tout ça, je m'y suis tout de même aventurée, me disant que de toute façon, je devrais m'habituer à voir Rico fréquenter d'autres filles ; il devrait également s'habituer à me voir avec d'autres gars.

Je suis entrée sur la pointe des pieds, dans une semi-obscurité, me sentant tout de même un peu ridicule d'entrer de cette façon dans ma propre chambre.

Des bruits venant du lit m'ont alors fait tourner la tête, et j'ai aperçu Rico et la fille, à moitié sous les draps. La peau blanche de la fille illuminait la noirceur de la pièce, et ses cheveux foncés se découpaient froidement sur ses épaules dénudées, tandis qu'elle tentait de couvrir le haut de son corps nu. Rico et elle sont finalement disparus sous la couette, et j'ai empoigné mon appareil, essayant de me faufiler le plus rapidement possible parmi leurs vêtements qui jonchaient le sol, et les quelques manteaux des invités qui s'y trouvaient aussi.

Quand je suis revenue à la cuisine, plusieurs personnes avaient les yeux rivés sur moi, et j'ai fait comme si je ne les remarquais pas, me concentrant sur ma chaise et sur Émile qui m'attendait, la mélancolie dans le regard.

J'ai souri pour le rassurer, et je me suis même risquée à faire une boutade :

— Ils sont en train de baiser dans mon lit, ai-je lancé allègrement, et moi, je cherche mon ostie de Kodak ! ai-je conclu dans un éclat de rire, détendant l'atmosphère.

Émile m'a enlevé l'appareil des mains, et m'a aussitôt visée dans l'objectif. J'ai entendu une série de déclics en provenance de mon vieux Chinon.

Il a ensuite pris une longue série de photos de moi, tandis que je riais avec Simon et que j'ouvrais ma première bière. Une autre a suivi peu de temps après. Et une autre.

Ceux qui se trouvaient dans le salon se sont enfin rapprochés de nous, et nous avons ouvert une bouteille de téquila que Samuel avait apportée. J'en ai pris quelques *shooters*, mais la faim me tenaillait, et je me suis levée pour faire des pâtes, que j'ai offertes à tout le monde.

J'avais utilisé une passoire de plastique pour les égoutter, et je l'avais déposée, sans m'en rendre compte, sur l'élément de la cuisinière que j'avais utilisé pour ma cuisson.

Quelques minutes plus tard, David m'a fait remarquer mon erreur, mais il était trop tard : la passoire avait littéralement fondu sur place, laissant sur le rond encore chaud un cercle de plastique blanc, troué, à moitié collé.

Pendant près d'une heure, nous avons ri, relatant sans arrêt cette histoire qui avait marqué la soirée.

Vers 3 h 30, presque tout le monde était parti ; il ne restait que Simon qui parlait avec Émile, toujours assis à la table de la cuisine.

De la vaisselle sale traînait partout, et il y avait même des bouteilles à côté du lavabo dans la salle de bain.

Je commençais à être fatiguée, mais comme mon lit était déjà occupé, je me suis étendue, tout habillée, sur le canapé. Émile m'a apporté une couverture, que j'ai remontée sous mon nez pour humer son odeur toute particulière.

Puis, j'ai remercié la vie.

Elle avait remis Émile sur mon chemin, et je ne doutais pas un instant qu'une bonne raison se cachait derrière tout ça. Au fond de moi, quelque chose me disait qu'il jouerait un grand rôle dans l'histoire de ma vie.

Avant de m'endormir, j'ai ouvert les yeux une dernière fois, et je l'ai vu qui m'observait.

Son regard était doux et profond, comme un rêve.

Et j'ai sombré.

Dans les jardins d'Émile
Les fleurs se sont fanées
Comme un parc dans la ville
Qu'on aurait profané
Les yeux tout grands fermés
Sur la lune, le soleil
Le cœur ensanglanté
Qui ne veut plus d'oreille
— Aline Viens

Chapitre 6

Le matin de Noël, ma mère est venue me chercher et je suis allée bruncher chez mes parents, question de célébrer en famille.

J'avais toujours beaucoup de plaisir à revoir ma jeune sœur, Danielle, qui vivait encore avec eux. Cinq ans et demi nous séparaient, mais nous entretenions des rapports étroits, et je me sentais vraiment comme toutes les grandes sœurs se sentent probablement : influentes et surtout, très importantes.

Les tensions étaient encore très présentes chez mes parents ; c'est ce que j'ai compris ce matin-là en observant mon père qui réprimandait ma sœur pour un détail.

Décidément, les choses n'avaient pas changé.

Je ne regrettais pas mon départ.

Sur le chemin du retour, ma mère conduisait lentement, et j'avais l'impression qu'elle essayait d'étirer le temps en ma compagnie, par pur plaisir.

Son visage était serein et affichait une certaine satisfaction. Je pense qu'elle était tout simplement contente de ce moment passé en famille, ce qui avait eu lieu très peu souvent depuis deux mois.

Personnellement, j'avais grandement besoin d'une pause de tout ça, et cette distance me convenait parfaitement.

— Ça a bien été, hein ? a soudain dit ma mère, me tirant de mes pensées.

Nous nous sommes regardées, et je lui ai fait un petit sourire en guise de réponse.

Son regard a regagné la route devant nous, et je lui ai trouvé un air plutôt songeur.

— Ton père avait l'air content de te voir, vraiment, a-t-elle renchéri.

J'ai levé les sourcils, manifestant mon doute, mais maman ne me regardait pas.

De toute façon, je ne voulais pas parler.

Dans ma tête, une multitude de choses se bousculaient : d'Émile à Rico, en passant par l'appartement, où il était parfois compliqué de nous sentir en harmonie.

Je savais que Rico avait probablement remarqué que je cherchais constamment la présence d'Émile, qui, de son côté, ne semblait pas toujours à l'aise dans ce triangle étrange que nous formions.

Je ne savais pas trop comment gérer cette situation délicate ; mon attrait pour lui, ma rupture maintenant officielle avec Rico, malgré le fait que nous habitions toujours ensemble… Ce n'était pas évident, et encore moins avec cette attraction de plus en plus grandissante que j'éprouvais pour Émile.

J'étais légèrement confuse.

J'avais beau retourner la situation dans tous les sens dans ma tête, je ne trouvais pas de solution évidente à notre problématique.

Profitant de la présence de ma mère, je lui en ai donc glissé un mot.

— Toi, maman…, ai-je commencé sur un ton hésitant.

Ma mère m'a immédiatement regardée avec inquiétude et, surtout, interrogation. Un vrai regard maternel.

— Penses-tu que je devrais déménager, si ça reste comme ça ? Je veux dire... Rico pis moi, dans le même appart, c'est pas idéal..., ai-je expliqué lentement, tout en regardant du coin de l'œil sa réaction.

Elle n'a pas cillé, mais j'ai vu ses traits se tendre sous l'effet évident du stress.

Je connaissais assez ma mère pour savoir que l'idée d'un second déménagement en l'espace de deux mois ne lui plaisait pas du tout, d'autant plus qu'elle était mon principal moyen de transport.

— Ben là, Caro..., a commencé ma mère, visiblement mal à l'aise, ça fait pas si longtemps que t'es déménagée... Tu peux sûrement attendre un peu, non ? Si dans quelques mois ça n'a pas bougé, on regardera ça, OK ? m'a-t-elle dit doucement en me tapotant le bras tendrement.

J'ai détourné le regard vers le chemin, pour constater que nous étions presque arrivées à mon immeuble d'habitation, et qu'un véhicule que je ne reconnaissais pas était garé juste en face de notre porte.

Ma mère m'a accompagnée à l'intérieur, et j'ai entendu tout de suite en ouvrant la porte une voix de femme qui m'était étrangère.

C'est en tournant le coin en haut des escaliers que je l'ai aperçue pour la première fois : Lyne Dufort, la mère d'Émile.

Une femme assez petite, les cheveux bruns, le nez légèrement retroussé, et les lèvres en cœur, tout comme son fils.

Elle semblait plutôt gentille, et elle s'est levée immédiatement pour venir à notre rencontre, à ma mère et moi.

Pendant que les deux femmes entamaient une discussion entre elles, je me suis dirigée vers la table, où était assis Émile, et je me suis assise face à lui, attendant qu'il me regarde.

Mais son regard restait fixé sur la table, où étaient dispersés différents objets, qui ressemblaient à des petits cadeaux : des boîtes de chocolats, et d'autres dont je ne devinais pas l'utilité à première vue.

Nos mères étaient toujours en pleine discussion animée, et leurs voix s'entremêlaient pour former une joyeuse cacophonie, mais je n'écoutais pas ce qu'elles disaient.

À l'inverse, Émile et moi étions muets comme des tombes, et j'essayais tacitement de déchiffrer son silence et de comprendre son attitude envers moi qui me rappelait celle de nos débuts ; de son apparente indifférence à sa froideur immuable.

Une grande lassitude m'a envahie, et j'ai brièvement eu le goût d'abandonner ce gars à sa douleur, qu'il semblait vouloir garder pour lui seul de toute façon.

Quand ma mère m'a interpellée pour me dire au revoir, je me suis levée pour lui faire la bise.

J'ai observé Lyne qui faisait la même chose avec Émile, et ça m'a permis de constater qu'il avait au moins cette même attitude avec elle, et que je n'en étais donc pas nécessairement la cause.

Nos deux mères ont descendu les escaliers, et j'ai fait semblant quelques instants de prêter attention à un papier que j'ai sorti innocemment de ma poche de manteau, pour tester si Émile engagerait une conversation avec moi. Mais il n'en fut rien.

Il continuait de m'ignorer, ou du moins, son attention dérivait vers autre chose, dans sa tête.

Je me demandais si je devais lui parler ou le laisser dans sa bulle.

J'ai opté pour la parole.

— Coudonc, ça va pas, toi? ai-je risqué, essayant tant bien que mal d'avoir l'air normale.

Il n'a pas bronché et n'a pas levé les yeux. Il regardait droit devant lui, sur la table, une boîte métallique avec des motifs bleus et orange, recouverte de clowns et d'autres éléments de cirque.

— *Helllllo*? ai-je dit plus fort, me penchant légèrement vers lui, au-dessus de la table.

Enfin, son regard a monté vers mon visage, et j'ai vu ses yeux, plus cernés que jamais.

— Qu'est-ce qu'il y a? me suis-je enquise, inquiète.

Émile s'est redressé sur sa chaise pour finalement se laisser tomber par-derrière. J'ai remarqué qu'il tenait dans ses mains un petit objet, qu'il manipulait avec nervosité. Quand il m'a parlé, sa voix m'a semblé plus grave que d'habitude, et plus morne.

— J'sais pas, a commencé Émile, se raclant la gorge. J'me sens pas très bien ces temps-ci, a-t-il dit plus bas.

J'ai examiné son visage, et je l'ai effectivement trouvé pâle, un peu comme quelqu'un qui sort d'une grosse grippe et qui vient de passer une semaine au lit.

J'ai pris un ton délicat, car je ne savais pas ce qu'il voulait dire, mais j'étais heureuse qu'il me parle. J'avais peur de le brusquer et qu'il prenne la fuite. Je le sentais fragile.

— Qu'est-ce que tu veux dire par «pas très bien»? ai-je demandé. «Pas très bien» genre «écœurantite» de la vie, ou «pas très bien» comme j'ai envie de me crisser en bas d'un pont? ai-je dit, toujours incertaine.

Émile ne me regardait pas, et j'ai bien cru qu'il garderait le silence.

Mais à mon grand étonnement, il m'a alors répondu :

— Non, ça c'était avant, pis c'était pas un pont.

Sa voix était tellement faible que j'ai à peine entendu sa réponse. Je n'étais pas sûre d'avoir bien compris.

— T'as déjà essayé ? me suis-je informée, sans en demander plus.

J'étais surprise qu'Émile s'ouvre à moi ainsi et m'en dise autant sur ses sentiments. Habituellement, nous restions plus en surface dans nos discussions.

Il s'est redressé sur sa chaise, et j'ai arrêté le mouvement de ma respiration, pour mieux l'écouter. Mais il n'a pas répondu. J'ai donc opté pour une diversion, question de détendre l'atmosphère.

— Pis ta *job* ? lui ai-je demandé avec un semblant d'entrain. C'est *cool* ?

Émile a levé ses yeux bleus sur mon visage, qu'il a rapidement scruté.

— Bof, m'a-t-il dit lentement. J'pense que je vais tout crisser là, c'est rien que de la marde, *anyway*.

Un air gêné a couvert son visage, et j'ai bien pensé qu'il ajouterait autre chose quand je l'ai vu entrouvrir la bouche comme s'il allait parler.

Mais au lieu de ça, Émile s'est levé d'un coup, et je l'ai regardé passer devant moi sans rien dire.

Il a disparu de la cuisine, et j'ai entendu la porte de sa chambre claquer, comme une gifle violemment lancée sur mon visage.

❧❀

Quelques jours plus tard, je me trouvais dans la chambre de Guillaume, et nous étions écrasés, lui par terre en indien et moi sur le lit.

Mon coloc était un passionné de musique électronique, et il s'amusait beaucoup avec des machines, avec lesquelles il faisait des bruits étranges, des boucles sonores toujours de plus en plus excentriques et originales.

Je ne m'y connaissais pas vraiment, mais assez pour savoir qu'il possédait un certain talent, qu'il peaufinerait certainement avec les années. J'aimais bien le regarder manier ses machines; il me faisait penser à un chimiste, un savant fou dans un laboratoire, faisant des potions dont lui seul connaissait les ingrédients... Il était à la fois amusant à regarder et fascinant.

Cela faisait peut-être une heure que j'étais assise là, et ma présence ne semblait pas l'importuner. J'étais plutôt silencieuse, concentrée à l'observer. Je n'avais même pas entendu la porte claquer; je suis donc restée très surprise quand la porte semi-entrouverte de la chambre de Guillaume s'est ouverte brusquement, et qu'Émile et Séléna sont apparus.

J'ai observé la scène qui se présentait à moi : le bras d'Émile entourait la taille fine de Séléna, et les deux avaient les yeux brillants, comme s'ils venaient de se raconter une bonne blague. J'étais tellement bouche bée de les voir ainsi que je n'ai même pas pensé à saluer mon amie, qui semblait attendre mon bonjour.

— Ça va toi? m'a-t-elle demandé, tout sourire.

Ses yeux ont scruté les miens avec attention, et je me suis demandé si elle ne voyait pas dans mon regard que j'étais jalouse. Je l'avoue. J'étais jalouse.

— Il me semble que ça fait un bout qu'on a pas jasé! a-t-elle continué, souriant de plus belle.

— Ben oui! ai-je répondu à Séléna.

Je lui ai fait un petit signe de tête, la dévisageant malgré moi.

Séléna s'est approchée de moi, et j'ai senti le lit s'enfoncer doucement sous son poids, mais à peine. Elle était tellement petite; son corps était d'une grande fragilité, et je m'en étonnais depuis toujours. Elle avait les os saillants naturellement, sans que cela soit étrange ou laid. Au contraire, ils lui conféraient une grâce inatteignable pour la plupart des autres filles normalement constituées.

Je l'ai regardée et j'ai effectué un petit mouvement du menton vers Émile, tout en subtilité, lui signifiant mon interrogation à leur sujet. Séléna m'a souri.

Baissant le ton, elle a penché sa tête aux longs cheveux noirs de jais vers moi.

— Ben… je le trouve mignon, Émile, pas toi? m'a-t-elle murmuré à l'oreille, ses yeux noirs rivés sur lui, qui jasait avec Guillaume sans nous prêter attention.

Je ne savais pas quoi lui répondre, et je ne voulais surtout pas m'immiscer dans leurs affaires, ou dans tout début d'une relation entre eux. Ne sachant pas trop si je devais la questionner là-dessus ou non, j'ai attendu quelques instants. Cependant, la curiosité a pris le dessus et je lui ai demandé :

— Vous sortez ensemble?

Ma voix m'a paru ridicule tellement mon émotion était révélée dans son ton. J'aurais voulu reprendre ce que je venais de dire. Pour me rattraper, j'ai ajouté :

— Je pense que ça va lui faire du bien d'avoir une fille comme toi dans sa vie. Il a l'air *down* ces temps-ci… Est-ce qu'il t'en a parlé? me suis-je enquise auprès de Séléna, qui m'offrait maintenant un regard intrigué.

J'étais contente de moi, car j'avais réussi à retrouver ma contenance, et ma voix sonnait sincère et amicale, comme j'aurais voulu qu'elle sonne dès le départ.

Séléna a baissé les yeux, et j'ai remarqué le léger voile qui les recouvrait, comme un vent d'inquiétude qui passait entre nous. La peur m'a envahie, sans que je sache pourquoi.

— Pas directement..., a commencé Séléna, jetant un bref coup d'œil vers Émile, qui ne nous regardait toujours pas. Mais... disons qu'il a l'air un peu absent... Je sais pas comment dire...

J'ai froncé les sourcils, intriguée.

— Et puis..., a-t-elle continué lentement, il y a autre chose aussi, a-t-elle lancé, mais plus discrètement.

Elle m'a regardée et je l'ai vue rougir sous son teint basané.

— Je sais pas si je devrais te parler de ça, a conclu Séléna.

Guillaume regardait maintenant Émile faire des exercices et des essais sur les machines, et la pièce était remplie d'une musique étrange, aux limites du psychédélisme. J'avais presque la tête qui tournait juste à entendre ces sonorités.

Comme je ne disais rien, Séléna et moi sommes demeurées silencieuses quelques instants.

— Tantôt, a-t-elle dit en se raclant la gorge, et son accent colombien est devenu plus prononcé sous l'effet de la gêne, ben... on a essayé de... tu sais... on voulait... en tout cas..., a-t-elle essayé de me dire, sans succès.

J'ai souri, mais j'ai rougi moi aussi, et je me suis dit que si les gars nous regardaient à cet instant, nous devions avoir l'air vraiment louches !

Séléna a continué malgré sa timidité.

— Puis disons que... ça a comme pas marché... tu comprends ?

J'ai tourné les yeux, et j'ai hoché la tête pour signifier que j'avais compris.

Je n'aimais pas qu'elle me parle de ça, d'autant plus que je possédais peu de connaissances en la matière.

Avec Rico, nous n'avions jamais fait l'amour. Je ne me sentais pas prête.

Je savais que je n'allais pas au même rythme que les autres filles de mon âge, mais je tenais mon bout. Je le sentirais quand le temps viendrait.

Séléna affichait un air étrange, comme pour solliciter ma compassion féminine. Mais à l'intérieur de moi, je me réjouissais un peu de la situation.

Je découvrais que je n'étais pas sans émotion par rapport à Émile, et que cela semblait plus complexe que ce que je croyais.

Un mélange de jalousie et de peine s'était installé en moi dès l'instant où il avait franchi la porte avec Séléna, comme une gifle en plein visage. Je ne comprenais pas tout à fait pourquoi, mais je m'en doutais un peu.

Je commençais à être amoureuse.

À être amoureuse d'Émile.

J'ai tourné mon visage vers lui pour l'observer en douce, constatant alors qu'il me regardait déjà d'un air indéchiffrable.

Me sentant sondée, je me suis sentie rougir de la tête aux pieds, comme un homard. J'étais certaine qu'il m'avait devinée.

J'ai accroché mon regard au sien le plus longtemps que je pouvais, et nous sommes restés ainsi pour ce qui m'a paru une éternité. J'ai fini par me rendre compte que Séléna ne parlait pas depuis un moment et qu'elle me dévisageait légèrement, muette.

Je lui ai souri, gênée.

— Avec Rico, c'est fini. La plupart du temps, il ne dort même pas ici.

Séléna a juste hoché la tête, le regard perdu.

— Des fois, je prends le sofa, d'autres fois, c'est lui. Mais je pense qu'il dort souvent chez les Soulard.

J'ai marqué une pause.

— C'est pas évident comme situation. Je me demande parfois si je ne devrais pas déménager.

J'ai senti qu'Émile accusait le choc. Sans le regarder, j'ai tout simplement ressenti à distance que son attention était à nouveau sur moi. Il me fixait intensément.

Avant même que j'aie pu réagir, il s'est soudain avancé vers moi, et j'ai enfin osé lever mes yeux vers son visage.

Ses yeux cernés étaient rieurs, et ses joues, rosies.

— Eille, les filles, a-t-il lancé, nous regardant tour à tour avec ce même air taquin. Réalisez-vous qu'on va changer de siècle ensemble ?

Séléna le regardait avec un air adorateur, et j'ai à nouveau ressenti ce pincement au cœur désagréable.

— Faut fêter ça ! a continué Émile, se tournant maintenant vers Guillaume, qui exultait seul dans son coin en faisant de la musique électronique de plus en plus déjantée, où les mots « deux mille » s'enchaînaient sur un air entraînant.

— Je vais rouler un méga joint, deux papiers, pour l'occasion ! Ça va être malade !

Nous l'avons regardé disparaître vers la cuisine, ou sa chambre, dans un élan enthousiaste.

Nous nous sommes regardés, Séléna, Guillaume et moi et, du même coup, nous nous sommes levés, sourire au visage, nous bousculant comme des enfants à la maternelle tout en nous dirigeant vers le salon.

Au fond de moi, par contre, quelque chose changeait.

Je me sentais vieillir, laisser mon enfance derrière, abandonner ma candeur...

Et j'avais mal.

Je ne veux pas mourir chaque fois
À chaque passion, je nomme combat
Chaque fois que le ciel me paraît bleu
Mais qu'en vérité il en est peu

Je ne suis pas de celles-là
Qui ont encore en l'homme la foi
Éperdu, amoureux
Comme on est cons quand on est deux
— Aline Viens

Chapitre 7

Le soir du 31 décembre 1999, nous avons tenu toute une fête à l'appartement.

Vers 20 h, plusieurs personnes sont arrivées chez nous ; je crois que nous étions à peu près une vingtaine, et tout le monde avait apporté de quoi festoyer en grand.

Il y avait à peu près 12 caisses de 24 étalées le long du mur, et on ne se voyait presque plus tant il y avait de la fumée dans la place.

Je voyais les bouteilles vides s'accumuler sur le comptoir de la cuisine, et j'imaginais déjà avec appréhension le ménage que nous aurions à faire le lendemain matin.

Rico était avec une nouvelle fille, et ils étaient tous les deux affalés sur le canapé, à s'embrasser. J'étais tellement habituée depuis quelques semaines à le voir ramener de nouvelles conquêtes que je ne m'en étonnais même plus, et je les regardais avec indifférence se cajoler comme deux tourtereaux.

Séléna avait acheté une énorme bannière au Dollorama où s'affichait en doré le nombre 2000, et des ballons décoraient la pièce, où s'entremêlaient des guirlandes colorées, dont plusieurs étaient maintenant à moitié décrochées.

Quant à moi, j'étais debout dans le cadre de la porte du salon, observant tous ces gens avec une grande fascination. Ce soir-là, nous passions à une nouvelle étape de l'humanité, de la vie de la planète, de l'histoire, et je le sentais intensément au plus profond de mon être.

J'étais sous le choc.

Je commençais à me sentir ivre, et depuis le début de la soirée, je jetais des regards de plus en plus évidents vers Émile, qui semblait distant. En fait, je le sentais préoccupé.

Nos yeux se croisaient parfois, mais il semblait vouloir une fois de plus éviter mon regard. Était-ce en lien avec Séléna et un début de relation entre les deux? Pourtant, depuis le début de la soirée, ils étaient plutôt distants l'un envers l'autre; amicaux, mais pas plus qu'à l'accoutumée.

Malgré nos nombreuses années d'amitié, je ne connaissais pas Séléna intimement, car nous étions en réalité plus des connaissances de longue date que de véritables amies, mais je la percevais quand même comme une fille très éprise de sa liberté et capable de faire l'amour avec un gars sans s'attacher.

Émile n'était peut-être qu'un amant de plus parmi tant d'autres.

Assis à la table, il a soudain levé les yeux vers moi et m'a adressé un immense sourire tandis que je me dirigeais vers la table pour me tirer une chaise.

Il ne m'avait toujours pas quittée des yeux.

— Caro…, m'a-t-il lancé sur un ton appuyé.

Une certaine langueur dans sa voix m'indiquait qu'il était probablement, tout comme moi, affecté par l'alcool, et peut-être aussi par le *pot*, comme me le laissaient deviner ses yeux légèrement rougis.

Je me suis assise à ses côtés, et je lui ai rendu son sourire.

Je le trouvais incroyablement beau, avec sa chevelure tirant sur le roux qu'il portait maintenant plus courte, et son petit *pinch* au menton qui lui conférait un air rebelle.

J'ai pris une gorgée de bière et j'ai jeté un œil sur ce qu'Émile buvait : cela me faisait penser à un *Rum and Coke*. Je n'en étais pas certaine. Il a aussi pris une gorgée, et nous avons déposé nos consommations en même temps, nous adressant un sourire complice.

— Alors, tu sors avec Séléna ou pas ? ai-je demandé, le défiant du regard.

Je l'avais dit très vite, et Émile a plissé les yeux, suspicieux, avant de me répondre.

— Ça t'intéresse ? a-t-il dit, l'air espiègle.

Ses yeux étaient incroyablement bleus.

J'ai rougi jusqu'à la racine des cheveux.

— J'étais juste curieuse. Séléna est mon amie depuis longtemps, et je trouvais que vous formiez un beau couple, c'est tout, ai-je terminé, gênée.

Émile a souri, plus séduisant que jamais. Je l'aurais volontiers embrassé sur-le-champ.

— Non, on n'est pas ensemble, m'a-t-il répondu, et nous nous sommes dévisagés quelques instants.

J'avais l'impression que mon soulagement se lisait sur mon visage.

— C'est une bonne amie, pis une belle fille, mais on est pas là pantoute, a-t-il continué, me regardant directement.

Il a repris une gorgée de son verre et s'est raclé la gorge discrètement.

— Pis toi, a-t-il dit en parlant plus bas, t'as pas rencontré un gars l'autre soir, au bar ? Rico m'a dit ça, qu'il pensait que tu le fréquentais peut-être. Un Stéphane, ou quelque chose comme ça…

J'ai froncé les sourcils.

— Il t'a dit ça ? Ben là, c'est juste un gars qui m'a laissé son numéro !

Émile a rougi, et je l'ai trouvé adorable, comme un enfant pris en flagrant délit.

— Vous parlez de moi ? me suis-je enquise, sourire aux lèvres. Qu'est-ce qu'il t'a dit d'autre ?

— Hummmm, m'a répondu Émile, mystérieux. Plein de choses… Que tu as mauvais caractère quand tu as faim, que tu as tendance à être jalouse, que tu embrasses plutôt bien…

— Quoi ? l'ai-je interrompu, outrée. Il t'a pas dit ça ? ai-je demandé, les yeux ronds comme des billes.

C'était tout à fait le genre de Rico de parler de ces choses-là publiquement.

Émile a éclaté de rire. J'ai mis quelques instants à comprendre qu'il blaguait et je l'ai suivi dans son fou rire. On a rigolé pendant quelques secondes, et Émile s'est levé, allant chercher deux autres bières dans une caisse qui traînait près du sèche-linge, plus loin dans la cuisine.

Il a déposé les deux bouteilles devant nous, et se rasseyant, il m'a dit :

— Ben non, c'est une blague… C'est juste que, les premiers temps, Rico pis toi, vous passiez beaucoup d'heures à vous embrasser… C'est fatigant, tu sais, pour ceux autour qui sont célibataires ! a-t-il lancé, riant doucement et me donnant un léger coup de coude pour me signifier de prendre ça à la légère, que ce n'était pas un véritable reproche.

— Ben là… excuse-moi, je ne savais pas que ça te dérangeait…, ai-je répondu, taquine.

J'ai sondé son regard du mien, et nous avons tous les deux repris une gorgée. La bière coulait dans ma gorge comme de l'eau, et pendant quelques instants, je me suis demandé combien j'en avais bu : cinq ? six ? J'avais perdu le décompte.

La voix d'Émile a interrompu mes pensées.

— Est-ce que je peux te dessiner ? a-t-il demandé, enthousiaste.

— Me dessiner ? Heu… je sais pas… Je suis pas très photogénique, ai-je répondu, mal à l'aise.

Émile a fait une moue.

— Mais…, ai-je continué, je suis curieuse de voir ce que ça pourrait donner… OK ! ai-je terminé, surtout pour lui faire plaisir.

Émile s'est levé rapidement et je l'ai regardé marcher vers sa chambre, détaillant ses larges épaules, son dos légèrement voûté… Il avait une façon bien à lui de mouvoir son corps, un peu… féline.

Je l'aurais regardé marcher pendant des heures.

Quand il est revenu avec son cahier à dessins, Samuel s'était joint à moi et m'avait passé le joint, que j'ai tendu à Émile. Il a pris une longue bouffée et m'a demandé à cet instant si je voulais qu'on se fasse un *shot*.

— Un quoi ? ai-je répondu, intriguée.

— Viens, je te montre, m'a-t-il dit en s'assoyant à côté de moi.

Il a mis le joint à l'envers dans sa bouche, s'est penché vers moi et, me faisant un signe de la main pour que je m'approche, il a approché sa tête tout près de la mienne, si près que j'ai cru l'espace d'un instant qu'il m'embrasserait.

De la fumée est sortie en un mince filet de ses lèvres, et ses yeux se sont accrochés aux miens tandis que je me penchais à mon tour et que j'aspirais la fumée blanchâtre.

J'ai senti une langueur m'envahir et me monter à la tête, et mes yeux se sont fermés pendant une seconde, durant laquelle j'ai essayé de faire abstraction du fait que ma bouche se trouvait à près d'un centimètre de la sienne, tendue dans un mouvement de réception.

Quand je les ai ouverts, Émile avait commencé à se redresser sur sa chaise, et j'ai senti la pièce devenir plus serrée sur moi. Mes yeux brûlaient. Ma gorge aussi.

J'ai refermé mes yeux et j'ai senti une main se poser sur mon bras. Ouvrant les yeux en vitesse, j'ai vu Émile à nouveau penché sur moi.

— Ça va ? s'est-il enquis, et j'ai remarqué le pli qui lui barrait le front.

J'ai souri, et j'ai juste hoché la tête en guise de réponse.

— Tu m'as fait peur ! s'est-il exclamé, soulagé. Alors, on se le fait, ce dessin ?

Dans l'heure qui a suivi, Émile a fait mon portrait. Je le regardais, penché sur son cahier, avec son fusain qui glissait doucement sur sa feuille. Il avait le regard d'un artiste : concentré, vif, brillant.

Je le voyais me jeter de brefs coups d'œil, mémorisant mes traits pour mieux les reproduire. J'avais une belle excuse pour enfin le regarder sans avoir à me justifier.

J'en profitais.

Quand il a enfin tourné son carnet vers moi, j'ai souri.

J'étais belle. Plus belle qu'en réalité.

En haut de ma tête, Émile avait dessiné un nuage, dans lequel était écrit «Caroline dans les nuages». Ça m'a fait rire, car c'était effectivement la façon dont je me sentais.

— C'est vraiment beau, Émile, j'en reviens pas comme tu es talentueux, me suis-je exclamée. Tu m'as même rendue belle, c'est tout un exploit!

J'ai à nouveau regardé le dessin, le trouvant de plus en plus beau à mesure que mon œil remarquait des détails qui m'avaient échappé.

Émile a ouvert la bouche pour me répondre mais, en même temps, un brouhaha s'est fait entendre dans l'appartement. Quelques personnes avaient monté la voix, et un petit groupe de filles s'étaient mises à glousser en haut des escaliers, excitées.

J'ai alors remarqué que tout le monde avait son manteau sur le dos, prêt à partir.

Certains étaient même déjà partis pour le bar le plus près, Au Phare, pour y célébrer le passage à l'an 2000 avec tous les autres jeunes de la ville.

Seuls Émile, moi et deux gars endormis dans le salon n'avions pas nos manteaux, et nous avons regardé avec fascination les autres descendre les escaliers en trombe pour ne pas manquer la minute de passage entre les siècles, qui arriverait officiellement une dizaine de minutes plus tard.

Un silence de mort a résonné dans la pièce après le dernier claquement de porte, comme une musique d'ambiance trop forte. J'ai regardé Émile, qui s'affairait au comptoir et qui revenait avec une nouvelle bière.

Il s'est assis face à moi, et son regard s'est mis à errer sur la table, à la recherche de je ne sais quoi. Puis, il a remonté vers moi.

Il y a eu un temps de pause.

— Aaaaaaah, a-t-il murmuré lentement en étirant la voyelle comme s'il souffrait d'une blessure quelconque.

J'ai froncé les sourcils, inquiète.

— C'est tellement compliqué, des fois, Caro. C'est plus compliqué que tu peux penser, a-t-il terminé en me regardant.

Ses yeux étaient cernés de noir.

Il semblait tellement découragé, désespéré, que j'ai senti mon visage prendre lui aussi un air dépité, voire déprimé. J'attendais la suite. Mais Émile ne parlait plus.

J'ai regardé l'heure derrière sa tête, sur le micro-ondes.

Onze heures cinquante-sept.

La fin du siècle approchait. Mais la fin de quoi, au juste ?

D'une tranche de l'histoire ? D'une époque ? D'un style de vie ?

Et que nous réservait le futur ?

À moi ? À Émile ?

Tandis que je réfléchissais à tout ça, j'ai vu Émile se lever et faire le tour de la table, silencieux.

Je l'ai observé qui se dirigeait vers moi, l'air grave et solennel.

Il a continué son chemin jusqu'à ce qu'il se trouve derrière moi, debout derrière ma chaise. J'ai arrêté de respirer et j'ai attendu, me demandant ce qu'il faisait. Je fixais devant moi, aveugle à tout ce qui se passait ailleurs dans la pièce.

J'étais complètement figée.

Puis, j'ai senti son nez se poser au sommet de ma tête. Léger, discret, mais présent.

Je l'ai entendu humer ma chevelure, avec douceur mais avec une réelle intensité, un peu comme on respire une fleur qu'on n'aura plus l'occasion de sentir. Pour imprégner son odeur dans sa mémoire à tout jamais.

Mes cheveux sentaient la pomme, et je portais sur moi un léger parfum de vanille, comme un voile, à cause de mon savon pour le corps.

La voix d'Émile a résonné dans la cuisine comme dans un rêve.

— Tu sens tellement bon, a-t-il murmuré, posant ses mains sur mes épaules frêles.

J'ai fermé les yeux pour mieux sentir la pression de ses mains sur mon corps, qui s'était tendu à son contact, fébrile.

Mon souffle était court, et j'ai senti la salive me descendre le long de la gorge, lentement.

D'un coup, je me suis sentie complètement dégrisée.

Le temps n'existait plus ; seuls nos battements de cœurs à l'unisson emplissaient la pièce de leur concert intime. Je n'oublierais jamais cet instant, j'en étais convaincue.

Émile a laissé son nez dans ma chevelure quelques instants, et je l'ai finalement senti se détacher de moi, avec douleur.

J'ai espéré intensément qu'il reste près de moi.

Mais bien sûr, il était parti. Comme toujours.

Émile était comme le temps : il fuyait, et il était bien difficile de le rattraper.

Mon regard s'est posé sur l'heure affichée sur le micro-ondes : minuit une.

La minute fatidique était passée.

Et mon cœur y était resté, battant la chamade à la vitesse de l'espoir naissant à l'aube d'un siècle nouveau, où tout était possible.

Je suis une douleur sourde
Bleue, froide et pliée en deux
Je suis le ciel quand il y a foudre
Un cri m'emplit de son aveu

Il y a ce vide tout au milieu
J'y mets tes yeux, j'y mets tes mots
Mais encore je le sens comme un pieu
Planté quelque part dans mon cerveau
— Aline Viens

Chapitre 8

Quelques jours plus tard, j'étais assise dans un petit café situé tout près de l'appartement, et je feuilletais le journal du jour.

Il était encore question du bogue de l'an 2000, qui n'avait finalement pas eu lieu, au grand étonnement de plusieurs.

J'ai finalement sorti un roman de mon sac, et je me suis commandé un second café.

J'aimais bien cet endroit où j'allais régulièrement, la plupart du temps en finissant de travailler quand je faisais des demi-journées, ou tout simplement lors de mes journées de congé, en début d'après-midi.

Je m'asseyais sur le bord de la fenêtre, toujours à la même table. J'adorais la lumière qui entrait par cette fenêtre, et je pouvais rester des heures à lire un bon livre, sans que personne ne me dérange. Les serveuses de la place étaient habituées à ma présence, et elles me rapportaient du café toutes les demi-heures.

J'étais concentrée dans ma lecture quand un gros bruit sourd tout près de mon oreille m'a fait sursauter, me tirant complètement de ma lecture.

J'ai levé les yeux vers l'origine du bruit pour apercevoir Émile, les deux mains collées dans la vitre, le nez écrasé tout près de mon visage. Souriant, je lui ai tiré la langue. Il m'a répondu par un signe de la main, m'incitant à sortir.

J'ai donc rassemblé mes choses et je l'ai rejoint sur le trottoir après avoir réglé mon addition à la serveuse.

Il neigeait beaucoup cette journée-là, et c'était vraiment magnifique, voire magique ; de gros flocons tombaient par milliers, et il n'y avait pas de vent. La luminosité dans la ville était aveuglante tant tout était blanc.

Émile m'avait aperçue, attablée au café, alors qu'il passait par là pour s'en retourner à la maison après une promenade. Je le soupçonnais d'être allé acheter du *pot* à une de ses quelconques connaissances au village, car ses yeux étaient rougis et je le sentais absent alors que nous marchions côte à côte.

Nous avions tous les deux le menton baissé, pour ne pas avoir de flocons dans les yeux. J'en avais parfois qui s'accrochaient à mes cils quand je redressais mon visage. Le laissant penché vers le bas, je me suis adressée à Émile.

— T'as jamais pensé partir d'ici ? Genre… aller rester en ville ?

J'ai senti Émile se tendre légèrement alors qu'il continuait de marcher en regardant le sol.

— Bof, a-t-il lancé sur un ton désinvolte. Je ferais quoi de plus là-bas ? C'est la même affaire partout, Caro.

J'ai tourné la tête vers lui, mais je n'arrivais pas à voir son profil derrière le capuchon de son manteau.

— Je ne suis pas sûr que ça serait vraiment mieux ailleurs, tu comprends ?

Il m'a enfin regardée avec son petit air inqualifiable, un peu mélancolique. Ses yeux avaient les coins qui s'affaissaient légèrement, ce qui donnait à son visage une impression de tristesse en permanence. Je ne m'y habituais pas.

Je ne savais pas quoi ajouter à ses propos : il avait le don de me rendre totalement muette avec ses réponses, ou trop incisives ou trop évasives. J'ai réfléchi quelques instants. Mais avant que j'aie pu répondre quoi que ce soit, Émile s'est à nouveau adressé à moi.

— Je vais lâcher ma *job*.

Il avait laissé tomber sa phrase d'un coup, comme un bloc de ciment. J'ai levé les sourcils, et j'ai cherché son regard pour mieux percevoir son expression. Il ne me regardait pas.

— Ben là, Émile… Tu vas faire quoi si tu lâches ton travail ? me suis-je enquise, inquiète. Pis l'appart ?

Il ne m'a pas répondu, et il a jeté un bref coup d'œil sur le trottoir opposé, comme pour faire diversion. Je continuais à le fixer.

Sans tourner la tête vers moi, il m'a dit :

— Je sais pas… Mais je vais m'arranger Caro, inquiète-toi pas.

J'étais sous le choc, et fâchée en même temps.

Fâchée de sentir qu'il abandonnait le peu de choses qui lui donnait une forme de liberté, et, surtout, qui le forçait à s'extérioriser et à se mêler aux gens.

Je le sentais prêt à tout abandonner, comme… épuisé. À bout de quelque chose… Mais quoi ?

— Ben, justement, ai-je répliqué, je m'inquiète. Il me semble que tu fais déjà pas grand-chose de ton temps, t'as pas l'air bien… Je me demande ce que t'as.

Émile a froncé les sourcils et n'a pas répondu. Il a continué de marcher d'un bon pas, la tête baissée.

— Qu'est-ce qui se passe avec toi, pour vrai? lui ai-je demandé, et je me suis complètement arrêtée, me tournant vers lui.

Mais Émile a continué, et quand il s'est finalement rendu compte que j'avais arrêté, il s'est tourné vers moi, et il est revenu sur ses pas.

Se plantant devant moi, il m'a regardée dans les yeux, et nous nous sommes dévisagés pendant un long moment, durant lequel aucun de nous deux ne parlait.

Il avait le bout du nez tout rouge, et ses joues étaient rosies par le froid. Seul le tour de ses yeux était bleuté, révélant un certain épuisement. J'aurais voulu embrasser ses paupières, pour soulager sa fatigue. Mais je le sentais intouchable, malgré les quelques pouces qui séparaient nos visages.

Quand il s'est tourné pour repartir, je l'ai brusquement agrippé par la manche de son manteau, mais il s'est arraché à moi avec vigueur, et j'ai vu ses joues prendre de la couleur en l'espace d'une seconde.

— Tu peux rien faire pour moi, Caro. Oublie ça.

J'ai senti les larmes me monter aux yeux, et la salive m'a barré la gorge. Je l'ai regardé à travers les larmes qui avaient inondé mes yeux.

— Pis lâche-moi, a-t-il lancé avec hargne. J'ai pas besoin de toi pis de ta pitié.

Ses yeux me lançaient des couteaux, et je voyais bien que rien de ce que j'aurais pu dire ne l'aurait calmé ni même rassuré.

Je l'ai regardé alors qu'il se retournait et qu'il reprenait sa marche, d'un pas rapide.

Émile Deschamps m'avait encore échappé.

Certaines personnes que nous rencontrons au cours de notre vie demeurent longtemps un mystère. Parfois même à jamais.

Depuis le jour de l'An, Émile avait une étrange attitude avec moi, que je ne savais pas comment interpréter, mais je le surprenais souvent à m'observer du coin de l'œil. Il n'était pas indifférent à moi, je le sentais.

En même temps, il avait cette retenue avec moi que j'avais de la difficulté à gérer, car j'aurais tant voulu qu'il me laisse l'approcher davantage.

Toute cette situation me tourmentait, et je commençais à penser que déménager était peut-être vraiment la solution idéale.

Donc, la troisième semaine de janvier, j'ai appelé ma mère pour en discuter avec elle, car j'avais grandement besoin de ses conseils et, surtout, d'être rassurée. Mais malheureusement, ma mère n'a pas eu la réaction espérée.

— Caro, honnêtement, ce n'est pas une bonne idée. Tu es trop pressée. Je suis certaine que tout va s'arranger... As-tu parlé avec Rico ? m'a-t-elle demandé doucement.

J'ai bien failli m'étouffer. Elle ne me comprenait donc pas ?

— Maman, tu comprends rien ou quoi ? C'est vraiment fini ça fait un bout ! On reviendra pas ensemble cette fois-là, oublie ça ! Je l'aime même plus, tu comprends ? me suis-je exclamée, presque agressive. Pis de toute façon, c'est pas ça le problème : c'est qu'on peut pas continuer de vivre dans la même place... Ça rend tout le monde mal à l'aise, même nos colocs… Pis moi, j'ai besoin de m'éloigner de tout ça, pis… il y a autre chose aussi…

J'ai hésité quelques instants, me demandant si je devais parler d'Émile à ma mère. J'ai opté pour attendre.

— Caro, a repris ma mère avec plus d'insistance, tu le sais que je veux bien t'aider, mais là, t'exagères. T'es très bien où t'es : c'est proche de ton travail, t'es toute installée, on a passé beaucoup d'heures à transporter toutes tes choses… Tu penses pas que c'est un peu ridicule de vouloir déjà tout changer ?

J'ai pris une grande inspiration, essayant de me calmer.

— Maman, ai-je exprimé doucement, pour qu'elle m'écoute. J'te demande pas de me déménager tout de suite, mais au moins de m'aider à essayer de me trouver une autre place… Juste m'accompagner, tu sais ? ai-je terminé, hésitante.

Mais j'ai entendu le silence à l'autre bout du téléphone. Ça ne s'annonçait pas bien.

— *Mom*… ai-je murmuré.

Au bout d'un moment, elle a enfin répondu.

— Pis qui va t'aider à déménager après ? Qui ?

Je n'ai rien répondu, mais mon cœur battait la chamade, et je l'entendais qui battait dans mes oreilles comme un tambour.

— C'est non Caro, a enfin lâché ma mère avec lassitude. Je suis désolée, je…

Mais j'avais déjà raccroché.

J'étais en colère.

Je me sentais totalement incomprise.

Je me suis étendue sur mon lit et, laissant tomber ma main sur le côté, j'ai touché du bout des doigts une feuille de papier. Tournant la tête dans sa direction, j'ai aperçu une lettre.

Ma lettre pour Émile.

Je lui avais écrit une lettre plus tôt dans la soirée, lui exprimant une partie de mes sentiments, et l'incitant à partir avec moi. Loin.

Ailleurs, dans une autre ville.

Où personne ne nous connaîtrait.

Tout recommencer. Ensemble.

Mais ressentait-il seulement quelque chose pour moi ?

J'ai pris la lettre et l'ai ramenée au-dessus de moi, pour la lire une dernière fois.

Elle tremblait dans ma main gauche, et je l'ai rapprochée de mon visage pour voir mieux.

Cher Émile,

Je ne sais pas trop comment te dire tout ce qui se passe à l'intérieur de moi depuis quelque temps. Voilà pourquoi j'ai décidé ce soir de t'écrire cette lettre.

J'espère que tu la liras.

Tu as peut-être remarqué dernièrement que mon attitude avec toi est étrange…

J'ai tellement de difficulté à te comprendre des fois, et à savoir ce que tu veux vraiment !

Tu es un gars plutôt dur à cerner, et tu me rends folle, parfois !

Mais en même temps, tu m'intrigues.

Tu m'obsèdes. Je ne sais pas pourquoi.

J'ai souvent l'impression que tu me regardes avec des yeux… intéressés.

Ils sont doux, et je les sens sur moi, même à l'autre bout de la pièce. Ils me laissent les jambes molles tant je sens que tu m'envoies des signes; je ressens une émotion que je ne peux décrire, comme... Je fonds, littéralement.

Tu me fais de l'effet, et tu ne sembles même pas t'en rendre compte !

Mais d'autres fois, je te sens froid comme un pilier de glace.

Tu m'as dit cet après-midi ne pas avoir besoin de ma pitié...

De la pitié ?

Tu ne comprends donc rien du tout ?

Je suis amoureuse de toi, Émile Deschamps.

Follement amoureuse.

Je t'aime.

Et je suis toute à l'envers.

Je ne sais pas pourquoi ni comment j'en suis arrivée à t'aimer, moi qui pourtant te connaissais peu en arrivant ici...

Mais en passant du temps avec toi, au fil des mois, j'ai pris conscience que... je ne te vois plus comme avant.

Tu es drôle. Tu es sensible. Tu es spécial.

J'ai tout le temps hâte d'arriver à l'appartement.

Je te cherche des yeux constamment.

Je pense à toi au travail.

Je vois tes yeux dans ma tête. Ton visage. Tes épaules.

J'imagine la vie avec toi, comment ça pourrait être, juste nous deux...

Je ne sais pas si tu ressens quelque chose pour moi... ou pas du tout...

Mais ce que je veux te dire, c'est que...

Si tu ressens quelque chose pour moi... et je pense que c'est peut-être le cas...

Ou je m'imagine peut-être tout ça... dans tes yeux, souvent...

On pourrait partir ensemble, Émile ?

Se refaire une vie, loin de Rico et des autres !

Je suis sûre qu'on pourrait être heureux.

Ici, tu sembles figé. Je te sens malheureux.

On pourrait aller... en Estrie ? Je ne sais pas !

Ou plus près, à Boisbriand, tiens ! N'importe où avec toi.

Allez !

Pars avec moi.

J'ai le cœur léger de te l'avoir dit, enfin.

Je t'aime,

Caro

La lettre se terminait ainsi et, en la relisant, je me suis demandé ce qu'Émile penserait de tout ça, vraiment.

Quant à moi, j'avais grandement besoin de lui faire savoir ce qui se passait réellement dans mon cœur. Je me libérais d'un secret.

J'ai pris mon courage à deux mains, et je me suis levée rapidement pour ne pas changer d'idée en empruntant le couloir qui menait à la chambre d'Émile.

Je voyais un rayon de lumière sous sa porte, et j'entendais en sourdine une musique qui ressemblait à du rap, un style qu'il affectionnait particulièrement.

Je me suis penchée pour déposer la lettre sous la porte, et je l'ai poussée rapidement, me relevant à toute vitesse.

Mon souffle était court, et j'avais les yeux ronds comme des billes, attendant une réaction de l'autre côté de la porte.

J'ai entendu un léger craquement.

Une ombre s'est dessinée sous la porte, et j'ai entendu Émile ramasser ma lettre.

Je tremblais.

Nous ne nous étions pas reparlé depuis notre différend de l'après-midi.

Émile et moi ne bougions pas ni un ni l'autre, chacun de notre côté, et j'ai cru pendant un instant que la porte s'ouvrirait sur son visage intrigué, ou en colère, ou juste indifférent.

Mais rien.

Puis, l'ombre s'est effacée, et j'ai compris qu'il était retourné à son lit, avec ma lettre dans les mains. Ma lettre d'amour.

Je suis repartie vers ma chambre, et je suis restée éveillée longtemps, étendue sur mon lit, imaginant Émile dans le sien, si près de moi.

Et pourtant si loin.

Je laisse planer l'offrande
Daigneras-tu t'en emparer ?

Après la foudre, le feu
Que n'attiseront pas les années

Se noiera la mer
Dieu rit
Ou les anges de ma chevelure blonde

Quand tu joueras aussi
Cet air amoureux
Que mon souffle crie
— Aline Viens

Fripe-toi était une boutique parfaite pour une fille aussi créative que moi, et j'aimais beaucoup mon emploi.

La clientèle était sympathique, et nous servions toutes sortes de gens ; des plus marginaux de la ville, qui voulaient se créer un style original à un prix plus abordable, aux mamans et aux gens plus « normaux », que je servais régulièrement.

Je les conseillais, et je discutais parfois longuement avec certains clients, de tout et de rien, face à mon comptoir. J'avais l'occasion de rencontrer des gens merveilleux, et mon côté sociable était comblé.

Une de mes amies, Sabrina Guinot, passait parfois me visiter en soirée et nous parlions tout en écoutant de la musique, et je servais mes clients entre deux phrases.

Sabrina était à cette époque une nouvelle connaissance : nous nous étions rencontrées l'été précédent, grâce à des amis communs, et j'avais immédiatement aimé son côté rieur et sa personnalité excentrique.

Elle n'avait certainement pas peur de s'affirmer dans la vie, et ça aussi, ça me plaisait.

— Tu veux déménager en ville ? m'a-t-elle demandé ce soir-là, avec son visage de petite fille scandalisée. T'es rendue folle ou quoi ? Calme-toi, Caro : c'est pas en t'en allant que tu vas l'oublier, ce gars-là !

Mes sourcils se sont froncés en l'écoutant parler, et j'ai vraiment pensé sur le coup que Sabrina me parlait d'Émile, sans trop comprendre comment elle savait que j'en étais amoureuse.

— Quel gars ? ai-je demandé, ma voix trahissant ma nervosité.

Mon amie m'a regardée avec un visage incrédule, la mâchoire du bas presque complètement décrochée.

— Tu me niaises, ou quoi ? Rico Tremblay, peut-être ? m'a-t-elle lancé avec une moue moqueuse.

J'ai souri à mon tour, trouvant la situation amusante.

— C'est à cause de ce maudit Mexicain que tu veux crisser ton camp, je ne suis pas dupe ! Pauvre cocotte ! s'est-elle exclamée, et elle s'est approchée de moi pour me prendre dans ses bras, compatissante.

Je me suis laissée aller à son câlin, trouvant la situation étrange.

J'avais réellement besoin d'être consolée, mais pas pour cette raison.

J'aurais voulu qu'on me rassure, et qu'Émile me dise qu'il partirait avec moi.

Mais à la place, j'avais une amie qui croyait que j'avais de la peine à cause de mon ex, que j'avais pourtant oublié depuis un bon moment.

— En fait, ai-je commencé, presque décidée à lui parler d'Émile, mais une grande bourrasque est soudainement entrée dans la boutique, et nos regards se sont dirigés vers la source du froid.

Je me suis totalement arrêtée de parler.

Émile se tenait dans l'entrée du magasin, avec un air espiègle. Ses joues étaient rougies, et j'ai trouvé qu'il avait l'air en forme, pour une rare fois.

Il portait un manteau d'automne, dans lequel il devait être frigorifié et sur lequel étaient imprimés des motifs de feuilles de *pot*.

Il avait un capuchon sur la tête, mais on voyait malgré tout quelques mèches de cheveux roux dépasser.

Il était à croquer.

J'ai rougi.

Quand je me suis tournée vers Sabrina, elle me regardait déjà avec un air de suspicion.

— Sab, je ne t'ai jamais présenté mon coloc, Émile? me suis-je enquise auprès d'elle.

Ses yeux ont enfin quitté mon visage pour observer celui d'Émile. Il lui a adressé un grand sourire en réponse.

S'approchant d'elle, Émile s'est penché et je l'ai observé tandis qu'il l'embrassait sur la joue, galamment. J'étais presque jalouse d'autant d'attention.

— Célibataire? a demandé Émile.

Sabrina m'a lancé un regard désespéré, et j'ai feint de rire. Il était parfois tellement désarmant.

— Plutôt direct, ton coloc, a continué mon amie, elle aussi rouquine, et elle s'est tournée vers Émile, lui faisant maintenant un petit sourire séducteur.

Je me suis sentie comme rejetée, pendant un moment, et j'ai feint de regarder ailleurs.

Mais mon regard est revenu tout de suite sur eux, curieuse que j'étais de connaître la suite.

J'étais complètement à l'envers de le voir là. C'était la première fois.

— Ça dépend pour quoi, et avec qui, ça a l'air, ai-je répondu à la question de Sabrina, tardivement et avec entrain.

J'ai entendu avec horreur Sabrina lancer la phrase que je ne voulais pas qu'elle prononce.

— Pis toi, le coloc, tu en penses quoi qu'elle veut déménager, Caro?

Émile m'a regardée, et ses yeux m'ont transpercée jusqu'au plus profond de mon âme.

Je crois que mon cœur devait s'entendre en dehors de mon corps, car il battait la chamade comme jamais auparavant.

Ça y était, j'en étais sûre : c'était l'homme de ma vie.

C'était lui.

Le futur père de mes enfants.

Mon futur mari.

Mon âme sœur.

Émile Deschamps.

À la vie, à la mort.

— Ah… a commencé mon colocataire, toujours en me fixant. C'est pas bien compliqué; si elle part, elle devra m'emmener avec elle!

Émile a arboré un immense sourire, et une incroyable chaleur a pénétré mon corps, comme un grand souffle brûlant. Était-ce ça, le désir?

Sabrina a tapé sur sa cuisse après avoir pointé Émile de la main, et je l'ai regardée s'esclaffer.

— Ben là! Tu l'as, ton gars! a-t-elle lancé, hilare.

J'ai souri discrètement et j'ai à nouveau jeté un œil sur Émile, qui riait doucement.

— Oublie Rico, Caro! Tu vois bien qu'il y en a d'autres plus décidés que lui dans la vie! Parle-moi de ça, un gars qui sait ce qu'il veut! a terminé Sabrina, riant de plus belle avec Émile.

Je n'étais pas certaine de bien comprendre ce qui se passait, mais je souriais aussi.

❧

Janvier a été terriblement froid cette année-là.

La boutique où je travaillais n'était pourtant pas si loin de mon appartement, mais le chemin du retour me semblait toujours interminable, et je ne regardais même pas les vitrines des magasins tant mon visage était rentré dans le col de mon manteau noir.

J'avais hâte d'arriver, et je marchais vite, tous les soirs.

La neige craquait sous mes pas rapides, et la ville semblait encore plus déserte sous cette cacophonie rigide de pas.

J'étais presque rendue à l'appartement quand une silhouette se détachant du banc sur le trottoir a attiré mon attention.

Je l'ai immédiatement reconnu.

Émile.

La buée sortait de sa bouche, et il avait les épaules voûtées.

À première vue, on aurait dit qu'il pleurait, mais ce n'étaient que des perles de givre qu'il avait au bout des cils, et je me suis demandé depuis combien de temps il était assis sur ce banc, seul.

— Qu'est-ce que tu fais là? ai-je osé demander, et ma voix a résonné dans la rue comme une cloche. Il fait super frette!

Émile m'a regardée, mais j'avais presque l'impression qu'il ne me voyait pas, tant son regard était vide.

Il a à nouveau baissé la tête et s'est remis à fixer la rue. Étrange.

Rien de rassurant sur son état d'esprit.

— J'avais besoin d'air, j'étouffe dans cet ostie d'appart-là, a murmuré Émile. Pis, je sais pas quoi faire, on dirait.

Il a marqué une pause, et je lui ai trouvé l'air triste, moi qui pourtant l'avais trouvé en forme plus tôt.

— Ça fait que, je suis parti marcher, pis on dirait que j'ai juste pas le goût de revenir.

Je me suis assise à côté de lui, et à cause de nos vêtements amples qui prenaient toute la place, on aurait presque dit que nous étions collés. Je sentais la pression de son manteau sur le mien. Ça m'a fait sourire.

— As-tu lu ma lettre ? ai-je tenté, profitant de cet instant d'intimité entre nous.

J'étais terriblement gênée de le lui demander, mais une force inconnue me poussait à le faire.

J'ai attendu sa réponse, fébrile.

— Caro… a chuchoté Émile, et j'ai observé la buée sortir de sa bouche, sa belle bouche en cœur. Tu le sais que je peux pas faire ça.

J'ai retenu mon souffle.

— Je peux pas faire ça à mon *chum* Rico… Ça se fait pas… C'est n'importe quoi, cette histoire, nous deux… Ça a pas de sens.

J'étais sous le choc, et je sentais mes yeux brûler à cause de la tiédeur des larmes qui montaient.

Émile me regardait du coin de l'œil, je le sentais, mais j'ai décidé de regarder plus loin, de l'autre côté, pour cacher mon émotion. Il ne devait pas voir que ça m'atteignait à ce point.

De toute façon, il changerait d'avis.

— Je partirai pas avec toi, Caro. Oublie ça.

Sa phrase est tombée comme une lame de guillotine, et j'ai senti que l'air me manquait. Je devais partir au plus vite, avant de mourir là.

Émile m'aimait, pourtant, je le sentais. De plus en plus, j'en avais la conviction.

Mais pourquoi s'obstinait-il à vouloir faire comme si cet amour n'existait pas ?

Pourquoi ?

Pourquoi le nier, et pourquoi s'empêcher de vivre ce qu'il voulait, sous des prétextes ?

Je l'ai détesté à ce moment-là, pour une rare fois.

Et pour qu'il ne voie pas mes larmes, je me suis simplement levée comme une bombe, et j'ai tourné les talons en commençant à courir, pour m'éloigner de lui le plus possible.

Je ne me suis pas retournée, pas une fois.

Même arrivée à l'appartement, je ne l'ai pas regardé par la fenêtre, qu'il surveillait peut-être de son banc.

J'aurais bien aimé claquer la porte de ma chambre, mais je n'en avais pas ; cette pièce était en réalité un salon aménagé en chambre pour nos besoins.

Je me suis juste jetée sur mon lit, et j'ai pleuré, pleuré, jusqu'à m'endormir d'épuisement.

J'ai pleuré mon amour impossible.

Mais au fond de moi, je l'attendais quand même.

Fermer le livre
M'arracher vivement de toi
Cerner la rive
Pour empêcher que l'on s'y noie
Boucler le livre de notre histoire
Tourner les yeux de ton regard
Jusqu'à demain
— Aline Viens

Chapitre 10

Les jeudis soirs, il y avait la soirée des dames au bar le plus fréquenté de la ville, et la place grouillait de monde chaque semaine.

C'était l'endroit idéal pour se retrouver entre amis, et pour y faire des rencontres.

Nous y allions régulièrement, mes amis et moi, pour prendre un verre, danser et jouer au billard.

Il y avait beaucoup de mineurs dans l'établissement, dont moi, mais on ne m'avait jamais demandé de pièce d'identité.

J'avais commencé à sortir dans les bars à l'automne et comme toute adolescente, j'adorais ces soirées bien arrosées avec mes amis.

J'y allais depuis ce temps toutes les fins de semaine, en commençant le jeudi, et rendue au dimanche, je me sentais épuisée d'avoir autant fêté, mais tout de même comblée et rassasiée.

Ce soir-là, j'avais mis les pieds à l'appartement vers 21 h 20, et j'avais eu toute une surprise : Émile était assis dans la cuisine, arborant une nouvelle tête. Il avait teint ses beaux cheveux roux en bleu éclatant.

On aurait dit un schtroumpf, mais en plus mignon.

Je lui avais jeté un œil et m'étais dirigée vers ma chambre pour me préparer ; je sortais.

Depuis trois semaines, nous étions plus distants l'un envers l'autre.

Je voulais absolument lui montrer que je pouvais très bien me passer de lui et de son attention, de son affection.

L'attitude qu'il avait eue avec moi en janvier m'avait brisé le cœur, et je pensais encore à lui tout le temps, mais je le fuyais, pour qu'il ne s'en aperçoive pas.

Émile m'avait blessée sur plusieurs plans, et mon ego meurtri me poussait à l'éviter pour ménager ce qu'il restait de ma fierté.

Je n'étais pas de nature très indépendante en général, mais les circonstances favorisaient mon nouveau comportement plus froid.

Février venait de commencer, et je sentais la langueur de l'hiver peser sur mon âme comme une tonne de briques.

J'étais en colère contre moi de m'être laissé attendrir par ce garçon.

Je l'aimais encore. Je l'aimais et je le détestais.

Je suis donc sortie au Phare en espérant y rencontrer des gens que je connaissais, pour me changer les idées un peu. Quelques personnes sont venues me rejoindre et nous nous sommes commandé des boissons. J'étais une fidèle adepte des *Sex on the Beach*, et j'en avais déjà bu quelques-uns quand mon regard est resté accroché à une chevelure, que j'aurais reconnue parmi des centaines de têtes : les cheveux bleus d'Émile scintillaient sous les lumières de couleur, et nos regards se sont croisés comme il s'approchait du bar pour se commander quelque chose.

Je ne le quittais plus des yeux, tant je le trouvais beau.

À cet instant, une voix féminine, jeune et dynamique m'a sortie de ma torpeur.

— *Shooter, Miss*?

Une serveuse au décolleté plongeant et arborant une queue de cheval brune impressionnante se trouvait devant moi, et tenait un plateau garni de *shooters* de toutes sortes, que les gens s'empressaient de lui acheter. Son petit ceinturon noir semblait pesant, et elle s'occupait avec rapidité des gens autour d'elle.

J'ai senti l'alcool embrumer mon cerveau, et la fille brune m'a à nouveau dévisagée, légèrement inquiète.

Je me suis aperçue à ce moment qu'une larme roulait sur ma joue. L'avait-elle remarquée?

L'essuyant du revers de la main, je lui ai fait un signe en levant l'index et le majeur, lui signifiant ma commande. Deux *shooters* ont atterri à côté de moi sur le rebord du comptoir, et elle s'est approchée de moi, prestement, me glissant à l'oreille :

— J'te l'offre !

Et elle avait disparu. J'ai tourné la tête vers le bar, mais Émile n'y était plus.

— Caro?

La voix m'était familière et, faisant volte-face, je me suis retrouvée face à Guillaume, mon coloc. Il portait un chandail trop grand le faisant paraître plus maigre qu'il ne l'était, et ses cheveux étaient hirsutes. Un grand sourire ornait son visage.

— T'es surprise, hein? m'a-t-il lancé, hilare.

Je lui ai souri, dévoilant mes dents.

— C'est ben une des rares fois que je te vois ici, effectivement ! ai-je répondu. Qu'est-ce qui se passe, tu fais de la fièvre? me suis-je enquise, mettant ma paume de main sur son front.

— Ben non, t'es niaiseuse ! s'est-il exclamé, toujours en riant. Mais Émile voulait sortir ici, alors je lui ai dit que je l'accompagnerais. C'est plus lui qui fait de la fièvre ! a terminé Guillaume, fixant quelque chose au loin.

Mes yeux ont cherché dans cette direction, et je l'ai aperçu qui discutait avec quelqu'un.

Une fille.

Séléna.

Elle riait à gorge déployée, lui touchant les épaules.

Ça m'a donné mal au cœur.

— J'avoue que c'est pas trop son genre. Faut croire qu'on le connaît pas tant que ça.

Guillaume m'a regardée et soudain, j'ai vu qu'il savait. Il avait vu en moi ce dont j'essayais de me défaire.

Il m'a donné un coup de coude avec complicité et a levé son verre vers moi, attendant ma réaction. Avec lenteur, j'ai levé le mien, et nos verres se sont entrechoqués avant que j'avale rapidement ce qu'il en restait. Ma tête commençait presque à tourner. Mais pas encore assez.

La musique jouait à plein volume et la basse était grasse, faisant vibrer le sol sous mes pieds. Mon corps entier sentait la vibration, et je la trouvais rassurante, presque sensuelle.

J'avais envie de danser.

— Viens-tu sur la piste ?

Guillaume avait lu dans mes pensées, et nous nous sommes dirigés vers la foule qui se déhanchait au son de la musique. Les lumières volaient dans tous les sens, et je voyais juste un tas de corps collés qui faisait comme une vague, et quelques mains dans les airs, suivant le rythme.

Guillaume m'a tirée par le bras et nous nous sommes retrouvés parmi les autres, à nous déchaîner et à suivre la cadence. Je me sentais lourde et légère à la fois, et mon corps bougeait tout seul; je me laissais aller, et mes yeux se sont fermés doucement pour mieux sentir le rythme qui guidait mes mouvements naturellement. Je me sentais bien.

Les chansons changeaient rapidement et, tout à coup, j'ai entendu les premières mesures de la chanson *Blue*, de Eiffel 65. Un immense rire a jailli du fond de mon être, tandis que je dansais vigoureusement. J'ai ouvert les yeux et vu Guillaume qui me regardait, l'air perplexe.

— Écoute ça! me suis-je esclaffée. Ça te fait pas penser à quelqu'un?

Il a arboré quelques instants un air concentré, et son visage s'est soudain illuminé, joyeux.

— Il faut trop aller le chercher! m'a dit Guillaume, avant de disparaître.

J'ai refermé mes yeux, et j'ai senti le monde se resserrer autour de moi, tandis qu'un autre gars aux cheveux blonds prenait place face à moi et se déhanchait, me regardant d'un air aguicheur. Je lui ai tourné le dos et j'ai souri à une fille rousse qui sautillait frénétiquement en rigolant. J'ai aussi commencé à sautiller.

Cela faisait à peine quelques secondes que je m'étais tournée qu'une main m'a tapé sur l'épaule.

Je me suis retournée rapidement, affichant mon air le plus bête possible pour faire fuir le garçon blond, mais il n'y était plus; Émile se trouvait maintenant derrière moi. Son visage était rieur, et il faisait des petits mouvements ridicules en me regardant. Arrêtant de danser, je l'ai juste observé qui faisait sa suite de mouvements étranges, et j'ai senti un sourire monter sur mon visage.

Quelques personnes autour louchaient dans sa direction, et j'ai vu Guillaume plus loin qui rigolait avec Samuel DeBoeck, tous deux pointant dans sa direction.

La chanson *Blue* jouait toujours, et Émile prenait toute la place sur le plancher de danse, avec non seulement ses cheveux bleus, mais aussi avec son accoutrement de la même couleur.

La scène était presque surréelle.

… Yo listen up : here's a story
About a little guy
That lives in a blue world
And all day and all night and everything he sees
Is just blue
Like him inside and outside
Blue his house with a blue little window
And a blue Corvette
And everything is blue for him
And himself and everybody around
'Cause he ain't got nobody to listen
I'm blue, da ba dee da ba daa…

Quand la chanson s'est terminée, Émile a finalement arrêté de danser, et je l'ai vu se diriger vers la terrasse, non sans me jeter un dernier regard. On aurait dit qu'il m'appelait des yeux.

Mais je ne voulais plus jouer à ces jeux. Plus maintenant.

J'ai continué de danser quelques minutes, et je me suis retirée, épuisée. J'avais tout donné, et d'autres personnes, comme moi, avaient quitté la piste. Les gens s'éparpillaient, et j'ai cherché Guillaume à l'endroit où je l'avais vu quelques instants auparavant, mais il n'y était plus, ni Samuel.

Par contre, un garçon aux cheveux brun foncé et aux yeux perçants se trouvait là, accoté à une poutre, et il me fixait. Un léger sourire illuminait son visage pâle.

J'ai souri timidement et j'ai détourné les yeux, mais je sentais toujours son regard sur moi, intéressé.

Du coin de l'œil, je l'ai vu qui venait vers moi d'un pas décidé. Avant même qu'il ne m'ait adressé la parole, j'ai rougi.

— Salut, moi c'est Michaël, a-t-il dit, et j'ai remarqué un tatou tribal sur son avant-bras. Je t'ai regardée danser, pis je me suis dit que ta beauté méritait que je m'y attarde…

J'ai rougi de plus belle.

— Merci, ai-je répondu, et j'ai attendu qu'il reparle, trop gênée.

— Tu viens du coin? a-t-il demandé.

— Ben, disons, pas directement d'ici, mais de la ville d'à côté… Toi, il me semble que je ne t'ai jamais vu par ici?

— Je viens de Saint-Jérôme, a répondu Michaël en plissant les yeux tandis qu'il regardait quelque chose au loin, mais je vais vivre quelque temps chez mon oncle par ici. J'avais besoin de changer d'air… Des histoires avec mon ex là-bas, a-t-il terminé, nonchalant.

J'ai hoché la tête, compatissante.

— Je te comprends, ai-je lancé. Moi aussi, j'aurais besoin de partir d'ici pour faire un peu le vide, je pense. Tu sais, quand trop de choses arrivent en peu de temps, pis que t'as l'impression que t'as plus ta place à un endroit?

À son tour, Michaël a hoché la tête, et ses yeux ont parcouru mon visage, comme pour m'analyser. J'ai surpris son regard sur ma poitrine rapidement, et il a à nouveau remonté vers mon visage. Il m'a souri.

— C'était ton chum, le gars tantôt?

J'ai froncé les sourcils.

— Guillaume? me suis-je enquise, intriguée.

— Je sais pas, a continué Michaël, le gars avec les cheveux bleus, je ne sais pas son nom!

— Émile? me suis-je esclaffée. Tellement pas!

Je riais de plus belle. Michaël a froncé les sourcils, d'un air presque suspicieux.

— Ça te fait rire à ce point-là?

J'ai repris une certaine contenance.

— Ben, disons que nous deux, on est loin d'une histoire d'amour... Émile aime personne, pis il aime pas sa vie. Il se câlisse ben de moi. Oui, c'est ça. Il s'en fout.

J'avais dit ça d'une seule traite, sans reprendre mon souffle. Michaël a hoché la tête.

— J'étais pourtant certain, tout à l'heure, que vous étiez ensemble. Ou en tout cas, s'est repris mon nouvel ami, qu'il était amoureux de toi.

Je n'ai pas pu m'empêcher de sourire à cette fausse constatation.

— On reste ensemble, ai-je corrigé, mais on est juste colocs. D'ailleurs, je devrais probablement déménager bientôt, parce que, ben... c'est un peu compliqué, mais disons que mes plans ont changé depuis quelques mois. Pis, vivre avec une gang de gars, c'est pas évident!

— J'imagine, pour une fille aussi belle que toi, a répliqué Michaël avec un sourire en coin. Ils doivent tous te vouloir...

— T'es drôle toi, ai-je répondu, rougissant à nouveau. Pantoute, c'est juste que Rico, c'est mon ex, mais on reste encore ensemble... C'est pas l'idéal. Tu connaîtrais pas quelqu'un qui se cherche une coloc ? ai-je demandé, sérieuse. Pas trop loin, parce que je n'ai pas de voiture.

Michaël a secoué la tête, l'air désolé.

— Non, mais si j'en entends parler, je te fais signe, promis.

Je lui ai répondu par un sourire, et il a alors ajouté :

— J'aimerais vraiment ça que tu m'appelles, un moment donné. Quand t'auras envie de faire de quoi, a-t-il dit en touchant mon bras doucement.

Nos yeux se sont croisés. Il avait tout de même un je-ne-sais-quoi de mignon.

— Prendre un café, une bière, comme tu veux, a-t-il renchéri. Juste... se voir. Si tu veux. Dans ton nouvel appartement, peut-être ? Pour fêter ça ?

J'ai regardé autour de moi, et j'ai vu Guillaume, plus loin, qui m'envoyait la main.

— Peut-être, on verra. Ou bien appelle-moi, toi. Je ne suis pas très « téléphone », comme fille.

Sortant un bout de carton de mon sac à main, que je portais en bandoulière, j'ai griffonné mon numéro dessus et le lui ai tendu en souriant.

— Ça m'a fait plaisir de te parler, Michaël.

J'ai souri.

— Et moi donc, mademoiselle.

Il a approché lentement son visage du mien et j'ai presque eu peur qu'il m'embrasse sur la bouche, mais il a seulement effleuré ma joue de ses lèvres.

Il a ensuite tourné rapidement les talons vers la sortie, et je l'ai suivi des yeux, pour finalement me retourner vers la gauche, où j'avais vu Guillaume me faire un signe.

J'ai juste eu le temps d'apercevoir la tête bleue d'Émile qui disparaissait dans la foule, précisément à cet endroit.

M'avait-il vue parler avec Michaël ?

Avait-il remarqué que je lui avais laissé mon numéro de téléphone ?

Hochant les épaules, je suis à mon tour sortie du bar, et je suis partie vers chez moi, à pied, descendant la grande côte qui menait vers mon appartement.

J'ai senti pour une fois que j'arriverais peut-être à oublier Émile.

Respirant l'air froid de février, j'ai poursuivi ma route, plein d'espoir dans mon cœur.

Faut-il frôler le ciel
Valser en son brouillard
Errer en la chapelle
Des êtres dérisoires

Insuffler son enfance
Aux faucons du parcours
Pour connaître la danse
Éternelle de l'amour
— Aline Viens

Chapitre 11

Dans les semaines qui ont suivi ma rencontre avec Michaël, nous nous sommes revus à quelques reprises.

Il m'avait rappelée le mardi suivant, et nous étions allés manger ensemble au restaurant un soir.

Je ne pouvais pas dire que je me sentais amoureuse de lui, mais il était plutôt gentil, et j'aimais bien passer du temps en sa compagnie.

Il était drôle, et il me faisait penser à autre chose qu'à Émile.

Tout comme moi, Michaël aimait bien fumer un petit joint, et ça nous faisait un autre point en commun.

De plus, le fréquenter me faisait passer une bonne partie de mon temps ailleurs, en dehors du travail, et j'avais même commencé entre-temps à chercher un autre appartement.

Je ne voulais pas trop me compliquer la vie, qui était selon moi déjà assez laborieuse comme ça.

Je cherchais plutôt une chambre, un endroit près de tout, accessible, où je me sentirais en sécurité, à l'aise et, surtout, où Émile ne serait plus dans mon champ de vision.

Avec Michaël, nous nous étions embrassés quelques fois, et je sentais qu'il aurait aimé que notre relation aille plus loin qu'une simple amitié, plus loin que ce petit jeu de séduction que nous jouions tous les deux. Mais pour l'instant, j'étais incapable de lui donner plus.

J'étais comme ça, et je le suis toujours, d'ailleurs ; incapable de faire semblant d'aimer quelqu'un. Je déteste pousser les choses. Je vais à mon rythme.

Il y avait plusieurs chambres à louer près de mon travail, et j'en avais visité à peu près cinq dans le même secteur.

Avec un ami homosexuel, nous étions même allés rencontrer une dame qui voulait louer l'appartement situé dans son sous-sol, et nous avions prétendu être ensemble, car elle tenait absolument à avoir un couple comme locataire. La situation avait été d'un ridicule !

Mais à aucun des endroits, je n'avais eu l'impression d'avoir trouvé ma place.

J'étais vouée à rester où j'étais pour l'instant, en attendant qu'autre chose se présente à moi.

Il y avait toujours quelque chose qui me dérangeait ou ne me plaisait pas, que ce soit dans l'allure de l'appartement, dans l'odeur, l'ambiance, ou même un mauvais sentiment concernant ceux qui cherchaient un colocataire.

Au fond de moi, je savais pertinemment que je le saurais, quand je trouverais.

Et ce jour n'était pas arrivé.

À mon travail, j'avais servi un homme qui connaissait ma patronne, et il m'avait fait part de son ouverture quant à m'héberger pendant un temps.

La maison qu'il proposait se trouvait loin, cependant, à une dizaine de minutes de voiture de mon emploi.

Malgré tout, un soir, j'ai enfin consenti à aller visiter l'endroit, qui possédait un certain charme.

La maison était sur le bord de l'eau, et le terrain semblait intéressant.

Je n'y voyais pas grand-chose, à cause de la neige qui recouvrait toujours le sol, mais je pouvais tout de même voir quelques coins de terre émerger ici et là, car la neige avait commencé à fondre à certains endroits.

Le mois de mars commençait, et j'avais terriblement hâte de revoir le soleil, l'asphalte, le gazon. Les fleurs. L'eau.

J'ai fait le tour de la résidence avec Marc, qui semblait vraiment enthousiaste à l'idée d'habiter avec moi.

L'endroit était habillé de boiseries et comprenait plusieurs chambres.

Son petit cachet antique me plaisait, mais quelque chose continuait de me tracasser.

Marc me regardait d'une façon qui ne me plaisait pas, et son regard sans cesse fixé sur moi me laissait croire qu'il aurait aimé avoir une colocataire et une amante, je pouvais le sentir dans sa façon de me regarder et même jusque dans l'énergie qu'il dégageait en ma présence.

De mon côté, je voulais la paix.

Nous nous sommes tout de même installés dans la cuisine, et Marc m'a cuisiné un repas, un spaghetti tout simple, et j'ai malgré tout passé un bon moment à juste décompresser, à parler avec lui de tout et de rien, de ma vie, mon travail, ma famille. Je n'ai pas parlé d'Émile.

Pas une fois.

On a roulé un joint qui sentait merveilleusement bon, et on l'a fumé dans le salon tandis qu'un petit feu de foyer crépitait doucement. Des peaux d'animaux ornaient le plancher, et une tête d'orignal surplombait la pièce, qui manquait d'éclairage. Le joint a rapidement fait son effet, et j'ai senti mes yeux se fermer doucement, mais je ne me suis pas endormie.

Je réfléchissais.

J'écoutais simplement les sons ambiants, la radio qui jouait en sourdine dans la cuisine, et je pensais à ma vie, au fait que je n'arrivais pas à quitter le nid où Émile résidait. Une force invisible me gardait là, près de lui, et même si je n'y étais pas souvent depuis quelques semaines, j'aimais me sentir quand même enracinée au même endroit.

Émile m'ignorait lui aussi un peu plus, et je l'avais vu à quelques reprises avec Séléna, mais je ne savais pas ce qui se passait entre eux. Je n'osais pas questionner Guillaume.

Je ne voulais pas vraiment savoir.

L'appartement n'avait jamais été aussi sale, mais j'y passais très peu de temps ; je rentrais tard tous les soirs, et peu importe où je traînais, je m'arrangeais pour veiller le plus tard possible chez les gens.

Chez mes amis, dans les bars, chez l'oncle de Michaël où j'allais parfois ; j'étais constamment en visite.

Je fumais du *pot* en grande quantité, et mon cerveau était parfois embrumé jusqu'au petit matin, enrobé d'une torpeur dont j'avais de la difficulté à me défaire.

Un soir où j'étais revenue de chez une amie, j'avais même halluciné le visage d'Émile au-dessus de mon lit. Mais secouant ma tête, j'avais vu Rico, qui me dévisageait, penché au-dessus de moi.

Il m'avait confié le lendemain qu'il m'avait entendue crier dans mon sommeil depuis le salon où il dormait, mais n'avait jamais voulu me dire ce que j'avais dit.

Je devais vraiment quitter l'endroit le plus tôt possible, avant de me compromettre.

Voilà ce à quoi je pensais, assise chez cet homme que je connaissais peu, face à un feu de foyer qui m'hypnotisait de plus en plus. J'avais le corps engourdi et l'esprit léger.

J'ai pris mon courage à deux mains pour me lever du vieux canapé, et j'ai appelé ma mère, lui demandant de venir me chercher là-bas.

Sans trop poser de questions, celle-ci m'a répondu qu'elle viendrait dans la demi-heure. J'avais enfin pris une décision dont je voulais lui parler.

Je retournais vivre chez mes parents.

※

Deux jours plus tard, j'étais de retour dans mon ancienne chambre, avec ma mère qui me faisait à nouveau mon déjeuner le matin.

C'était un étrange sentiment de revenir en arrière, après tous ces mois passés avec d'autres gens de mon âge… Je me sentais mal à l'aise, et plus du tout à ma place.

Le temps avait laissé sa trace sur ma personne, et j'avais beaucoup vieilli en l'espace de quelques mois. J'étais plus indépendante, et je m'étais attachée à mon autonomie. Je voulais retourner vivre en appartement le plus vite possible.

Rien n'avait changé depuis mon départ, et mon père était toujours aussi grognon.

À la vue de son visage rougi, je me suis rappelé les circonstances de mon départ, à l'automne.

Je me suis promis à moi-même que je ne resterais pas longtemps.

Le printemps se faisait sentir, et les gens étaient comme fous. Ça sentait la bonne humeur au centre-ville, et je flânais souvent après mes journées de travail. Les journées avaient commencé à rallonger, et le soleil faisait fondre la neige sur les trottoirs. Il y avait de longues rigoles le long des rues, et j'adorais écouter, tout en marchant, le bruit que le ruissellement de l'eau produisait. Je me sentais revivre par en dedans.

J'avais adopté un endroit où j'allais régulièrement prendre une bière en finissant de travailler, et je discutais avec les gens au bar jusqu'à ce que la noirceur tombe. Je marchais ensuite dans le village, et j'en profitais pour chercher des appartements à louer. Il y en avait peu à ce moment-là de l'année, et je me sentais misérable.

Comme forcée d'endurer une situation qui ne me plaisait pas.

Cela faisait près d'une semaine que j'avais quitté l'appartement, et je pensais souvent à Émile, qui ne m'avait pas dit au revoir le soir de mon départ. Il était resté dans sa chambre, et j'avais attendu près de 15 minutes dans le salon, parlant avec Rico et me demandant s'il finirait par sortir de la pièce où il était sûrement enfermé depuis plusieurs heures.

Depuis qu'il ne travaillait plus, Émile passait le plus clair de son temps à écouter de la musique dans sa chambre et à dessiner. Du moins, j'avais aperçu de nouvelles créations sur les murs de l'appartement avant de partir. Des genres de monstres, des créatures étranges, qui semblaient s'attaquer à des guerriers et me laissaient penser qu'il ne se sentait peut-être pas à son meilleur. Mais encore là, ça faisait quelques semaines que je l'avais vu. Je n'étais pas en mesure de juger.

Ce soir-là, après ma traditionnelle bière au bar, j'ai regardé vers la gauche en sortant de l'établissement, en direction de l'appartement. Je ne le voyais pas de l'endroit où j'étais, mais je pouvais voir le coin de la rue, illuminé par le réverbère. Je me sentais attirée et, en même temps, tout mon être me disait de ne pas y retourner, que je ne devais pas revenir en arrière.

Partir avait été difficile, et je devais rester forte.

Mais je ne l'étais pas suffisamment encore.

Mes pieds ont pivoté vers la gauche, et j'ai marché jusque-là.

J'avais encore ma clé, sur la recommandation de Rico, mais je n'aurais jamais osé l'utiliser.

Je me devais de respecter la coupure que j'avais voulu faire. Alors j'ai sonné.

J'ai entendu la sonnerie qui indiquait que la porte se déverrouillait, et j'ai poussé la porte, hésitante. Je ne savais pas qui allait m'ouvrir.

Mais bien sûr, j'ai eu droit au meilleur.

— Ah ben, de la grande visite, a dit Émile du haut des marches, le visage neutre.

Je ne savais pas quoi dire et, en réalité, je ne savais pas vraiment ce que je faisais là. Je suivais une impulsion un peu bizarre. Je suivais mon cœur.

— T'es pas avec Michaël ? m'a demandé Émile, et j'ai perçu une légère jalousie dans sa voix, qui m'a fait sourire intérieurement.

Émile n'était pas complètement indifférent à moi, et je le sentais.

— Non, ai-je répondu sur un ton confiant. C'est pas mon *chum*, en passant. C'est juste un ami. De toute façon, ai-je continué, légèrement insolente, ça te regarde pas vraiment, non ?

Émile n'a pas répondu, et on s'est dévisagés tous les deux, pendant ce qui m'a paru une éternité. Je me demandais s'il allait répondre, et je ne parlais pas.

— Tu fais quoi? a repris Émile, sur un ton différent, plus intéressé. Je m'en allais rouler un joint, ça t'intéresse? a-t-il demandé, les yeux soudainement pleins d'espoir.

J'ai attendu quelques secondes avant de répondre, observant son attitude, et j'ai opiné.

Il a disparu vers le salon et j'ai commencé mon ascension vers la grande pièce pour le rejoindre.

— Rico est pas là? me suis-je enquise, balayant la pièce des yeux.

Il y avait un bordel sur place qui me surprenait : de la vaisselle sale, des vêtements, toutes sortes d'objets qui n'étaient pas à leur place et, surtout, le plancher semblait recouvert d'une couche étonnante de crasse. On aurait presque dit un endroit insalubre.

— Non, a répliqué Émile, s'asseyant à la fameuse table de cuisine ronde. Il travaille jusqu'à 23 h, pis de toute façon, je pense qu'il rentre pas ce soir, il y a un *party* chez les Soulard.

— Tu y vas pas? ai-je demandé, intriguée.

Émile a levé les yeux vers moi sans répondre. Son regard était insistant, et j'ai finalement détourné le regard, gênée.

— Non, j'avais autre chose à faire.

Son visage était sérieux, et il s'affairait en même temps à égrainer du *pot* sur la table, avec des petits ciseaux. Seul le bruit des lames fendait l'air.

— Ah bon? ai-je à nouveau demandé, curieuse.

— Ben, je t'attendais! a-t-il répondu, et son petit sourire taquin est apparu, comme un invité qu'on n'attend plus dans un *party*.

Mon cœur battait la chamade, malgré moi. Il était si beau. On s'est regardés.

J'ai souri et j'ai sorti de mon sac à main du *pot* que je m'étais procuré dans la soirée. Son odeur s'est répandue dans la pièce, et Émile m'a tendu la main, où j'ai déposé une cocotte.

— Je sais pas pourquoi je suis venue, ai-je dit tout haut.

Je voulais le dire dans ma tête, mais c'était sorti tout seul, comme une confession.

Émile cisaillait toujours le *pot*, et on ne disait rien ; seule la présence de l'autre comblait le vide.

Je retrouvais son odeur, sa présence, son charisme, son corps. Je respirais enfin.

Je ne voulais plus partir, jamais.

— Tu fais quoi ces temps-ci ? lui ai-je demandé, et Émile a allumé le joint.

La fumée s'est répandue autour de nous, et il me l'a tendu prestement.

— Pas grand-chose, je survis.

Ses yeux bleus se sont plantés dans les miens avec force, et j'ai senti mon souffle pris quelque part dans ma poitrine.

J'ai tiré une longue bouffée du joint et inspiré profondément le plus longtemps possible.

Expirant la fumée, je le lui ai tendu à nouveau.

— Tu pourras pas faire ça tout le temps, tu sais.

Émile s'est renfrogné immédiatement, et j'ai senti que j'avais touché un point sensible.

— Si tu es venue pour me faire la morale, tu peux crisser ton camp, Caro.

Seuls nos battements de cœur faisaient du bruit dans la pièce.

Ou était-ce mon imagination ?

— J'ai pas besoin de tes conseils, ni de ceux de personne, d'ailleurs. Foutez-moi la paix toute la gang.

Sa voix était grave, et je sentais à la fois sa nervosité. Je ne le comprenais pas. On ne s'était jamais compris.

— C'est pas ça, Émile, ai-je répliqué, nerveuse aussi.

Je ne voulais pas qu'il me fuie.

Pas cette fois.

— J'espère que t'es correct, c'est tout.

Le silence a répondu à ma phrase, qui s'est perdue dans la pièce. On aurait entendu une mouche voler.

— C'est tout, ai-je répété, insistant sur le mot.

Émile m'a enfin regardée, et nous n'avons rien dit pendant plus d'une minute.

— Toi, Caro, ça va? a dit Émile à mon intention. T'es partie comme ça... Pouf! a-t-il lancé en mimant un geste dans les airs. Disparue, a-t-il terminé.

Ses yeux étaient vitreux.

— J'avais besoin d'air, ai-je répliqué vivement. Tu sais de quoi je parle, non? On étouffe, dans cet appart-là, ai-je soufflé, citant ses paroles.

Émile a souri et m'a tendu le joint à nouveau.

— Encore plus maintenant; on étouffe, Caro. On étouffe, c'est pas possible.

Nous nous sommes regardés quelques instants, et nos rires ont fusé en même temps.

Nous riions, riions, et je suis presque tombée de ma chaise. J'étais étourdie.

— T'es con, tu t'en fous carrément, que je sois plus là, Émile Deschamps! Fais-moi pas croire n'importe quoi, comme d'habitude.

Mon ton était redevenu sérieux, et Émile s'est soudain levé de sa chaise et s'est approché de moi, comme au ralenti.

À mon grand étonnement, il m'a serrée dans ses bras, longuement.

Sa chaleur m'a étonnée.

— Non, Caro. Je m'en fous pas. Tu comprends pas.

Se dégageant, il est parti vers le couloir, et j'ai pensé un instant qu'il ne reviendrait pas, qu'il était reparti vers sa chambre, comme avant. Mais je l'ai vu refermer la porte de la salle de bain et j'ai entendu l'eau du robinet couler longuement.

Je me suis assise sur le divan, attendant son retour.

Quand il est réapparu, son visage était blême. Il m'a observée un instant à partir du couloir.

Revenant s'asseoir à côté de moi, Émile n'a rien dit. Nous regardions tous les deux en avant, et je n'osais pas parler non plus. Je ne comprenais pas trop ce qui se passait.

— As-tu trouvé un appart ? m'a questionnée Émile, doucement.

J'ai hoché la tête, me tournant vers lui.

— Non, pis chez mes parents, je ne me sens vraiment pas bien. J'ai hâte de revenir en ville, ai-je déclaré.

— Tu peux venir me voir, quand tu passes, tu sais… Je suis tout le temps là ou presque.

La phrase d'Émile a résonné dans la pièce comme une invitation que j'ai accueillie avec un sourire. On aurait dit que je n'étais jamais partie, que nous n'avions jamais eu de froid entre nous deux.

On aurait presque dit qu'il regrettait mon départ. Mon cœur s'est serré de douleur et d'ennui.

Mais avec joie, je lui ai tout de même répondu :

— Je repasserai, alors.

Nous avons continué de parler pendant près d'une heure, et j'ai appelé ma mère pour qu'elle vienne me chercher.

Puis, j'ai laissé Émile seul dans l'appartement alors que je regagnais mon domicile temporaire, m'ennuyant de lui plus que jamais auparavant.

Étoile rouge au cœur brisé
J'ai pourtant cru déceler clarté
J'ai pris tes larmes d'or glacées
Pour des éclats de belle journée

Je n'ai pas vu tes habits noirs
Ceux que tu portes pourtant le soir
Comme un linceul enroulé sur ton corps
Une image blanche remplie de mort
— Aline Viens

Chapitre 12

Dans les semaines qui ont suivi notre première soirée ensemble, je suis retournée voir Émile plusieurs fois après le travail.

J'allais parfois même directement à l'appartement, sautant l'étape sacrée de ma bière au bar.

Mes priorités avaient changé.

Nous passions des heures à fumer des joints et à bavarder. Ces moments avec lui m'étaient précieux, et j'y pensais toute la journée en servant mes clients.

J'étais plus distraite qu'à mon habitude.

Je regardais dehors plusieurs fois par jour, observant chaque passant, espérant voir Émile entrer ou tout simplement passer devant le commerce, mais je savais très bien au fond de moi qu'il était probablement à l'appartement, seul ou avec Guillaume, et qu'il ne daignerait pas sortir, et encore moins venir me voir. Ce n'était pas son genre.

Il avait eu une attitude très bizarre la veille, et je soupçonnais un peu une forme de jalousie derrière son comportement.

Je suis passée chez lui vers 13 h, car je ne travaillais pas. J'étais venue faire des courses au centre-ville, car je ne disposais pas de tout ce dont j'avais besoin chez ma mère.

Michaël m'avait appelée la veille, et il m'avait offert de l'accompagner le lendemain pour une randonnée en tout-terrain dans la montagne. Je n'étais pas très à l'aise à l'idée de me promener sur un tel véhicule motorisé, mais j'avais tout de même accepté, surtout par politesse. De plus, ça faisait près d'une semaine que je ne l'avais pas vu, et je voulais lui dire que j'avais bien réfléchi à nous deux, et que je ne me sentais pas prête à embarquer dans une relation avec lui.

Ma mère m'avait dit de l'appeler à la fin de mes courses; elle viendrait me reconduire chez Michaël. Quand j'ai donc eu terminé mes achats, je suis allée cogner chez Émile, pour emprunter son téléphone.

J'aurais pu aller dans une cabine téléphonique, d'autant plus qu'il y en avait une juste à côté de l'immeuble, mais l'idée de voir Émile plus tôt dans la journée me plaisait, et je savais sans aucun doute qu'il serait là.

Par contre, j'ai eu la surprise de me faire ouvrir la porte par un Rico tout ébouriffé, en robe de chambre, qui me regardait du haut des escaliers.

— Caro?

Sa voix était faible et rendait son accent presque inaudible.

— Tu parles d'une belle surprise! s'est-il exclamé.

C'est à ce moment seulement que j'ai remarqué son poignet, entouré d'un bandage blanc.

Mes yeux se sont agrandis sous l'effet de la peur et de l'inquiétude, et j'ai couru jusqu'en haut, essayant de lui toucher le bras, paniquée. Mais Rico m'a repoussée.

— C'est rien, Caro. Un petit bobo. Laisse faire, s'il te plaît.

Rico regardait légèrement par en bas, et je me suis demandé s'il avait réellement tenté d'attenter à ses jours. Il avait toujours été un garçon instable, parfois très déprimé et, d'autres fois, énergique comme deux.

Son caractère portait une dualité certaine, mais j'ignorais ce qui en était la véritable cause.

À ce moment, une voix grave a retenti dans la cuisine, à ma gauche.

— Je l'ai retrouvé dans le bain, il y avait du sang partout, a dit tranquillement Émile, et je l'ai regardé d'où j'étais, remarquant dès mon premier coup d'œil le capuchon blanc qu'il portait sur la tête.

Son visage était partiellement recouvert d'ombre, et je me suis demandé s'il était malade. Il était assis à la table ronde.

Émile semblait regarder dans ma direction, mais avec l'ombrage, je n'étais pas certaine de ce que je voyais. Peut-être aussi fixait-il la table devant lui ? J'étais incapable de le dire.

— Faites-en pas un cas, j'étais juste un peu déprimé, a soufflé Rico, et je me suis moi-même senti tout à coup un peu faible, comme vidé.

La douleur des autres a toujours un effet dévastateur, et c'est là que je l'ai constaté.

— Est-ce que ça va mieux ? ai-je demandé à Rico d'un ton qui se voulait compatissant.

Il a hoché la tête, souriant. Comme je le connaissais bien, j'ai tout de suite vu qu'il mentait.

Son état m'inquiétait, mais je n'y pouvais rien.

— Ça va beaucoup mieux, grâce à Émile, a dit Rico, le pointant furtivement du doigt. Ce matin, on est allés au restaurant, on a parlé, et je me sentais bien mieux en revenant, a-t-il continué. J'ai pris une bonne douche à mon retour, et je relaxe. Ça va aller Caro, a-t-il terminé, comme pour me convaincre.

Rico a sorti un paquet de cigarettes de la poche de son peignoir et en a allumé une rapidement, devant moi. La fumée m'a enveloppée, agressante.

J'ai senti son haleine de café, désagréable, mêlée à la fumée.

J'étais sous le choc, et un peu fâchée en même temps. Pourquoi fallait-il toujours qu'il aille au fond du trou dans tout?

— Sacrament Rico, c'est pas un jeu, la vie! me suis-je écriée.

C'était sorti tout seul.

Un silence a plané dans la pièce, et j'ai regardé Émile, dont la tête encapuchonnée était maintenant tournée vers l'extérieur.

M'avançant vers Rico, je l'ai serré dans mes bras, amicalement.

— Fais attention à toi. Tu vois bien que t'as des gens qui t'aiment autour de toi. Ça te prend quoi pour comprendre? Pourquoi t'as fait ça?

J'avais une tonne de questions qui me trottaient dans la tête, mais je sentais que le moment n'était peut-être pas approprié pour les poser.

Rico m'a repoussée doucement, m'a souri, et il a soudain tourné les talons vers la chambre du fond, celle qui était la nôtre à l'origine.

Tout en avançant dans le couloir, je l'ai entendu murmurer quelque chose, mais je n'ai pas compris.

Était-ce à propos de moi? Je ne savais pas.

Je me suis tournée vers Émile, toujours assis à la table de cuisine, et j'ai continué mon interrogatoire.

— C'est quoi la *joke*? l'ai-je questionné, nerveuse.

Émile a haussé les épaules.

— Je sais pas, Caro. Tu lui as peut-être fait plus mal que tu penses.

J'ai froncé les sourcils.

— Moi? Ben voyons donc, Émile, tu te souviens pas de la fois avec Carolann? La fille avec le manteau gris? Tu me niaises ou quoi?

Ma voix était un brin stridente. M'en rendant compte, j'ai baissé le ton pour la suite.

— Rico pis moi, c'était fini avant même qu'on emménage. On aurait juste pas dû revenir ensemble, on a perdu notre temps. Pis de toute façon, tu le sais très bien : tu le connais presque aussi bien que moi, il est pas égal tout le temps, Rico; il est peut-être malade! On le sait pas! La maniaco-dépression, ça existe. C'est pas nécessaire de m'accuser, Émile Deschamps!

Émile a haussé les épaules, mais n'a pas répondu. Décidément, il ne semblait pas au meilleur de sa forme.

— Est-ce que je peux t'emprunter ton téléphone? ai-je demandé plus calmement.

En guise de réponse, Émile m'a tout simplement pointé le vieux téléphone beige, et il s'est levé, comme au ralenti, se dirigeant vers sa chambre à la droite des escaliers.

Il a refermé sa porte comme un robot, d'une façon calme et machinale, et je suis restée la bouche ouverte, dans le salon, me demandant pourquoi tout le monde ici semblait désaxé à ce point.

Je commençais à me dire que j'avais bien fait de quitter la place.

Après avoir rapidement fait mon appel, j'ai quitté les lieux, me disant que je reviendrais le lendemain, quand tout se serait calmé.

Nous étions le 22 mars.

※※※

Le matin du jeudi 23 mars 2000, je suis partie travailler à la boutique comme tous les jours.

Ma mère m'a fait un bon déjeuner, et elle m'a reconduite là-bas vers 8 h 45.

Il faisait un soleil incroyable ; on sentait que l'été s'en venait à grands pas.

Les gens étaient comme fous, ça grouillait de monde en ville, et j'ai eu des clients toute la journée ; pas trop, mais une bonne journée. Tout allait bien.

Vers midi, peut-être 13 h, j'ai eu de la visite : Rico.

Je ne sais pas s'il se sentait mal par rapport à son attitude de la veille à l'appartement, mais il est venu me voir et on a discuté quelques minutes. Il semblait plus en forme, et il m'a dit qu'il s'en allait chez les Soulard pour la soirée, qu'il dormirait sûrement là-bas.

Puis, il a ajouté qu'Émile venait de partir chez ses parents pour la journée, pour y faire son lavage. Nous n'avions qu'une sécheuse à l'appartement, pas de laveuse, et ce n'était pas très pratique.

Après son départ, je me suis questionnée à propos d'Émile.

Était-il fâché contre moi ? La veille, je l'avais senti plus distant, plus froid.

J'étais inquiète de le retrouver différent en allant le voir, ce soir-là, après le travail.

J'ai tenté de me rassurer à son sujet, puisque nous avions eu de beaux moments tous les deux depuis mon départ, et j'ai croisé les doigts pour que tout aille bien.

Avec Émile, je marchais constamment sur des œufs.

Vers 15 h, Pascal Lapointe, un ami d'Émile, est entré dans la boutique.

Ça m'a surprise, car je ne l'avais jamais servi auparavant.

Grand, mince, un visage angulaire et peu de cheveux, Pascal avait un physique étrange, un peu comme si son corps était plus vieux que lui.

Bien vite, j'ai constaté qu'il ne venait pas pour s'habiller à la boutique, mais pour m'emprunter mon téléphone.

— Émile doit être chez vous ? m'a-t-il demandé, rapidement.

Il semblait pressé, comme toujours.

— Chez nous ? ai-je répondu, surprise. Je ne reste plus là depuis presque trois semaines, il ne te l'a pas dit ?

— Non, m'a dit Pascal, une expression indéchiffrable sur le visage. Sais-tu s'il est là quand même ? a-t-il renchéri.

— Non, il est chez ses parents aujourd'hui, Rico me l'a dit tantôt. Il devrait probablement revenir après le souper. Tu veux que je lui fasse un message si je le vois ? ai-je ajouté pour être gentille.

— Non, m'a répondu Pascal. En fait, s'est-il repris, oui, dis-lui que je passerai le voir demain ou après-demain, c'est bon ?

J'ai hoché la tête et il m'a saluée rapidement avant de quitter la boutique.

J'avais hâte de terminer de travailler, et les heures s'égrenaient lentement. J'ai fait un peu de mise en place, parlé quelques minutes au téléphone avec ma mère et loué un costume médiéval à une cliente pour un bal costumé.

Puis, 18 h ont sonné.

Après m'être arrêtée pour m'acheter un paquet de cigarettes et avoir fait un arrêt chez Gilles, mon vendeur de *pot*, je suis partie vers l'appartement, sourire aux lèvres.

Le vent était chaud, et j'étais toujours surprise que le printemps soit enfin là, avec son odeur particulière et sa luminosité incroyable.

Le trottoir était sec et gris sous mes pieds ; j'entendais mes talons claquer sur le béton.

Quelques personnes pressées étaient déjà attablées à des terrasses avec leur bière. Ils regardaient les passants, contemplatifs, profitant de ce bel après-midi.

Et moi, je marchais, calmement, levant mon visage vers le soleil, fumant ma cigarette, et je saluais d'un sourire tous ceux qui croisaient mon chemin.

Une magnifique journée de mars.

Quand j'ai tourné le coin de la rue où se trouvait l'immeuble, j'ai immédiatement remarqué que tous les stores de l'appartement étaient fermés.

Dans la chambre d'Émile, un vieux sac de couchage faisait office de rideau, et il pendait, croche, à sa fenêtre.

Personne ne m'a répondu quand j'ai cogné, et je me suis reculée dans la rue, levant les yeux vers les fenêtres pour voir si quelque chose avait bougé.

Rien.

Émile n'était pas revenu, et Guillaume ne semblait pas là non plus.

J'étais déçue.

Mais je reviendrais plus tard.

Je suis allée prendre une bière à mon bar habituel, où j'ai parlé avec la blonde du propriétaire.

Elle m'a fait des croquis sur une feuille pour m'illustrer ce qu'elle voulait faire comme aménagement paysager autour du resto-bar, et je lui ai donné mon avis sur l'emplacement de certaines choses, des plantes, des bosquets.

L'horloge indiquait maintenant 19 h 30, et je suis partie prendre une bouchée, car je commençais à avoir faim. J'ai englouti une poutine bien graisseuse dans un casse-croûte, et je suis retournée voir à l'appartement, étant certaine d'y trouver quelqu'un.

Mais personne ne s'y trouvait encore.

Pourquoi était-ce si long ?

Ce n'était pourtant pas dans les habitudes d'Émile de traîner ailleurs. Il devait avoir quelque chose de spécial dont je n'étais pas au courant, peut-être un repas en famille.

J'ai jeté un œil derrière la bâtisse, où se trouvait le petit un et demie de mon ami Alex Michaud, un homosexuel qui vivait seul.

Alex était un gars très spécial, et je ne l'aurais pas fréquenté trop souvent, car il était si extraverti que c'en était étourdissant. Mais une fois de temps en temps, j'appréciais tout de même sa compagnie et, tout comme moi, il aimait bien fumer du *pot*.

J'ai donc opté pour une petite visite improvisée.

Quand il m'a ouvert, il m'a fait le plus grand sourire imaginable, et je me suis dit que finalement, ça me ferait le plus grand bien de parler avec lui.

— Ma sirène ! s'est exclamé Alex, me donnant deux gros becs mouillés sur les joues et me tirant par le bras à l'intérieur.

Pas très grand, mon ami arborait une chevelure blonde qu'il portait courte, et qui semblait boucler naturellement. Sa peau portait plusieurs cicatrices, comme s'il avait souffert d'acné sévère pendant longtemps.

Il avait aussi des yeux exorbités, qui lui conféraient un air surpris en permanence.

Son appartement était minuscule, et un divan orange prenait toute la place dans ce qui servait de salon. C'est là que nous nous sommes assis, parmi les coussins, et Alex a entrepris de rouler un joint tout en me racontant divers épisodes récents de sa vie trépidante.

À un moment donné, il s'est arrêté de parler et m'a dévisagée un court instant.

— Ton ex m'a dit que tu ne restes plus en haut ? Comment ça ?

— Bof, longue histoire, ai-je répondu, lasse.

— J'adore les longues histoires ! s'est exclamé Alex avec son habituel entrain, et ça m'a fait rire.

Il était vraiment comme une fille avec un corps de gars.

— Sérieusement, ça ne me tente pas d'en parler, Alex.

Il m'a fait un petit sourire rassurant et m'a tapoté le genou ; j'avais remonté ma jambe sous moi.

— Pas grave, ma sirène, a ajouté Alex, mouillant le joint. Je ne te forcerai pas.

Je lui ai répondu par un sourire, et nous avons continué de papoter. Le *pot* que nous fumions était de la vraie bombe, et je n'ai pas tardé à être complètement droguée, si bien qu'à un moment donné, j'ai évalué longuement dans ma tête la façon dont je m'y prendrais pour me lever du divan et aller vérifier par la fenêtre du salon l'appartement en haut.

Quand j'ai enfin réussi à le faire, j'ai constaté que toutes les fenêtres chez Émile étaient sombres, et le logement semblait toujours aussi vide. Ça m'a un peu inquiétée.

— Qu'est-ce qui te tracasse, ma belle sirène? m'a demandé Alex, curieux, la tête penchée sur le côté.

— Je voulais aller voir Émile, ce soir, ai-je répondu, me demandant si je devais aller plus loin dans mes explications.

Un silence a suivi ma déclaration.

Alex attendait.

— Il va revenir, chérie, a renchéri mon ami, et j'ai vaguement esquissé un sourire.

J'ai hoché la tête en guise de réponse.

— Je sais, c'est pas ça, c'est juste que j'avais vraiment le goût de lui parler… Je comprends pas pourquoi il est toujours pas revenu de chez ses parents.

Alex a souri, dévoilant ses dents légèrement jaunies.

— Petite cachottière, a-t-il dit doucement, ses yeux s'agrandissant sous l'effet de la surprise.

J'ai joué l'innocente. Mais malgré moi, je me suis sentie devenir rouge.

— Quoi? ai-je demandé.

— Tu es amoureuse! a crié Alex, bondissant sur ses deux pieds, face à moi. D'Émile! Tu es follement en amour avec lui, je le vois bien, ma chérie! Petite sirène, pourquoi tu m'as rien dit?

Son enthousiasme débordant m'a fait rire, et je me suis surprise à avoir envie de tout lui raconter, depuis le début de l'histoire.

Notre secondaire ensemble, la fascination qu'il exerçait sur moi, même à l'époque, et ensuite l'excitation de savoir qu'on vivrait ensemble, notre déménagement, ma rupture avec Rico, notre rapprochement, et tout ce qui avait suivi, jusqu'à maintenant.

Alex m'a écoutée religieusement, et ses yeux n'avaient toujours pas retrouvé leur forme initiale ; ils étaient toujours aussi ronds, exprimant toute son attention.

Ça me faisait du bien d'en parler, finalement, et les mots s'enchaînaient rapidement ; je ne pouvais plus m'arrêter de parler. Tous les détails y passaient.

Puis, je me suis rendu compte que l'heure avançait et que je devrais probablement appeler ma mère avant qu'elle ne se couche pour ne pas être obligée de prendre un taxi. Alex m'a tendu le téléphone. Ma mère m'a dit qu'elle serait là dans la demi-heure suivante.

J'ai donc discuté encore quelques minutes avec mon ami, avant de quitter son appartement pour me rendre au dépanneur m'acheter une bouteille d'eau, et je suis retournée chez Émile, où je me suis allumé une cigarette, assise dans les escaliers en avant de la porte.

L'appartement semblait désert, et j'ai sonné une dernière fois, sans trop d'espoir.

Tirant une bouffée de ma cigarette, j'ai entendu le téléphone sonner à l'intérieur, et je me suis demandé qui pouvait appeler à cette heure ; Rico, Guillaume, ou des amis d'Émile ?

Quand ma mère est arrivée, il était près de 23 h, et j'étais morte de fatigue.

Je me suis couchée tout de suite en arrivant, et la noirceur m'a enveloppée, jusqu'au lendemain.

Deuxième partie

Après

Pourquoi faut-il voir l'étoile noire
Vacillante dans l'obscurité ;
Pourquoi faut-il la voir
Pour entamer cette quête de la pureté ?
— Aline Viens

Chapitre 13

La première chose que j'ai entendue ce matin-là, c'était la télévision qui jouait en sourdine dans la cuisine.

Je n'étais pas totalement consciente, et mon cerveau émergeait tranquillement du monde onirique.

Depuis que je fumais du *pot*, mon sommeil était souvent confus, et je me trouvais régulièrement entre-deux, ni réveillée ni endormie, et ce, pendant des heures.

Quand je me levais, j'étais souvent perdue, engourdie, et devais boire plusieurs cafés avant d'être complètement réveillée et en pleine possession de mes moyens.

Ce matin-là, j'étais particulièrement confuse, et quand un bruit violent de coups à ma porte a retenti, je n'ai pas immédiatement compris que c'était dans la réalité.

Ma mère a cogné encore plus fort, et je me suis redressée dans mon lit, un matelas posé à même le sol, le souffle court. Je reprenais mes esprits.

— Caro, lève-toi.

La voix de ma mère avait quelque chose d'étrange, un peu comme si elle réfrénait une panique, un état surexcité. Elle n'augurait rien de bon, je le sentais.

J'ai ramassé ma robe de chambre de velours rouge, qui traînait sur le sol, et l'ai enfilée rapidement tout en me dirigeant vers la porte, que ma mère martelait à nouveau du poing.

La poussant pour l'ouvrir, j'ai vu son visage, et j'ai eu peur avant même qu'elle ne prononce quoi que ce soit.

Quelque chose de grave était arrivé, je le voyais sur ses traits creusés, ses paupières qui battaient frénétiquement.

Me dévisageant, elle ne m'a pas touchée tout de suite, et elle restait loin de moi ; un bon pied nous séparait, comme si elle appréhendait ma réaction par rapport à la nouvelle. Je la sentais nerveuse comme je ne l'avais jamais sentie auparavant, mais aussi… sous le choc.

Mon cœur battait fort de m'être réveillée aussi vite, mais aussi dans l'attente du bouleversement qui allait venir changer mon existence.

Ce n'était plus qu'une question de secondes entre ma vie d'avant et ce que je m'apprêtais à vivre.

— C'est Émile, a seulement dit ma mère.

Mon corps s'est tendu en entendant son nom, et j'ai senti l'intérieur de ma personne, en partant de ma gorge, devenir comme une grande allée de quilles dans laquelle on venait de lancer une boule lourde, qui roulait à grande vitesse vers mon cœur, pour faire un abat.

Le souffle court, j'ai évalué la distance entre ma mère et moi, question de savoir si je devais m'appuyer sur elle pour éviter de tomber en apprenant la suite.

Je ne savais toujours pas de quoi il était question, mais un pressentiment me disait que l'invraisemblable était arrivé, le pire, l'inimaginable.

Émile était mort.

Mon amour.

Parti.

Envolé.

Il m'avait quittée sans jamais m'avoir laissé la chance de l'embrasser, de le toucher.

Sans jamais avoir eu la chance de lui confier à quel point je rêvais de lui la nuit. De son sourire et de ses yeux tristes.

Non. Ça ne se pouvait pas. Pas ça, s'il vous plaît, pas mon Émile !

J'ai supplié Dieu dans ma tête, comme un mantra : pas ça, pas ça, pas ça, pas ça.

Plus l'idée se faisait un chemin en moi, et plus je sentais monter un cri, qui ne demandait qu'à ce que j'ouvre la bouche pour sortir de moi comme une bombe, que je voulais lâcher sur le monde entier, pour que tout explose, moi y compris.

Pour que revienne le silence dans ma tête et le calme dans mon cœur.

Et c'est là que ma mère a parlé.

— Il a tué ses parents hier soir, Caro. Tous les deux.

Les mots se sont rendus jusqu'à mon cerveau avec une lenteur étrange, comme si celui-ci ne voulait pas les assimiler. J'ai ouvert les yeux plus grands, comme pour faire entrer davantage d'informations dans ma tête.

— Quoi ? me suis-je entendue demander, comme si une autre personne venait de parler.

Tranquillement, j'ai saisi le sens des mots qui venaient d'être prononcés, et mon ventre s'est crispé, provoquant une grande douleur en moi. Je ne savais pas si la sensation était réelle, ou si c'était simplement mon cerveau qui m'envoyait des ondes de sa souffrance.

J'ai mis mes mains sur ma bouche, espérant bloquer le cri qui est finalement sorti sans que je puisse le retenir plus longtemps dans ma poitrine.

Un cri long et profond, qui soulage et brûle en même temps.

Ma vue s'est embrouillée, et je me suis sentie tomber par en avant, où se trouvait ma mère.

J'ai senti ses bras se refermer sur moi, et je l'ai entendue qui murmurait des mots de réconfort, ou du moins, c'est ce que j'ai présumé ; je n'entendais pas les mots.

J'avais la tête trop saturée, et des larmes coulaient à flots sur mes joues.

J'étais confuse, mais je savais surtout une chose, qui me paraissait tellement étrange que je n'aurais osé le dire à personne, et surtout pas à ma mère qui m'étreignait pour soulager ma peine ; malgré toute la douleur et la tristesse que je pouvais ressentir à ce moment-là, pour différentes raisons, j'étais, un peu malgré moi, heureuse d'apprendre qu'Émile était vivant.

Oui, j'étais soulagée. Voilà le mot juste.

Mon cri en était un de soulagement, et j'aurais voulu crier son nom comme pour l'appeler, pour le ramener à moi, car je savais aussi que je l'avais perdu, sans trop savoir pourquoi, ni pour qui.

Mais je le sentais loin.

Émile avait franchi une limite sur le sentier sombre de sa vie, et je n'étais pas autorisée à le suivre, ni même à comprendre. Pourquoi ? Pourquoi eux ? Pourquoi pas moi, même ? Pourquoi à ce moment précis ? Pourquoi LUI ?

Pourquoi n'avais-je rien vu venir ?

Pourquoi me sentais-je comme si ma vie à moi était finie ?

Ma mère a commencé à pleurer avec moi.

Nous étions toujours devant la porte, comme deux âmes torturées, chacune avec ses propres questionnements et ses propres conclusions.

Je me répétais dans ma tête : pourquoi, pourquoi, pourquoi, et je prenais conscience du pire, de l'inavouable, et mon cœur se serrait rien que d'y penser ; je l'aimais encore !

Comment pouvais-je l'aimer encore ?

Je n'avais qu'un désir ; le revoir pour éclaircir mon cœur.

Je devais revoir ses yeux, et risquer de constater par moi-même qu'il n'était plus le même, qu'il était rendu un monstre, et que je n'avais plus raison de l'aimer.

Il ne pouvait plus être le même. Pas après ça.

— Je sais, Caro, a soupiré ma mère, me tirant de ma transe, c'est épouvantable. Je sais.

Je n'avais pourtant rien dit, mais j'aurais aimé pouvoir le faire, pour lui expliquer que j'étais mélangée, que je ne comprenais plus rien à rien, mais que je m'ennuyais déjà de lui.

— J'ai reconnu la maison, a continué ma mère, et je ne pouvais pas croire ce que j'entendais. Quand je pense que ça aurait pu être toi, Caro ! Tu t'imagines ?

Je n'ai rien dit, mais au fond de moi, une voix me disait que je n'avais jamais été en danger avec Émile, et qu'il ne m'aurait jamais rien fait de mal.

Pas lui, si doux, si tranquille, si réservé.

De nous quatre à l'appartement, il était le plus calme.

Pourquoi tant de violence ? Tant d'agressivité refoulée ?

— T'as vu ça aux nouvelles ? Ils ont dit que c'est lui ? T'es sûre, maman ?

Ma voix tremblait.

Ma mère a acquiescé, les yeux pleins d'eau.

— Ils l'ont pas nommé, Caro, parce qu'il est mineur, mais je te jure, j'ai reconnu la maison, il n'y a pas de doute. C'est vraiment Émile.

Un silence a pris place entre nous, et je me suis remise à pleurer, me sentant incomprise, et ne sachant pas quoi faire dans l'immédiat. La panique était en train de me gagner.

Prise d'un excès d'énervement que je ne pouvais maîtriser, je me suis mise à marcher de long en large de la maison, presque à la course, ma mère sur les talons. Je pleurais frénétiquement, et je marmonnais des choses incompréhensibles, dont je ne me souviendrais pas par la suite.

Je suis même descendue en trombe dans la chambre de mes parents, où dormait mon père paisiblement.

Ma mère semblait paniquée que je le réveille, et quant à moi, je pleurais et criais en même temps, ce qui a bien sûr fini par le réveiller.

Le visage confus et semi-endormi, mon père m'a dévisagée et m'a écoutée crier, en délire, sans me comprendre.

J'ai entendu ma mère lui chuchoter la nouvelle.

Papa a nié les faits en secouant la tête de gauche à droite et nous a regardées comme si nous étions complètement folles toutes les deux.

J'ai remonté les escaliers à toute allure, et j'ai empoigné le téléphone sur le bureau près de la cuisine.

Je devais appeler chez les frères Soulard, où se trouvait prétendument Rico depuis hier, pour le lui annoncer.

Je tremblais comme une feuille et le combiné a glissé de ma main gauche deux fois, jusqu'à ce que je le tienne assez fermement pour composer.

J'avais peur de ne plus jamais pouvoir parler normalement à quelqu'un de ma vie. Je ne me sentais déjà plus la même qu'à mon réveil.

La mère de nos amis suisses a enfin répondu et je lui ai nerveusement demandé de parler à Rico.

Quand j'ai entendu la voix de celui-ci à l'autre bout du fil, je me suis immédiatement sentie plus calme.

— Rico, c'est Caro, ai-je soufflé.

La télévision était posée sur un meuble dans la cuisine, en hauteur, et tout en écoutant mon ex prendre une bouffée de cigarette, j'ai enfin vu la maison sur l'écran.

C'était bien elle.

Avec son style campagnard, sa mansarde, et l'atelier de sculpture plus loin sur le terrain.

Je n'arrivais pas à y croire.

On voyait des ambulanciers pousser les corps sur des civières, recouverts de draps blancs.

J'avais le souffle coupé.

— Allume la télévision, ai-je murmuré.

J'enviais l'insouciance de Rico, qui venait probablement de se lever et vivait une journée comme les autres, s'émerveillant du beau temps.

— Hein? a-t-il demandé calmement. C'est quoi le rapport?

— OUVRE LA TÉLÉ! ai-je crié, hystérique, et un silence éloquent m'a répondu.

J'ai entendu Rico marcher, téléphone à la main, et le bruit des nouvelles m'est enfin parvenu à l'oreille. J'ai attendu, cherchant mon souffle.

— Qu'est-ce que t'as ce ma...

Le silence a de nouveau résonné dans l'appareil, et j'ai deviné qu'il venait de voir la maison des parents d'Émile à l'écran lui aussi.

Il se demandait sûrement pourquoi elle y était.

Je lui ai laissé le temps de comprendre, tandis qu'un court reportage donnait de brèves informations.

— Câlisse, a fini par dire Rico dans un souffle.

Je me suis mise à pleurer, et j'ai vu Émile, du moins, j'ai deviné sa silhouette qui marchait, escorté d'un policier, la tête cachée derrière un capuchon. Un autre policier le poussait à l'intérieur d'un véhicule.

C'était vraiment lui. J'avais reconnu ses vêtements.

— Je comprends pas, a dit Rico, et seuls mes pleurs lui ont répondu. Ça se peut pas, tabarnak! Voyons donc! Pas Émile!

J'ai invité Rico à venir me retrouver chez mes parents, puis j'ai raccroché.

C'était au-delà de mes forces et de ma compréhension d'aller plus loin dans cette conversation. Tout était confus pour moi, même irréel. Les couleurs, les sons, tout me paraissait étrange. On aurait dit un mauvais *trip* de drogue, quand on sent qu'on est trop drogué et qu'on ne souhaite que redescendre, retrouver son état normal.

Mais rien n'aurait pu m'aider, à ce moment. Rien ni personne.

Je me sentais seule comme jamais.

Je me sentais... brisée.

Il existe des moments dans la vie où le temps reste marqué au fer rouge.

Le matin du 23 mars 2000, nous étions plusieurs dans cette situation, dans mon entourage.

Moi, Caroline Vignault, j'ai vu ma vie changer en l'espace d'un instant, un instant où j'ai compris qu'on ne connaît jamais vraiment personne, même si on croit bien connaître les gens autour de soi : sa famille, ses amis, tous ceux avec qui on a ri, passé du bon temps, peu importe, ils restent tous des inconnus. Même ceux qu'on aime.

Le cœur et l'esprit d'une personne sont des boîtes mystérieuses dont on croit parfois voir les parois, la profondeur, la couleur… Mais chacun garde ses boîtes fermées la majeure partie du temps, et on ne sait parfois même pas ce qu'il y a dans nos propres boîtes !

Je n'avais jamais perçu aucune haine chez Émile, ni même de l'agressivité.

De la tristesse, du désespoir, certes, mais rien qui ne m'aurait laissée présager ce type d'issue. Jamais.

Pourquoi avait-il fait ça ?

Pourquoi tuer des gens ? Ses propres parents ? Comment c'était arrivé ?

Avec quoi ? Avaient-ils souffert ?

Où était Sarah, sa sœur ? Pourquoi il ne l'avait pas tuée, elle aussi ?

Rico m'a rejointe et j'ai demandé à ma mère de nous conduire à l'appartement.

Je savais très bien qu'Émile ne serait pas sur place ; pourtant, quand nous avons poussé la porte du quatre et demie, j'espérais quand même le voir arriver en haut des escaliers, avec son petit sourire en coin.

Mais le silence total régnait entre les murs.

Pas même Guillaume ne s'y trouvait.

Personne.

Qu'une ambiance de mort, froide et sans vie.

Que le son des questions dans ma tête, qui martelaient mon crâne avec force, sans que je puisse leur apporter de réponses. J'avais envie de vomir.

Rico et moi avons pénétré dans le salon tout doucement et sans faire de bruit.

Ni l'un ni l'autre ne parlait, et même nos souffles se faisaient discrets.

Nos pas ont résonné jusqu'au bout de l'appartement et m'ont alors rappelé notre solitude, notre isolement.

J'avais la peur au ventre. J'avais peur de mourir de peine.

— Ça se peut pas, a alors dit Rico.

Même lui, dont le teint était habituellement basané, était incroyablement blanc. Ses yeux brun foncé sortaient de son visage comme deux immenses trous noirs. Il avait l'air fantomatique.

— Je sais, ai-je murmuré.

J'avais mal à l'âme. Je pensais à Émile, qui devait être dans un état de totale confusion.

La vraie douleur, me suis-je dit, celle qui nous fait douter de l'importance de la vie, n'a pas de fond.

Elle n'a pas de fond et pas de limite.

Plongée dans cet état extrême, la personne qui souffre n'a plus toute sa tête ; elle a juste mal, et cette souffrance résonne dans son cœur, comme un acouphène dans les oreilles.

C'est dangereux d'avoir mal comme ça.

Pour soi, puis pour les autres.

Parfois, ça laisse des traces qu'on ne peut plus effacer.

Quand on n'aime pas la vie, il y a cette douleur par en dedans qui cherche sa source, pour pouvoir se faire disparaître. Et on ne sait jamais ce qu'elle va trouver comme tremplin pour se donner un élan et sortir.

La douleur, c'est vivant, ai-je compris, et ça cherche tout le temps à s'exprimer.

J'aurais juste voulu qu'Émile l'exprime autrement. Pourquoi blesser les autres ?

Ses propres parents, d'une certaine façon les racines de sa vie ?

Qu'est-ce que ce geste nous disait, en réalité, sur Émile ?

Une chose était sûre dans ma tête : dans la vie, même en commettant des gestes épouvantables, la personne qui commet une erreur, même irréversible, même irréparable, demeure un humain. Les gestes malheureux ne disent pas tout sur la vraie nature d'une personne, mais mettent seulement à nu sa souffrance, et le fait qu'on est tout le temps impuissant face à la douleur de l'autre, parce qu'on ne la voit pas vraiment.

C'est invisible, la douleur. Parfois même pour celui qui l'a en dedans.

Mon cœur saignait de savoir qu'Émile ne m'avait pas fait assez confiance pour me montrer la sienne, peu importe la laideur de sa souffrance, de ses pensées ; il n'avait pas voulu partager ça avec moi, comme un enfant honteux.

Je lui en voulais pour ça.

J'avais mal de ne pas l'avoir décelée, à travers son regard, à travers les mots échangés entre nous. Avait-il déjà tenté de me faire voir l'immensité de son vide ?

Étais-je en quelque sorte coupable, moi aussi, du meurtre de ces deux personnes que j'avais déjà croisées à l'appartement, et qui m'avaient semblé très gentilles ?

Les larmes roulaient sur mes joues tandis que je déambulais dans la pièce ensoleillée et que je me rendais doucement compte de l'ampleur du drame.

J'ai fermé les yeux et j'ai pris une grande inspiration pour ne pas tomber.

Puis, je me suis dirigée vers sa chambre. Je voulais voir.

La chambre d'Émile était pratiquement la seule de l'appartement à être sombre. Était-ce un autre signe que j'aurais dû comprendre?

Le sac de couchage recouvrait toujours la fenêtre et empêchait toute forme de lumière de pénétrer dans la pièce.

Mes yeux ont fixé son lit plusieurs secondes, et je me suis demandé si j'y retrouverais son odeur en m'y allongeant. Retrouver l'empreinte de son corps dans les draps. J'y aspirais grandement.

Je me suis donc approchée et, lentement, je m'y suis laissée tomber, lourde, dans l'abandon.

Oui. Je le sentais. Émile était encore ici, en quelque sorte.

On aurait presque dit qu'il était à mes côtés; alors, j'ai fermé les yeux dans l'espoir de l'y retrouver, souriant, ses yeux bleus plissés, tout petits.

Mais un bruit subtil m'a sortie de ma transe et j'ai aperçu Rico, blanc, dans le cadre de la porte.

Nous nous sommes dévisagés quelques instants qui m'ont paru une éternité. Je sentais qu'il voulait me parler.

Je n'ai donc pas été surprise quand il l'a fait.

— Émile me l'a dit, pour ta lettre.

Son visage n'exprimait ni colère, ni rancune, ni rien de spécifique.

Je ne déchiffrais pas son expression.

— Pis, ça? ai-je dit, le regard vide. Qu'est-ce que ça peut ben te foutre? Pourquoi tu me dis ça, là?

Rico a haussé les épaules.

— Je sais pas, juste pour que tu saches que j'étais au courant. C'est tout.

Nous sommes restés silencieux quelques minutes, et Rico s'est approché dans la chambre, touchant quelques trucs au passage.

— Je pense qu'il te prenait pas au sérieux, a-t-il continué soudainement.

J'ai froncé les sourcils.

— Au sérieux? Je comprends pas.

— Ben… comme si… il pensait pas vraiment que tu l'aimais pour vrai. Il te comprenait pas. Il pensait que tu changerais d'idée dans pas long, que c'était juste un béguin, pour toi. Tu comprends-tu plus, là?

Une larme a roulé sur ma joue et atterri sur l'oreiller d'Émile. J'ai avalé ma salive.

— Pis toi? Tu lui as dit quoi?

Rico a levé un sourcil.

— D'après toi?

Rico a marqué une pause.

— Je lui ai dit que même après tout ce temps-là, je te connaissais pas tant que ça, pis que ça se pouvait que tu l'aimes pour vrai, que je savais pas.

J'ai fermé les yeux, revoyant une énième fois son visage.

— Je voulais pas m'en mêler, Caro. T'es mon ex… C'est pas de mes affaires!

— Je sais, justement. Je comprends pas pourquoi il tenait tant à t'en parler, pis à te demander ton avis.

— Sûrement parce qu'on est restés amis… qu'on se *bitche* pas, a dit Rico; peut-être qu'il prenait notre amitié pour autre chose entre nous. Je sais pas.

J'ai hoché la tête.

Mes yeux se sont accrochés sur un grand carton à l'envers sur le sol.

Je devinais ce qui était dessus.

Me levant, je l'ai ramassé et je me suis vue de l'autre côté du carton, en dessin, au fusain.

Caroline dans les nuages.

Un souvenir qui me faisait mal, maintenant.

— Faudrait aller voir la police, ai-je murmuré. Viens-tu avec moi ?

Rico a hoché la tête, et nous avons quitté l'appartement ensemble, complètement figés dans notre douleur et notre incompréhension.

Ces instants resteraient marqués dans ma tête pour la vie.

Je n'ai pas vu tes habits noirs
Ceux que tu portes pourtant le soir
Comme un linceul enroulé sur ton corps
Une image blanche remplie de mort
— Aline Viens

Chapitre 14

Nous avons été accueillis à la Sûreté du Québec par un policier de grande taille, plutôt costaud. Son visage était grave et ses cheveux, poivre et sel.

À notre arrivée dans le hall, nous avons immédiatement dit à l'homme que nous étions les colocataires d'Émile Deschamps. Deux minutes plus tard, nous étions chacun dans un bureau du poste avec un agent.

J'étais avec celui qui nous avait accueillis.

Depuis qu'il savait qui j'étais, je sentais une curiosité de sa part, et un regard constant sur mes réactions et mon visage. Je me sentais donc très nerveuse, et j'ignorais complètement ce qui allait arriver. Je savais seulement qu'il allait me faire passer un interrogatoire.

— Je dois enregistrer notre conversation, m'a dit le policier, et il a posé entre nous sur son bureau un petit magnétophone noir, sur lequel il a pressé un bouton.

J'ai pris une grande et profonde inspiration à sa vue.

Il m'a dévisagée à nouveau.

De mon côté, une seule question tournait en boucle dans mon cerveau : Émile était-il ici ?

— Prénom et nom de famille ? m'a demandé l'homme, sévère.

— Caroline Vignault, ai-je répondu faiblement.

— Lien avec le suspect ?

J'ai hésité. Comment définir notre relation ?

— Colocataire, ai-je finalement répondu, pas certaine si je devais ajouter amie.

J'en suis restée là.

L'éclairage était cru, sous les néons, et il y avait en plus une fenêtre derrière moi, qui donnait encore plus de lumière à la pièce. J'ai remarqué une cicatrice sur la joue du policier, toute petite, près de sa bouche. J'ai baissé les yeux sur mes doigts rongés. Partout autour de mes ongles, la peau était rouge et enflée.

Je l'entendais gribouiller des notes sur une grande feuille posée devant lui.

— Depuis quand connais-tu Émile Deschamps, Caroline ? m'a demandé le policier.

J'ai remué les fesses sur mon siège, et je me suis raclé la gorge, car ma voix était faible et coincée, et je voyais les yeux du policier se plisser sous l'effort qu'il faisait pour comprendre chacune de mes réponses.

— En secondaire 3 et 4, on était dans le même groupe à l'école et, après ça, il est parti finir ses études dans une autre école.

J'ai marqué une pause.

— Après, ai-je enchaîné, on a emménagé ensemble avec Guillaume Piché pis Rico.

Le policier m'a interrompue.

— Rico ?

Je me suis reprise.

— Frédérico Tremblay, le gars avec qui je suis arrivée. C'est mon ex.

Le policier a hoché la tête et a de nouveau pris des notes.

— On a emménagé le 3 novembre passé. Rico connaissait Émile parce qu'il était allé aussi dans cette école-là, c'était comme… une école pour adultes.

Le policier a gardé les yeux sur ses feuilles et a continué de noter des trucs. Il m'a posé une autre question.

— Peux-tu me décrire comment est Émile Deschamps ?

Ses yeux se sont enfin levés vers moi. J'ai arrêté de respirer.

Je ne voulais surtout pas dire quoi que ce soit en sa défaveur. Je ne savais pas trop quoi dire sur lui. Quoi révéler. Quoi taire.

Émile était tellement spécial et complexe… C'était difficile de le définir en quelques mots.

J'ai pris une grande inspiration et commencé :

— À première vue, quand on ne le connaît pas, Émile a l'air un peu… bête. Il n'est pas très souriant. Mais… C'est un gars vraiment attachant. Il a beaucoup d'humour, et c'est un passionné. Il dessinait tout le temps à l'appartement, des dessins bizarres, il y en a plein dans sa chambre.

J'ai pris une pause, pour laisser le temps à l'agent d'écrire son rapport.

— Il écoute beaucoup de musique, et il fait un peu de *breakdance*.

Le policier m'a interrompue vivement, la pointe de son crayon toujours collée sur sa feuille.

— OK, mais… Il vient de commettre quelque chose de grave, ton ami. J'aimerais que tu me parles plus de comment il était ces temps-ci… Est-ce qu'il était comme d'habitude ? As-tu remarqué des changements dans sa personnalité ?

Son regard a plongé dans le mien, et je me suis raclé la gorge à nouveau.

— Je sais qu'il a déjà fait une dépression, et qu'il a déjà essayé de se suicider, mais je ne sais pas comment…

J'ai gardé le silence quelques secondes, réfléchissant.

— Depuis deux mois, je le trouvais plus… bizarre. On a eu une période où on se parlait moins. Mais là, je suis retournée chez mes parents depuis trois semaines, et je le voyais régulièrement. Il me parlait, mais… c'était moins personnel qu'avant.

J'ai arrêté et baissé les yeux.

Il y avait une histoire que je voulais raconter, mais je me retenais, sans trop savoir pourquoi.

Le policier m'a regardée, l'air intrigué. Il avait senti mon hésitation.

— Il y a deux semaines, j'ai servi sa mère à la boutique où je travaille.

Une boule de salive m'a coulé lentement dans la gorge.

— Je lui ai dit qu'Émile avait l'air d'être dans une mauvaise passe. Elle m'a répondu qu'il avait toujours eu un côté sombre, et qu'il était comme le petit mouton noir de la famille.

L'homme a hoché la tête sans toutefois me regarder, prenant toujours des notes.

— Est-ce que je peux fumer ici ? me suis-je enquise soudainement, nerveuse.

Le policier m'a répondu par l'affirmative et s'est levé, puis il a disparu dans le couloir.

J'en ai alors profité pour sortir de mon sac à main mon paquet de John Player Special, noir et doré. J'avais besoin d'une cigarette immédiatement. Mes émotions étaient comme gelées dans mon cerveau… Je me sentais engourdie de partout; la brutalité du choc avait laissé sa trace dans mon corps.

Fouillant dans les poches de mon manteau, j'ai trouvé mon briquet.

Quand il est revenu, le policier tenait dans sa main un verre en mousse de polystyrène rempli à moitié d'eau dont je pourrais me servir en guise de cendrier. Il l'a mis devant moi et s'est rassis, calmement.

Je lui ai dit merci tout bas et j'ai allumé ma cigarette, dont j'ai tiré une immense bouffée, pour tenter de calmer ma nervosité grandissante.

Tout en rejetant la fumée, je l'ai entendu me poser une autre question.

— As-tu une idée de ce qui aurait pu être l'élément déclencheur de tout ça?

Il me fixait, le crayon prêt à écrire en bas de sa troisième feuille.

— Non, je sais pas. Je sais vraiment pas, ai-je répété.

Mon cerveau gelait de plus en plus.

J'ai repris quelques bouffées.

Le policier a tourné sa quatrième page de rapport, et ses yeux se sont levés à nouveau sur moi.

— Pour terminer, quand as-tu vu Émile Deschamps pour la dernière fois?

J'ai laissé tomber le restant de ma cigarette dans le verre d'eau, et je l'ai regardé couler au fond du verre, absorbée par la lenteur du mouvement.

— Je suis passée à l'appartement mardi, j'étais en congé.

J'ai fermé mes yeux et je me suis revue, en bas des escaliers, quand Rico m'avait ouvert. J'ai revu chaque détail de la scène.

— J'ai parlé avec Rico, et j'ai vu qu'Émile avait l'air comme… blasé. Ça lui arrivait souvent d'être comme ça. Ça dépendait des jours…

J'ai marqué une pause, regardant le policier dans les yeux. Il m'écoutait attentivement.

— Mais là, il avait un capuchon sur la tête, et il avait pas l'air de se sentir bien du tout.

J'ai clos mon discours sur ces mots, revoyant le visage d'Émile dans la cuisine. Cela me semblait maintenant si loin.

J'ai observé l'agent tandis qu'il signait le document. Puis il a tourné les quatre pages vers moi et m'a demandé de signer ma déclaration, ce que j'ai fait, la main légèrement tremblante.

L'homme a ensuite arrêté son magnétophone.

C'est ce moment que j'ai choisi pour lui poser la question qui me démangeait depuis mon arrivée.

— Émile, ai-je commencé, est-ce qu'il est ici ?

J'avais les yeux ronds malgré moi, agrandis par l'espoir d'une réponse positive.

Le policier a haussé les sourcils, comme surpris, et m'a répondu d'un ton neutre :

— Non, il est parti.

Quelque chose dans mon ventre s'est serré à l'idée de le savoir loin.

— Je pense qu'ils l'ont placé dans un centre jeunesse jusqu'à ce matin, a continué l'homme, mais il a passé une bonne partie de la nuit ici. Je ne pourrais pas te répondre précisément là-dessus.

J'ai senti que c'était la seule information que j'obtiendrais à ce sujet ; j'ai donc hoché la tête en guise de remerciement à son intention.

Prenant mon manteau sur le dossier de la chaise, j'ai suivi le policier qui m'a escortée jusqu'au hall où m'attendait Rico, l'air exténué. Je ne l'avais jamais vu aussi blanc.

Les deux hommes nous ont immédiatement offert de nous amener jusqu'à l'appartement, et nous avons accepté. La fatigue avait gagné nos corps endoloris.

Il faisait un soleil incroyable dehors quand nous sommes sortis, et je me suis demandé comment c'était possible qu'il fasse aussi beau dans de pareilles circonstances. J'avais mal au cœur, et l'air rentrait de peine et de misère dans mes poumons.

Les deux policiers nous ont laissés à l'appartement, et Rico et moi sommes restés quelques minutes dehors, reportant le moment de pénétrer sur les lieux à nouveau. Je me suis allumé une cigarette et je l'ai tendue à Rico après avoir pris moi-même une longue bouffée.

Nous ne disions pas un mot.

Mon ex a finalement ouvert la porte et m'a fait signe d'entrer, ce que j'ai fait. Nous avons monté les escaliers, comme deux âmes torturées. Je me sentais sur le point d'éclater.

Je me retenais jusqu'à en avoir mal à la gorge.

Un rayon de soleil illuminait la table du salon, où traînaient des magazines *High Times* et plusieurs déchets.

Puis mon regard a soudain dérivé vers le canapé, où quelque chose de connu avait enfin attiré mon attention. Son chandail.

Tous les soirs, Émile portait ce même fameux chandail.

Je me suis approchée du canapé, qui appartenait autrefois aux parents de Rico, et sur lequel reposait le morceau de vêtement. Mes doigts l'ont soulevé doucement pour que son odeur ne s'en échappe pas. Je l'ai rapproché de mon nez tout doucement, comme un bébé que j'aurais humé avec délicatesse.

Son odeur m'a frappée de plein fouet, et j'ai vu plein d'images dans ma tête. Il me manquait tellement, j'étais terrassée de douleur et d'ennui.

Les larmes ont coulé à nouveau sur mes joues, sans retenue, et le chandail d'Émile a accueilli ces perles de tristesse, que je déversais en silence, le visage enfoui dans le tissu.

Pourquoi, mon Dieu, pourquoi? me suis-je demandé une autre fois.

J'ai levé mes yeux vers le couloir et j'ai vu Rico, debout dans le cadre de porte de la chambre d'Émile. Il ressemblait à un enfant perdu.

Qu'allions-nous faire de cet appartement? L'ombre d'Émile planait dans la place et je me demandais si son fantôme quitterait les lieux un jour.

Comment pourrais-je survivre à son absence?

Trop de choses se bousculaient dans ma tête; trop de questions, de souvenirs, de pensées…

J'ai pensé à ses parents, deux êtres maintenant disparus par sa faute.

Je lui en ai voulu, oui.

Je l'ai trouvé malade, oui.

Je me suis demandé s'il avait tout simplement perdu l'esprit, s'il était devenu complètement fou, brusquement. Je ne le connaissais pas ainsi.

S'il se souvenait de moi. S'il pensait à moi.

Mais je n'aurais pas mes réponses de sitôt.

— Caro, je comprends plus rien, a soudain dit Rico, la voix éteinte.

Je n'ai rien répondu. Qu'aurais-je pu lui dire? Que moi non plus?

Que je ne croyais pas pouvoir retrouver une vie un jour? Que nous étions faits? Que je me sentais désillusionnée comme jamais je ne m'étais sentie auparavant?

Je n'ai rien ajouté à ses propos.

Un grand fracas a soudain retenti dans l'appartement, devant moi, et j'ai sursauté, sortant de ma bulle.

Une chaise reposait dans le couloir, à l'envers, et j'ai compris que Rico venait de la lancer sur le mur. Il était de dos et je voyais ses épaules se soulever au rythme de sa respiration saccadée.

Nous perdions aussi les pédales, à l'évidence.

Un râle s'est fait entendre dans sa direction. Il pleurait.

Rien ne m'est venu à l'esprit pour le rassurer, et j'ai ramené le chandail contre mon visage, l'étreignant avec force, jusqu'à avoir mal au nez.

Nous sommes restés ainsi pendant des heures, pleurant, criant, déversant notre douleur; celle d'avoir perdu un ami.

Celle aussi d'avoir perdu le sens de notre vie.

De la vie tout court.

Arme-toi de patience
Et je vais t'épauler
Tu ne sais pas ta chance
Que de m'avoir laissé entrer
— Aline Viens

Chapitre 15

Une semaine devait s'être écoulée depuis le meurtre quand j'ai fait la connaissance de Julie Saint-Pierre.

Julie était la nouvelle travailleuse de rue de la ville. Les autorités lui avaient probablement demandé de passer nous voir à la suite de tout ce brouhaha.

Depuis quelques jours, nous avions eu droit à la visite de plusieurs médias à l'appartement, et tous les gens autour de nous nous questionnaient, Rico, Guillaume et moi, pour connaître la vraie version des faits. Plusieurs hypothèses étaient émises.

Quant à moi, je ne m'arrêtais à aucune. Je ne voulais pas tout de suite juger quoi que ce soit.

Différentes rumeurs circulaient dans la ville au sujet d'Émile; j'avais même entendu dire qu'il avait sauvagement poignardé ses parents. Qu'il les avait découpés en morceaux. Qu'il avait tiré sur eux avec une arme à feu. Et j'en passe.

Mais je ne savais rien de plus sur la vérité, et je ne savais rien du tout sur son état actuel.

Où était-il? Qui pourrait donc me renseigner à son sujet? Quand pourrais-je enfin avoir de ses nouvelles? Je n'en pouvais plus d'écouter les autres radoter des histoires qui n'avaient aucun fondement... Je voulais la vérité, et je voulais savoir si Émile allait un jour s'en sortir.

Ce soir-là, nous étions tous les trois assis devant la télévision, et nous regardions TQS, où jouait *Le Grand Journal*. Nos regards étaient rivés sur l'écran, et un désordre total régnait dans l'appartement. Plus personne ne faisait de ménage, nous mangions à peine, et le cendrier sur la table du salon débordait littéralement, comme une fontaine de cendre et de vieux mégots.

Des personnes de TQS étaient venues durant l'après-midi et avaient fait un reportage sur l'événement, nous interrogeant à tour de rôle. Nous avions tous dit ce que nous croyions être le mieux à dire.

Pour ma part, j'avais seulement dit qu'Émile était dans sa bulle, et qu'il semblait parfois ouvert aux autres et d'autres fois, totalement fermé.

Rico avait parlé de sa tentative de suicide, il y avait quelques semaines, et comment Émile l'avait alors aidé à s'en remettre.

Guillaume, plus énigmatique, avait seulement dit qu'il ne parlait jamais de ses parents.

De mon côté, j'aurais voulu ajouter, quand je l'ai entendu dire ça, et alors que j'étais assise devant l'écran, qu'Émile ne parlait que très rarement de choses personnelles. Il considérait que personne n'était assez proche de lui pour l'inclure dans ces aspects de sa vie. Il ne faisait confiance à personne. Ne s'abandonnait jamais. Ne s'ouvrait pas aux autres.

Je lui en voulais terriblement quand j'y pensais.

Mais il était trop tard pour lui en vouloir. Le mal était fait.

— C'est lourd, comme c'est lourd! a terminé l'animateur Jean-Luc Mongrain, et j'ai réprimé un sourire, le trouvant théâtral dans sa gestuelle.

On aurait presque dit une parodie de lui-même.

C'est à ce moment que la sonnette a retenti, nous tirant de notre torpeur.

Nous avons tous regardé vers la porte, en bas des escaliers, mais aucun de nous n'a cillé.

Depuis une semaine, nous dormions peu, et nous étions sollicités de part et d'autre pour toutes sortes d'entrevues. Les gens dans la ville nous arrêtaient et s'adressaient à nous pour nous poser des questions, ou tout simplement pour nous donner leur avis sur l'événement. Je n'étais plus capable d'avoir autant d'attention.

Autant je recevais de compassion, de douceur, d'attention à mon égard de la part de certaines personnes, autant d'autres gens nous manifestaient directement leur dégoût et leur haine.

Haine pour Émile, certes, mais nous l'interprétions aussi comme une haine à notre égard, puisque sans être d'un côté ou de l'autre de la médaille, nous essayions tant bien que mal de ne pas porter de jugement sur la situation. Qui étions-nous pour juger?

Bref, quand j'ai vu le visage de Julie, ce soir-là, dans la porte, je lui ai presque dit de retourner d'où elle venait sans plus tarder et de ne plus revenir.

Je sentais toutefois émaner d'elle une forme de délicatesse qui m'a poussée à la laisser entrer, et elle s'est présentée à moi.

— Salut, je suis Julie, la nouvelle travailleuse de rue. Tu dois être Caroline?

Elle avait une queue de cheval châtaine, et sa peau était incroyablement belle. Assez petite, elle portait un sac en bandoulière qui lui conférait un style légèrement «grano».

Elle m'a plu de par sa simplicité.

J'ai donc hoché la tête, du haut des escaliers, et elle m'a gratifiée d'un sourire.

— Est-ce que je peux entrer deux minutes ?

Toujours avec mon mouvement de tête, je lui ai répondu par la positive et je suis retournée m'asseoir avec les gars au salon. Je m'étais levée trop vite, et ma tête tournait.

Julie est arrivée en haut des marches et je l'ai regardée qui analysait la scène, une nervosité visible sur ses traits.

— Hummm…, a-t-elle commencé, s'adressant à notre groupe.

Les gars ont tourné la tête dans sa direction, et nous avons attendu la suite, comme trois zombies.

— Je voulais juste vous dire que je suis là pour vous autres, a indiqué Julie, ses yeux bruns nous dévisageant légèrement. Si vous avez besoin de quoi que ce soit… de parler, de conseils, de références… je suis là pour ça. Je vais vous laisser mon numéro de Pagette, et n'hésitez surtout pas, si vous avez besoin. À n'importe quelle heure, je suis disponible pour vous. OK ?

Julie nous regardait avec ses grands yeux, mais nous étions totalement absents. Cependant, tout en l'écoutant, quelque chose s'était réveillé dans mon cerveau.

J'enregistrais à moitié ses paroles, mais quand elle m'a tendu sa carte avec ses coordonnées, je me suis dit qu'elle était peut-être celle qui pourrait m'aider.

Tellement de gens nous avaient laissé leurs coordonnées depuis une semaine, je ne savais plus trop à qui parler, à qui me confier, à qui je pouvais faire confiance.

Et qui pourrait m'aider éventuellement à retrouver Émile.

Car je n'abandonnais pas aussi facilement.

— Bon..., a ajouté Julie, l'air un peu désemparée.

Elle nous a tourné le dos, se dirigeant vers les escaliers, mais je l'ai interpellée juste à temps.

— Julie!

Son nom a fusé à travers la pièce comme un cri du cœur.

Elle s'est retournée vivement, la bouche légèrement entrouverte sous l'effet de la surprise.

Nous sommes restées quelques instants à nous regarder, muettes.

— Est-ce que je peux te parler?

⁂

Julie m'a invitée à aller dans un café avec elle, et nous nous sommes trouvé une table avec deux banquettes dans un coin tranquille au Café Lotus.

Une musique jazz jouait en sourdine, et je regardais avec anxiété tout autour de nous les gens attablés qui lisaient leur journal. M'avaient-ils reconnue? On parlait probablement d'Émile encore aujourd'hui.

J'avais développé au fil de la semaine une légère paranoïa, qui m'avait amenée à rester à l'appartement la majeure partie du temps.

Cela devait faire au moins deux jours que je n'étais pas sortie en public, et j'appréhendais qu'on m'aborde et qu'on me pose encore des questions.

Je portais le chandail d'Émile et son capuchon recouvrait ma tête. Seules quelques mèches blondes qui en sortaient pouvaient laisser présager aux autres que c'était moi, et j'espérais bien passer incognito.

Mes yeux étaient rougis, ma peau était sèche à force d'avoir pleuré toutes les larmes de mon corps, et j'avais perdu quelques livres. Je n'étais pas très belle à voir. Vivement qu'on m'ignore et qu'on me laisse tranquille.

— Prendrais-tu quelque chose à manger ?

Julie me dévisageait avec intérêt, et j'ai même cru déceler un brin de tendresse maternelle dans sa façon de m'aborder. Un petit sourire éclairait son visage amical.

— Non, juste un café.

Je ne parlais pas fort, pour ne pas attirer l'attention.

Un homme s'est malgré tout tourné vers moi quand j'ai répondu. J'ai détourné le regard, gênée.

Julie a commandé deux cafés à la serveuse, et nous nous sommes retrouvées seules à nouveau.

— J'imagine que ça a rapport avec Émile, ce dont tu voulais me parler ?

J'ai hoché la tête, heureuse de ne pas avoir à répondre. Je me sentais trop anxieuse.

Mais après quelques secondes, Julie m'a fait signe qu'elle attendait que je lui en dise plus. J'ai donc posé la question qui me brûlait les lèvres.

— Je voudrais revoir Émile. Est-ce que tu sais où il est ?

Ma voix sonnait creux, à l'image du trou que j'avais dans le cœur.

Julie l'a vu tout de suite, car son bras s'est allongé vers moi, et elle m'a touché la main, tout doucement, pour ne pas me brusquer, comme le ferait une mère attentionnée.

Elle a ensuite regardé partout, souri à une dame, et son regard est revenu se planter dans le mien.

— Oui, je sais où il est. Il est à l'Institut Philippe-Pinel de Montréal. Connais-tu ça ?

Son visage était si sérieux qu'un léger pli s'était formé entre ses yeux.

La serveuse a déposé à cet instant nos cafés sur la table et a tourné les talons vers une table plus loin. J'ai pris une gorgée. Je me suis brûlé la langue.

— Non, ai-je répondu.

— C'est dans l'est de la ville, dans le coin de Rivière-des-Prairies. C'est un immense hôpital psychiatrique, sous haute surveillance.

Je l'écoutais avec grande attention, et mon cœur battait la chamade juste de savoir qu'on parlait de lui, de l'endroit où il était. Je me sentais déjà mieux.

— Ceux qui sont là ont de gros problèmes liés à la violence, a continué Julie. Comme Émile.

Nos yeux se sont croisés, et j'ai tenté de déchiffrer ce qu'elle pensait de moi en ce moment.

— Mais…, ai-je ajouté, c'est une prison?

Julie a pris une gorgée, et elle a renversé un peu de son café sur le napperon de papier. Elle l'a essuyé du bout des doigts, grossièrement.

— Non, ce n'est pas une prison. C'est vraiment une place pour être soigné. Tu comprends?

J'ai hoché la tête.

— Ils vont s'arranger pour le guérir, a-t-elle ajouté. Du moins, pour faire en sorte qu'il aille mieux. Jusqu'à ce qu'il soit correct pour être libéré. Ça peut être long, très long.

En prononçant ces derniers mots, Julie m'a regardée, et j'ai compris qu'elle adressait ses dernières paroles à mon intention précisément pour me faire comprendre quelque chose.

Une sorte de grimace s'était formée sur son visage.

— J'ai l'impression qu'on parle de plusieurs années dans le cas d'Émile. C'est grave, ce qu'il a fait, Caroline.

Une larme a roulé sur ma joue contre mon gré, et j'ai tourné la tête pour ne pas que Julie l'aperçoive.

Mais je savais qu'elle l'avait vue.

— Tu as le temps de refaire ta vie bien des fois, a-t-elle ajouté.

J'ai fixé Julie dans les yeux.

— Je le sais que c'est grave. Je suis pas folle. Mais tu ne le connais pas. Il est pas méchant, Émile. Il est pas comme les gens pensent.

Julie m'a juste fixée elle aussi, aucune émotion apparente sur son visage.

Juste deux grands yeux bruns qui me regardaient.

— Je sais que tu penses que c'est un maniaque, un fou, un monstre !

Mon ton avait monté, et je me suis ressaisie.

— Mais derrière ce qu'il a fait, c'est un gars sensible. Je te le dis. Les gens le connaissent pas parce qu'il ne parle à personne. C'est tout.

J'ai repris mon souffle et jeté un œil sur les gens dans le café. Personne ne me regardait.

— Je ne sais pas ce qu'il a…, ai-je murmuré, émue.

Non. Ne pas pleurer, s'il vous plaît. S'il vous plaît. Ne pas pleurer en public.

— Mais je suis sûre que ça peut se guérir, ai-je soufflé, les yeux ronds, suppliant Julie du regard d'approuver mes dires.

J'ai reniflé.

— Je ne sais pas, Caro, mais il est à la bonne place en tout cas.

Julie m'a touché la main pour une deuxième fois.

— Je ne veux juste pas que tu oublies ce qu'il a fait. Ça démontre quand même qu'il a un gros bobo à régler.

Son ton était grave, et son air aussi.

— Je sais, ai-je dit doucement, fixant mon café à travers mes larmes.

On a gardé le silence quelques minutes, chacune de notre côté. Je pensais à Émile. Julie pensait sûrement à ce qu'elle pourrait me dire pour me consoler de l'avoir perdu.

Quand j'ai repris la parole, mon ton était clair, et je ne pleurais plus.

— Est-ce que tu crois que je vais pouvoir aller le voir ?

Julie s'est redressée sur sa banquette bleue.

— Je ne sais pas. Ça va dépendre de plein de facteurs. J'imagine qu'un moment donné, il aura droit à de la visite, mais je ne suis vraiment pas certaine. Je vais essayer de me renseigner, OK ? m'a-t-elle dit en souriant.

J'ai hoché la tête, et la serveuse m'a souri, de loin. Je lui ai rendu son sourire.

J'étais plus détendue à cet instant précis que tous les jours précédents de la semaine.

— Fais-moi signe, quand tu sauras, OK ? ai-je demandé à Julie, finissant mon café.

Julie m'a souri.

— Promis, m'a-t-elle répondu. Je vais aller régler nos cafés.

Me tapotant le bras, elle s'est levée et je l'ai observée tandis qu'elle se rendait au comptoir-caisse pour payer nos consommations.

Je ressentais enfin un souffle d'espoir en mon for intérieur.

J'allais le retrouver. Ça prendrait le temps que ça prendrait.

Mais j'avais le sentiment que je venais de me trouver une alliée.

Et ça me rendait heureuse.

J'adoucis mon rythme
Dans l'orée de ton ombre
La danse syncopée de mon cœur chaud
M'enivre
— Aline Viens

Chapitre 16

L'appartement était devenu un vrai moulin.

Dix jours après l'incident avec Émile, la DPJ était venue cogner chez nous et nous avait forcés à quitter les lieux. On nous reprochait d'être un danger pour nous-mêmes, et on appréhendait même le pire : un suicide collectif.

Rico, Guillaume et moi trouvions cette idée totalement ridicule, et nous étions loin d'être dans cet état d'esprit. Pourtant, nous avons dû quitter l'appartement provisoirement, et je devrais y revenir en cachette le soir, afin de regagner ma demeure.

Je sortais souvent tard dans les bars, et quand j'étais totalement épuisée, ou ivre, je rentrais et laissais les lumières éteintes pour ne pas que les policiers s'aperçoivent de ma présence.

Comme l'appartement était sur la rue principale, je craignais toujours qu'on s'aperçoive quelque chose, mais je me suis vite rendu compte que ce n'était pas le cas, et j'ai repris mes petites habitudes.

En aucun cas, je ne voulais revenir chez mes parents, qui ne comprenaient rien à ma situation, et encore moins maintenant. Nous étions plus distants.

Ma mère s'inquiétait beaucoup pour moi, et mon père était totalement rebuté, dégoûté, par l'histoire d'Émile. Je ne me sentais pas bien en leur compagnie, et je les évitais à tout prix.

J'avais recommencé à travailler après quelques semaines de congé forcé. Cependant, mon cerveau n'était pas totalement revenu à la normale, et j'avais beaucoup de difficulté à me concentrer à faire quoi que ce soit. J'espérais que le temps changerait mon état.

J'avais fait un ménage de la chambre d'Émile et m'y étais installée. C'était la seule façon pour moi de le retrouver. J'avais gardé plusieurs de ses choses, et je dormais dans son lit.

Je pleurais souvent la nuit. J'étais instable. Désemparée.

Je faisais beaucoup de cauchemars.

J'aurais parfois aimé avoir plus de tranquillité chez moi, plus d'intimité, mais c'était une époque désormais révolue. Nous sortions enfin de notre transe, mes colocs et moi, et nos amis aussi.

Des connaissances traînaient chez nous jour et nuit, et un désordre régnait de plus en plus sur place. Quant à moi, je n'arrivais pas à regagner mon espace. Je l'avais perdu.

Il m'arrivait régulièrement de *pager* Julie, quand je me sentais seule ou mal, c'est-à-dire très souvent, et elle venait me voir, peu importe les circonstances et l'endroit.

Je me confiais de plus en plus à elle, sans toutefois m'abandonner, car ce n'était pas mon genre. Comme Émile, j'aimais garder une certaine distance avec les gens. Je me protégeais ainsi.

Un après-midi d'avril, nous étions plusieurs dans le salon ; cela faisait un bon moment que nous n'avions pas été aussi nombreux.

Les frères Soulard y étaient, mon cousin Simon, Éric Gosselin et sa sœur aînée Geneviève, Pascal Lapointe, Jean-François Hétu, Alex Michaud, Samuel DeBoeck, Rico, Guillaume, moi, et même Julie, qui nous observait du coin de l'œil, accotée au comptoir de cuisine.

Les conversations allaient bon train, plusieurs voix s'entremêlant. J'étais plutôt silencieuse et j'écoutais, puisque Émile était le sujet du jour.

Bien sûr, j'étais surtout curieuse de connaître l'opinion des gens. Même si j'avais quand même une petite idée.

Jean-François, du haut de ses six pieds trois pouces, parlait particulièrement fort, pour que tout le monde l'entende. Dos à moi, il s'adressait au petit groupe affalé sur le canapé.

— Il les a tués avec un poignard, faut vraiment être fou. J'espère qu'ils vont le garder enfermé longtemps, s'est-il exclamé, un air scandalisé sur le visage.

Le rire tonitruant d'un des frères Soulard a retenti, me semblant totalement déplacé, et j'ai réfréné mon envie de lui cracher à la figure.

Pourtant, malgré tout, je comprenais l'incompréhension des gens.

— Putain! a renchéri David, ses yeux exorbités comme des pièces de monnaie. C'est un malade, ce type. Ça me prend totalement la tête, cette histoire. Faut vraiment être timbré!

Sa voix trahissait une certaine forme d'excitation, et je l'ai vu du coin de l'œil me jeter un regard curieux avant de se tourner vers Éric.

Ce dernier s'est immédiatement détourné de lui, chuchotant quelque chose à l'oreille de sa sœur. L'émotion était palpable.

Pascal, que j'avais croisé à la boutique le jour du drame, semblait quant à lui bouleversé.

Sur son visage se lisaient la peur, le doute, et même la colère.

Il se sentait trahi par Émile, je le savais. Je me sentais un peu comme ça aussi, parfois.

— J'y crois juste pas, a-t-il murmuré tout bas, fixant ses souliers.

J'entendais la tristesse et la déception dans sa voix.

Ça me faisait de la peine d'entendre autant de commentaires négatifs à propos d'Émile. J'aurais aimé qu'on essaie de comprendre ce qui était arrivé, ensemble.

Entre gens qui l'avaient aimé. Entre gens qui l'avaient connu. Entre gens qui l'aimaient toujours.

Car on ne peut pas arrêter d'aimer du jour au lendemain, n'est-ce pas?

J'aurais aimé que nous nous questionnions, que nous mettions en commun toutes les informations que nous possédions sur Émile, et que nous les rassemblions dans le milieu de la pièce, afin de recomposer ensemble le casse-tête qu'il nous avait laissé entre les mains.

Mais personne ne semblait y voir de casse-tête. C'était déjà clair pour tout le monde. Et moi, je n'avais pas le droit de dire que j'en voyais un.

L'énigme était résolue depuis le départ.

Émile avait perdu son humanité cette journée-là ; il avait perdu ce qui fait en sorte qu'on a le droit d'être aimé ou non dans la vie. Ce qui fait en sorte qu'on a droit au pardon ou non. Qu'on est encore jugé «humain». Récupérable.

Il avait franchi une limite, un point de non-retour.

Et moi, je voyais toujours en lui quelque chose de bien, sans trop pouvoir l'expliquer.

Alors ; pourquoi les autres ne le voyaient-ils pas ?

La vie, aux yeux des gens, ai-je compris à cette époque, est aussi simple que cela ; on n'a pas droit à l'erreur.

Je sais ce que vous pensez : ce n'est pas une petite erreur stupide, une gaffe d'un soir, ni même un vol, ou pire, un viol. C'est un meurtre.

Le meurtre de deux personnes. De deux parents. De la famille. C'est encore pire.

Je comprends totalement, n'ayez crainte.

Moi aussi, même à cette époque, il m'arrivait de m'imaginer cette scène, LA scène, et l'horreur s'immisçait en moi, comme… comme si j'assistais à l'acte d'un étranger. Comme si je m'étais fait leurrer par Émile. M'avait-il déjà seulement montré son vrai visage ? Avais-je connu le vrai Émile, ou seulement un personnage inventé de toutes pièces pour cacher le monstre derrière ? Ce monstre tapi dans l'ombre, qui n'attendait que de sortir ?

Je suis d'accord avec le fait de dire que l'acte de tuer est épouvantable, inacceptable, et qu'on doit soigner toute personne commettant un acte de la sorte.

Mais ne pourrait-on pas accepter la maladie comme faisant malheureusement partie intégrante de la race humaine, de la société, et décider collectivement et individuellement de soigner ceux qui souffrent ?

Ne serait-il pas plus sain et plus humain, justement, de rejeter et d'abolir uniquement ces conséquences en soignant, d'essayer d'enrayer la maladie elle-même chez l'homme, en guérissant, et non pas de punir la personne qui a mal ?

La punition ne guérit pas.

À la limite, même, elle renforce la maladie en amplifiant la solitude et la douleur dont souffrent ceux qui se sentent différents à cause de leur pathologie.

Je me posais mille et une questions de ce genre après le départ d'Éric, et mon regard a fini par se tourner vers Julie, qui jetait un œil sur son téléavertisseur. Venant vers moi, elle m'a demandé si elle pouvait faire un appel, et je lui ai tendu mon téléphone sans fil.

Je l'ai ensuite vue disparaître dans le couloir, combiné à la main, contre son oreille.

Comment dire aux autres que je ne voulais pas porter de jugement sur Émile ? Juger l'acte, peut-être, mais condamner la personne ?

Comment leur dire que malgré la violence qui avait été faite, j'aurais aimé retrouver l'être que j'avais connu, au contraire, doux et sensible ? Que j'y croyais encore ?

Ma voix s'est élevée sans que je n'y puisse rien.

— J'irai le voir dès que possible à Pinel.

Tous se sont arrêtés de parler dans le salon, et je me suis sentie dévisagée par tout le monde, y compris Rico, assis plus loin.

La détermination et le courage ont fait leur chemin jusqu'à mon cœur, et je me suis aventurée plus loin dans mes propos.

— Qui viendra avec moi ? ai-je ajouté, essayant tant bien que mal de paraître sûre de moi-même.

Plusieurs semblaient mal à l'aise, dont Pascal, J-F et Éric. Personne ne parlait, et je me suis demandé un bref instant si j'étais la seule qui souhaitait revoir Émile.

Après quelques secondes qui m'ont paru une éternité, Rico a finalement répondu «oui», et David Soulard a lancé un «peut-être», qui s'est perdu dans les murmures des autres.

— Pas moi, a lancé Éric, et j'ai remarqué la dureté de son visage tandis qu'il me fixait avec insistance. Ça, c'est sûr. J'espère bien qu'il pourrira en prison, honnêtement.

Nous nous sommes dévisagés quelques minutes, et il s'est levé d'un coup, empoignant son chandail qui traînait sur le canapé. Il a traversé la pièce comme un coup de vent et a dévalé les escaliers en trombe, suivi immédiatement par sa sœur, qui m'a jeté un regard désolé avant de le suivre. La porte a claqué.

J'ai avalé la salive qui me barrait la gorge en jetant un œil sur Rico, qui m'a souri et m'a fait un clin d'œil complice.

Je lui ai souri à mon tour.

Puis, j'ai entendu des pas rapides en provenance du couloir et j'ai vu Julie qui revenait, un grand sourire sur son visage.

— Tu fais quoi mercredi, m'a-t-elle demandé, enthousiaste.

— Mercredi, ai-je répété, confuse. Je travaille probablement. Pourquoi?

Elle m'a souri de plus belle. Un air vainqueur ornait son visage.

— Prends congé. Une petite virée à Montréal avec moi, ça te tente?

❀❀❀

Je ne m'étais jamais vraiment sentie nerveuse à l'idée de revoir Émile, puisque de toute façon, je n'étais pas rendue là.

Pendant un moment, j'avais même cru impossible une éventuelle visite à son institut.

Mais, alors que nous étions en voiture, Julie et moi, pour aller rencontrer la femme responsable de son département, et qui était celle qui jugerait si j'étais apte ou non à le revoir, mon corps au complet semblait vouloir se liquéfier, et je tremblais de tous mes membres. Je ne me sentais pas bien du tout.

Nous roulions depuis près d'une demi-heure et je n'avais pas dit un mot du trajet, sauf une brève salutation à Julie quand elle était venue me chercher dans sa petite voiture rouge.

Les paysages défilaient dans ma fenêtre, et je les voyais passer, mais je ne les regardais pas. Je n'étais pas tout à fait là.

Quant à elle, Julie conduisait tranquillement, et elle avait fini par mettre la radio pour couvrir notre silence. Quel poste ? Je ne me m'en souviens plus, j'étais trop nerveuse pour écouter.

Un moment donné, j'en ai eu assez de me taire.

— C'est quoi déjà son nom ?

J'avais enfin brisé la glace, et Julie a eu l'air surprise quand elle m'a entendue parler.

Elle ne m'a pourtant pas répondu, mais m'a posé une autre question.

— Tu es nerveuse, hein ? Tu regrettes d'y aller ?

J'ai froncé les sourcils, incrédule.

— Tellement pas ! Je me demande juste ce qui va se passer, c'est tout, ai-je répondu.

Julie m'a souri et a de nouveau regardé en avant.

— Denise Tétrault.

Je l'ai regardée du coin de l'œil, et mon regard est resté accroché à ses boucles d'oreilles, de petits éléphants argentés, la trompe dans les airs. Elles étaient vraiment belles.

— Je pense, a continué Julie, qu'elle veut surtout s'assurer que tu ne vas pas le voir pour faire du trouble, ou que de te voir ne sera pas néfaste pour lui. Elle veut voir quel genre de personne tu es. Sûrement savoir pourquoi tu veux le revoir, aussi. J'imagine.

Nous nous sommes regardées en même temps, et j'ai détourné les yeux.

— Vas-tu lui dire que tu es amoureuse de lui ?

Elle me fixait, et je percevais son rire dans sa voix en même temps qu'elle considérait cette conversation comme sérieuse.

J'avais les yeux ronds. J'ai ouvert la bouche pour parler, mais je l'ai refermée, pas certaine de ce que je voulais répondre.

Julie m'a regardée avec un air indéchiffrable et a finalement reposé ses yeux sur la route. Elle semblait pensive.

— Tu n'es pas obligée de m'en parler Caro. Mais… je ne suis pas aveugle, tu sais. Je pense qu'Émile, tu le vois dans ta soupe pas mal…

Je ne l'ai pas regardée. J'ai juste rougi, bien malgré moi.

— Moi, ce que je me demande, a dit Julie sur un ton doux, c'est… même si tu reprends contact avec lui, que tu vas le voir… vous ne pourrez jamais vivre comme un couple normal. Ça ne te fait pas peur ?

J'ai difficilement avalé ma salive et pris quelques secondes pour lui répondre.

— De toute façon, Émile m'aime pas.

Voilà.

C'était dit.

Julie s'est tournée vers moi, et nous nous sommes dévisagées quelques secondes.

— Je sais pas pourquoi je m'agrippe à lui comme ça, depuis cinq mois… Je sais même pas pourquoi je veux le revoir, après tout ça.

J'ai marqué une pause.

— C'est comme si… il y a une force qui me pousse vers lui, comme un aimant.

Julie a souri et elle a gardé les yeux sur la route.

— Pis tu sais quoi ?

J'avais dit ça en tendant le bras vers elle, et je la touchais du bout des doigts.

Elle a secoué la tête.

— On dirait que…

Julie m'a regardée avec attention.

— Que quoi ? a-t-elle fini par demander, comme je tardais à poursuivre.

— On dirait que je le comprends, ce gars-là.

Elle a froncé les sourcils et n'a pas cillé, attendant la suite.

— Je le comprends pas d'avoir fait ça, mais c'est pas ça. Je pense que je comprends un peu ce qu'il ressent, comme… un genre de fin du monde qui finit plus. Tu comprends, toi ?

Je lui posais sincèrement la question, et elle semblait un peu troublée par mon questionnement.

— Tu veux dire... avoir mal par en dedans ? C'est de ça que tu me parles ?

Je lui ai fait un signe de tête, et elle a continué.

— Bien... je pense que oui, mais honnêtement, j'ai été super chanceuse dans ma vie. Ça ne m'arrive pas souvent d'être déprimée, et de ne pas aimer ma vie. Je suis vraiment chanceuse, je te le dis.

Nous nous sommes souri, et Julie a regardé en avant. Ses traits étaient détendus.

— J'ai peur qu'il ne veuille pas me parler ni me voir.

Julie a opiné.

— Ça se peut, dis-toi-le tout de suite. Je ne crois pas qu'il soit au courant que tu rencontres Denise aujourd'hui. Si tout va bien avec elle, ils vont sûrement lui en parler, après.

Julie m'a touché le bras d'un geste qui se voulait rassurant.

— Je serais bien étonnée qu'il ne veuille pas te voir, Caro. Sérieux. Il doit se sentir tellement tout seul, là-dedans. Ça va sûrement lui faire vraiment plaisir que tu sois toujours là pour lui.

Nous nous sommes fixées avec intensité, et Julie m'a dit que nous arrivions.

L'institut n'était pas comme je me l'imaginais ; premièrement, il était beaucoup plus gros.

Immense. Un château. En plus laid.

En fait, ça ressemblait à une grande polyvalente, mais avec des portes blindées et des gardiens partout.

Quand nous avons pénétré dans le parc de stationnement de Pinel, je ne sais pas pourquoi, mais j'ai senti une grande tristesse au fond de moi, trouvant l'endroit terne, sans vie.

Pourtant, plusieurs personnes étaient logées entre ces murs. Mais je n'arrivais pas à croire qu'Émile s'y trouvait.

Comment pouvait-on mener une vie normale, standard, en toute liberté, et se retrouver soudainement entre quatre murs d'un hôpital psychiatrique ? Ça me dépassait, et je me suis retenue de pleurer alors que Julie discutait avec un gardien dans l'entrée.

J'étais sous le choc de me trouver enfin sur les lieux ; je pouvais presque sentir son odeur à travers les murs de béton, tant je me sentais proche. Enfin, j'y étais.

Nous nous sommes enregistrées à l'entrée, et un homme est venu nous chercher pour que je puisse rencontrer Denise. Chaque pas que je faisais me rapprochait de lui. Je le sentais profondément et j'avançais, sourire au visage, la distance entre moi et mon but diminuant.

J'étais comme un petit chien en visite ; je reniflais les odeurs, touchais les choses au passage, et j'observais la moindre pièce que je voyais, au fur et à mesure que nous traversions des couloirs, que nous montions des escaliers, que je croisais des gens…

Tout me semblait matière à analyse, et je récoltais ces bribes d'informations sur sa « nouvelle maison » avec intérêt. J'étais captivée. Fascinée. Je n'en revenais tout simplement pas.

Quand j'ai rencontré Denise, je me suis immédiatement sentie à l'aise avec elle.

Elle était très belle, dans la cinquantaine, et elle avait un regard très intelligent. Sa vivacité m'a plu, et nous nous sommes longuement entretenues.

Julie était restée en bas, dans la salle d'attente des visiteurs.

Je n'ai pas dit à Denise que j'étais amoureuse d'Émile. Non.

L'a-t-elle tout de même deviné ? Je ne sais pas.

Mais j'ai tout de suite vu qu'elle semblait encline à me donner la permission de venir visiter Émile, et je respirais déjà mieux. Je lui ai parlé de notre amitié et lui ai dit à quel point il me manquait.

Elle a ensuite proposé de me faire visiter un peu Pinel. J'étais très excitée.

Nous nous sommes promenées, mais nous ne sommes pas allées près de son département, celui des adolescents ; peut-être parce que nous aurions risqué de le croiser, mais c'était déjà un grand pas pour moi, et mon cœur battait la chamade de me sentir si près.

Le slogan de l'institut était : « Apaiser la souffrance ; contrer la violence ».

Ça me rassurait, quand même, de le savoir entre de bonnes mains. On le guérirait. Il irait mieux, un jour. Et il sortirait, se referait une vie. Avec moi, j'espérais.

Je serais là. Je l'attendrais.

C'est ce que je me suis dit, cette journée-là. Il faisait beau. Je souriais.

Je reprenais espoir.

T'arrive-t-il d'être et seulement être
De laisser ta mémoire et tes pensées derrière toi
Il n'y a qu'une seule âme derrière la psyché du moi
Et malgré ce que tu crois, c'est elle le maître
— Aline Viens

Chapitre 17

L e téléphone sonnait.
  Je me suis réveillée, et il faisait complètement noir ; je n'ai vu que le voyant rouge du téléphone qui clignotait au rythme des sonneries.

Quelle heure était-il ? J'étais extrêmement confuse. Était-ce la nuit ?

J'ai allumé la lampe à côté du lit, et j'ai vu mes vêtements, en boule, à côté du matelas.

Quand m'étais-je couchée ?

Le téléphone sonnait toujours.

— Allô ? ai-je demandé, un peu inquiète.

Ça ne pouvait être qu'une mauvaise nouvelle, à cette heure tardive de la nuit.

Mais seul un souffle m'a répondu.

— Allô, qui est-ce ? ai-je répété, agacée.

— Caro ?

C'était lui.

J'aurais pu reconnaître sa voix entre mille. Émile.

— Émile ? C'est toi ?

Je ne pouvais pas y croire, comment cela était-il possible ? Et pourquoi m'appelait-il la nuit ?

— Je m'en viens, Caro. Ils vont me laisser sortir aujourd'hui.

Étais-je devenue complètement folle ?

Je ne pouvais pas croire ce que j'entendais.

— Quoi ? Je comprends pas… Comment ça, tu t'en viens ? T'es où ?

— Je vais être là à 15 h… À tantôt Caro.

— Attends ! On va aller où ?

Mais Émile avait raccroché.

— Émile ? Émile ! Émiiiiiiiiiiile !

Mais Émile avait disparu.

Puis je me suis réveillée.

❦

Quand je me suis réveillée ce matin-là, j'avais mal au ventre.

On aurait dit qu'un couteau était plongé dans mon corps, comme un pieu. J'ai soulevé les couvertures pour finalement m'apercevoir que j'avais mes règles.

Ma douleur avait-elle été la cause de ce rêve étrange ?

Il y avait du sang plein les draps, et je me sentais vraiment mal, comme si un camion m'avait roulé dessus. J'avais déjà été plus en forme.

J'avais laissé le sac de couchage d'Émile dans la fenêtre depuis son départ, et il faisait très noir dans la pièce ; je n'aurais pas pu dire l'heure qu'il était, mais je savais que je travaillais cette journée-là.

En ouvrant la porte de ma chambre, une grande percée de lumière m'a frappée de plein fouet, et j'ai constaté que j'étais presque en retard au travail. Je me suis dépêchée de me préparer, et je me suis pris un muffin au Café Lotus, question de gagner du temps.

Ma patronne, Natasha, était plutôt sévère sur les retards, et elle avait déjà eu sa dose de patience avec moi, depuis l'incident du 23 mars.

Je savais que j'avais épuisé ses réserves d'indulgence à mon égard. Si je voulais conserver mon emploi, j'avais désormais intérêt à être efficace et à démontrer ma volonté. J'y travaillais.

La friperie était plus occupée depuis quelques semaines, et il m'arrivait parfois de faire de la mise en marché, de réaménager la boutique, en plus d'assurer un bon service à la clientèle.

Une dame est venue, ce jour-là, en début d'après-midi, et nous avons cherché pendant près d'une heure et demie à lui trouver un ensemble pour le mariage de sa belle-sœur. Elle était très difficile, et chaque vêtement que je lui proposais avait un je-ne-sais-quoi qui ne lui convenait pas; la taille, la couleur, le tissu, le style…

Quand elle m'a fait un signe de la main, à sa sortie de la boutique, j'étais épuisée, et mon ventre avait recommencé à me faire souffrir. J'ai pris deux Advil, et le téléphone a sonné comme je terminais de les avaler.

— Fripe-toi bonjour? ai-je lancé d'un ton qui se voulait joyeux.

Il y a eu un léger délai, une sorte de «clic», et j'ai cru un instant qu'on avait raccroché. Mais une voix d'homme autoritaire s'est alors adressée à moi.

— Un moment s'il vous plaît, on vous transfère l'appel.

J'ai froncé les sourcils, jetant un œil sur la porte. Une dame âgée venait d'entrer dans la boutique, et elle m'a adressé tout en souriant un signe de la main amical.

Je lui ai souri à mon tour en guise de salutation, n'entendant plus rien au téléphone.

Avait-on raccroché?

Mais un bruit bizarre, s'apparentant à une ligne qu'on décroche, s'est soudain fait entendre, et une voix basse m'a parlé.

— Allô?

Mon corps s'est engourdi jusqu'aux orteils en une fraction de seconde. Je n'avais plus mal au ventre. Je ne sentais plus mon corps. Juste cette sensation étrange d'engourdissement.

Je l'avais reconnu. C'était lui. Réellement. Pas dans un rêve.

C'était Émile qui m'appelait.

J'aurais voulu parler, mais tout mon corps était paralysé, ma bouche y comprise. J'étais complètement figée.

— Est-ce que c'est toi, Caro?

Sa voix était un brin nerveuse, mais c'était bien lui, aucun doute.

J'ai rapproché le combiné de ma bouche, comme pour sentir son souffle jusqu'à moi.

Une chaleur fulgurante m'est montée au visage. J'entendais le sang battre dans mes oreilles, un roulement de tambour incroyable.

J'ai levé les yeux vers l'horloge, pour pouvoir enfin inscrire la date et l'heure de son appel, que j'attendais depuis des mois. Deux mois que je ne l'avais pas vu.

Mais on aurait dit des années.

L'horloge affichait 15 h. J'ai souri en moi-même. Comme dans mon rêve!

— Ils t'ont donné mon numéro? ai-je enfin dit, me trouvant ridicule de prononcer ces paroles comme premiers mots après cette longue absence.

À son tour, Émile a gardé le silence, mais je l'entendais qui respirait, vite.

— Caro, a-t-il finalement dit.

On a eu un rire nerveux tous les deux, comme deux adolescents flirtant au téléphone. Je ne le croyais pas encore.

— Ben... a commencé Émile, j'ai essayé à l'appartement, mais ça ne répondait pas. Ils m'ont dit que je pouvais t'appeler au travail... C'est pas correct?

Il semblait grandement mal à l'aise, et je l'ai imaginé, son petit visage crispé. Ses yeux bleus inquiets. Sa bouche en cœur. Mon ventre s'est serré.

Je ne pouvais pas croire qu'il s'adressait à moi. Que c'était sa voix. À lui.

Je me sentais exactement comme si je m'adressais à un revenant, à quelqu'un de mort.

Redevenu vivant en quelques secondes.

— Oui, oui! Excuse-moi... je m'attendais juste pas à ce que tu m'appelles... Je...

Ma voix était aiguë, empreinte d'une nervosité sur laquelle je n'avais aucune emprise. J'avais juste envie de rire.

— En fait, c'est bizarre, ai-je ajouté, j'ai rêvé à toi cette nuit.

J'ai entendu Émile rire tout bas; ou était-ce moi qui hallucinais?

— J'espère que t'as pas rêvé que je venais te chercher, parce que c'est pas près d'arriver, a-t-il dit sur un ton sarcastique.

La tristesse émanait de sa voix, et ça m'a pris d'un coup ; les larmes ont roulé sur mes joues.

Je ne savais pas pourquoi je pleurais, si c'était de joie ou de peine, mais je pleurais, et la dame dans la boutique s'est détournée, subtilement, et je l'ai vue sortir en me jetant un dernier coup d'œil. Je lui ai fait un signe de main.

Peut-être qu'un jour, j'aurais la chance de lui expliquer.

Mais en attendant, je profitais de cet instant.

J'avais tant de choses à lui dire. Tant de questions à lui poser.

Je voulais surtout lui dire à quel point il m'avait manqué.

Et comme j'étais heureuse de l'entendre.

— Émile... je suis tellement contente de t'entendre, ai-je risqué, ne sachant pas trop comment m'y prendre pour le lui dire. T'as pas idée à quel point tu me manques.

Ma voix portait une émotion palpable, et son tremblement exprimait bien ma nervosité, et ma joie. Mon cœur devait s'entendre à des kilomètres. Je n'arrivais pas à l'apaiser.

— Denise m'a dit que t'étais venue la rencontrer, que tu voulais être sur la liste des visiteurs...

Émile parlait tout bas, et il me semblait entendre de la confusion dans sa façon de parler.

Il n'avait pas encore posé sa question, que j'avais devinée.

— Je comprends pas ce que tu me veux.

Il a terminé sur ces mots, et j'entendais son doute, clairement, j'entendais même sa peur.

Jamais avant je ne l'avais aussi bien « perçu ». Émile me paraissait différent.

Comme... changé. Plus vrai, et plus près de moi.

— Qu'est-ce que tu penses que je veux, Émile ? Je veux te voir, comme avant !

Il a eu un petit rire sec.

— Comme avant ? Ça existe plus, ça, Caro, « avant ».

Sa voix était de plus en plus grave, et j'avais presque de la difficulté à l'entendre.

Nous avons gardé le silence pendant une éternité.

— J'étais même pas sûre si tu allais me reconnaître, ai-je avoué, gênée.

Je l'ai imaginé froncer les sourcils, intrigué.

— Qu'est-ce que tu veux dire ? m'a demandé Émile, et je me suis sentie encore plus idiote.

Je n'aurais pas dû dire ça, me suis-je dit.

— Ben, si t'étais pas juste rendu… comme… un autre gars… Tu comprends ?

Mon pouls était d'une rapidité incroyable, et je le sentais battre au bout d'un doigt, comme un métronome.

— Caro… tu le sais ben que je t'ai pas oubliée.

Le silence a accueilli sa phrase, et j'ai réprimé un sanglot qui tentait de remonter dans ma gorge. Je l'aurais voulu à côté de moi à cet instant, pour le prendre dans mes bras.

On respirait bruyamment, tous les deux, et on ne disait plus rien.

— Mais…, ai-je dit, comment tu vas ?

Émile s'est raclé la gorge et a soupiré.

— Bof, pas super bien. Je prends pas mal de médicaments, pis je me sens… fucké.

Mon cœur se serra à l'évocation de cette image.

— Tu dois te poser pas mal de questions, hein ? a soudain dit Émile, me laissant perplexe face à tant de sincérité.

Il avait vraiment changé.

— Je veux dire, a-t-il continué, sur ce qui s'est passé.

Un malaise s'est installé, et je me suis nerveusement raclé la gorge, un peu plus fort que j'aurais voulu.

— Je sais pas… On n'est pas obligés d'en parler. C'est pour toi.

À son tour, je l'ai entendu toussoter doucement.

— Ben… disons que je me souviens pas de grand-chose. J'ai juste comme des *flashs*. C'est assez flou dans ma tête.

Il avait encore baissé le ton, et je devais coller le combiné si fort sur mon oreille que j'en avais mal à la main.

— Tu… tu t'en souviens plus ?

J'étais gênée, nerveuse, et j'avais hâte de changer de sujet.

— Non, m'a répondu Émile, ça vire noir à un moment donné… Je sais pas trop comment t'expliquer.

Malgré moi, j'ai fermé les yeux à cet instant et j'ai vu des *flashs* d'images, qu'on aurait cru tirées d'un film d'horreur.

Ouvrant mes yeux brusquement, j'ai tourné la tête vers la rue, où des gens se promenaient au soleil.

— Est-ce que tu sais si… tu vas être là longtemps ?

Il y a eu un long silence, et j'ai entendu Émile marmonner quelque chose à quelqu'un.

— Ça va dépendre. On le saura après le procès.

J'ai sursauté en entendant le mot.

— Même que… a continué Émile, visiblement mal à l'aise, j'imagine que tu devras témoigner. Je pense, en tout cas.

— Mais… je sais pas quoi dire, moi ! me suis-je écriée, paniquée à cette idée.

Émile semblait aussi désemparé que moi, et il a fini par me dire que ses avocats se chargeraient probablement de me *coacher.*

— On n'est pas rendus là, de toute façon, Caro. Là, ils s'obstinent pour savoir si je serai jugé au tribunal de la jeunesse ou des adultes. C'est ça qui va tout changer. Le temps... je veux dire, a conclu Émile.

J'ai hoché la tête, et comme si Émile m'avait vue faire, il a enchaîné :

— Ça peut être 6 ans, comme ça peut être 15. Ça dépend de ben des affaires.

Sa voix était lourde et chargée de tristesse. Nous avons gardé le silence au moins une minute.

Quand il a reparlé, j'ai sursauté.

— C'est long, hein ?

Je n'ai pas répondu, mais me suis empressée de lui poser une question.

— Quand est-ce que je peux venir te voir ?

Je voulais à tout prix lui montrer que rien ne pouvait m'arrêter quand je voulais.

Pas même le temps.

— Je pense que dans quelques semaines, j'aurai droit à de la visite. Je te le dirai.

Il a arrêté de parler soudainement, mais je sentais que quelque chose n'était pas dit.

— Quoi ? me suis-je enquise, curieuse.

Émile a hésité.

— T'es sûre que tu veux me voir ?

Son interrogation était sortie.

— T'as pas peur de moi ? a-t-il ajouté alors que je m'apprêtais à répondre.

— Peur ? Non ! Pourquoi tu dis ça ?

Je n'en revenais pas. Peur ?

— Ben... ils m'ont dit que ça pouvait être une réaction des gens. La peur. Je me demandais.

— Non, non Émile, j'ai pas peur de toi. Pis j'aurai jamais peur non plus.

J'ai marqué un arrêt avant de reprendre.

— Pour moi, t'es le même qu'avant.

Émile m'a coupée tout de suite.

— Non Caro, je suis pas le même. Je suis un monstre, pis tu le sais.

On aurait dit qu'il m'avait donné un coup de poing dans l'estomac.

— Eille! Dis pas ça, Émile Deschamps, t'es pas un monstre pantoute! Arrête de dire ça, OK? C'est pas vrai.

J'étais à bout de souffle.

J'allais renchérir, mais j'ai entendu une voix d'homme qui parlait à Émile.

— Faut que je te laisse Caro, on a dépassé le temps.

Noooooooooooon! S'il vous plaît, pas ça mon Dieu.

— Ah! ai-je seulement dit, est-ce qu'on peut se rappeler?

Non, pas raccrocher, pas ça, reste avec moi!

— J'ai une heure par jour... Si ça te tente, tu peux me rappeler tous les jours, tu sais!

Et il est parti à rire, comme s'il venait de dire une bonne blague.

— Mais je suis sûr que tu as autre chose à faire, a-t-il enchaîné plus sérieusement.

Je suffoquais.

Je ne voulais pas raccrocher!

— Je te rappelle, ai-je confirmé, et la même voix d'homme lui a dit à nouveau quelque chose.

Je sentais que le temps pressait.

— Bye, Caro, m'a dit Émile.

Et il avait raccroché.

Ma main tenait toujours le combiné, et je n'arrivais plus à le lâcher, tant je l'avais serré fort.

J'aurais hurlé.

De joie, de bonheur. De plaisir.

De peine, aussi, car il me manquait déjà.

Mais, comme j'étais à la boutique, j'ai mis un disque de Ben Harper et j'ai rêvassé, assise derrière mon comptoir, attendant déjà notre prochaine conversation téléphonique.

Longtemps je me suis crue seule
Caressant cette âme qui m'était propre
Et cette âme, que je voyais comme une porte
Je n'en restais toujours qu'au seuil
— Aline Viens

Chapitre 18

Honnêtement, je peux dire que c'est à partir de ce moment précis de l'histoire que j'ai vraiment connu Émile Deschamps.

Du moment où nous nous sommes parlé au téléphone pour la première fois, à la boutique, nous ne nous sommes plus lâchés. Tous les jours, je lui parlais au moins une fois, et parfois deux.

Il y avait des heures à respecter, à l'institut, pour les appels, et c'était devenu mon code de vie. Je ne ratais jamais une occasion de parler à Émile.

Étrangement, il me semblait totalement différent d'avant ; plus ouvert, moins instable, aussi.

Était-ce la médication ? Je ne sais pas, mais il m'étonnait souvent, me parlant davantage de ses sentiments. Je le sentais plus facile d'accès, et j'avais moins peur de le provoquer qu'avant. Les choses étaient plus faciles entre nous.

Vous vous demandez peut-être si nous abordions le sujet du 23 mars par moment ?

Pas vraiment. Je ne voulais pas centrer notre relation là-dessus.

Je voulais tout simplement lui offrir autre chose que ce que tous les psychiatres lui offraient déjà, c'est-à-dire l'analyse de sa personne et de son cerveau.

Je voulais lui donner de la simplicité, de l'affection, le faire rire, lui changer un peu les idées et lui rappeler qu'une vie était encore possible dehors.

Émile ne cessait par contre jamais de se traiter de monstre. J'avais beau lui répéter qu'il n'en était pas un, que je ne l'avais jamais perçu de cette façon-là, qu'il était à mes yeux un être sensible qui méritait autant que quiconque de l'amour et de l'affection… son opinion était faite. Et moi, je me disais qu'à force de lui répéter le contraire, il finirait sûrement par admettre qu'il n'en était pas un. Alors je persistais.

Car j'avais constaté une chose, au fil de nos conversations : Émile était toujours une belle personne. Comme je l'avais toujours vu. Comme je l'avais toujours connu.

Je n'avais jamais pensé autre chose de lui.

Ni du temps du secondaire, ni avant, ni maintenant. Et j'avais toujours confiance en lui.

Même après ces actes de pure violence, je ne pouvais me résoudre à penser que quelqu'un de méchant et cruel siégeait dans ce corps. Non.

C'était beaucoup plus compliqué que ça, comme toute chose n'est jamais ni toute noire ni toute blanche.

Une chose est sûre ; je l'aimais quand même. Ça ne changeait pas mes sentiments.

Maintenant que nous étions plus près émotionnellement, la distance entre Émile et moi me paraissait pire, encore.

Je le sentais loin, si loin que je passais de longs moments à pleurer quand j'étais à l'appartement. Quand je raccrochais, c'était mon cœur qui chutait, chaque fois.

J'aurais lancé le téléphone sur les murs pour me débarrasser de ce sentiment d'impuissance qui me terrassait.

Mais je finissais toujours par me raisonner, et l'espoir et l'attente d'entendre sa voix à nouveau réussissaient à me calmer et à me faire patienter, calmement, jusqu'au lendemain.

Julie venait me rendre visite souvent, et je l'accompagnais régulièrement dans ses déplacements, question de ne pas être seule. Ma mère me manquait. Mais je n'osais pas trop l'accaparer, puisque je savais qu'elle n'était pas vraiment en faveur de cette relation avec Émile.

Et pour moi, cette relation était ce qui me tenait le plus à cœur.

J'avais recommencé à fréquenter mes amis d'avant, et tous les gens savaient maintenant que je parlais à Émile tous les jours. Certains avaient voulu lui parler, et d'autres étaient totalement rebutés par l'idée même de le savoir au téléphone.

Mais moi, rien ni personne n'aurait pu m'empêcher d'être là pour lui, et je m'endormais souvent, téléphone à la main, après avoir raccroché. Étendue dans mon lit, nous parlions jusqu'à ce qu'on nous oblige à raccrocher, après nous avoir répété quelques fois qu'il fallait le faire.

Les larmes coulaient sur mes joues. Des larmes d'ennui. Des larmes de douleur, de le savoir si loin, et pour si longtemps.

Comment ferais-je pour attendre jusque-là ?

Puis, enfin, on m'a permis d'aller le visiter.

C'était le moment ultime que j'attendais depuis des mois. Revoir Émile.

Mon cœur explosait de bonheur juste d'y penser.

Julie m'avait promis qu'elle m'y emmènerait, et je comptais bien sur elle pour tenir sa promesse. Ce jour-là, elle devait passer me prendre vers 17 h 30.

Quant à moi, cela faisait une heure que je changeais de vêtements, et je n'arrivais toujours pas à me décider. Quoi porter ? J'ai donc opté pour la couleur de l'amour : le rouge.

Une longue jupe rouge, ajustée aux hanches, et un corset lacé qui laissait voir mon décolleté. C'est ainsi que je suis partie vers l'institut, la fébrilité au corps et la peur au ventre, par cette belle soirée de juin.

Mes cheveux étaient toujours longs, détachés, et virevoltaient dans le vent tandis que nous roulions vers Montréal. Je ne disais pas un mot, comme toujours quand je suis nerveuse, et Julie regardait droit devant, me laissant être dans ma bulle.

— Tu es nerveuse, ma pitoune ? m'a-t-elle demandé, et je lui ai juste répondu par une grimace, qui se voulait être ma confirmation.

Je n'arrivais pas à parler.

Le trajet vers Pinel m'a semblé être le plus long trajet du monde.

Si bien que quand nous sommes arrivées, j'étais engourdie de la tête aux pieds, et je suis presque tombée face contre terre en sortant de la voiture rouge de Julie. Au fond de moi, j'ai espéré secrètement qu'Émile ne m'avait pas vue par une fenêtre.

Il faisait soleil, et mon maquillage reluisait. Je suis donc passée aux toilettes dès mon arrivée pour me rafraîchir un peu. Je me suis remis du rouge à lèvres. Rouge. Comme l'amour.

Julie avait décidé de m'attendre dehors, et c'est donc seule que je me suis présentée à la réception, où on m'a demandé mon numéro de visiteur. Une dame, habillée en bleu, m'a poussé un papier sous la vitre. Je devais y inscrire différentes informations.

J'avais mon fameux numéro dans mon sac à main (Denise me l'avait donné au téléphone), et je l'ai inscrit sur le billet que je devais remplir. On m'avait avertie que les procédures pour entrer et accéder à la salle de visites étaient très strictes, et j'avais une peur bleue qu'il me manque quelque chose.

Mais la dame l'a regardé, l'a paraphé et passé dans une machine, et me l'a redonné en me disant d'y faire très attention, qu'on me le demanderait plus loin. J'ai obéi.

Elle m'a ensuite invitée à aller m'asseoir dans la salle d'attente, avec les autres. Je tenais mon papier en main, très serré.

Un couple y était déjà, assis un à côté de l'autre, et ils m'ont tous les deux souri. À en juger par leur apparence, ils étaient de nationalité italienne. J'ai fait un signe de tête à leur attention, et j'ai regardé l'heure.

Dix-huit heures cinquante-quatre.

J'y étais presque. Mon cœur battait fort et vite. Je suais de partout, je sentais mes vêtements coller sur ma peau moite.

J'en ai profité pour m'attarder au décor, que je n'avais vu qu'une seule fois.

Outre le comptoir vitré de la réception où se trouvaient deux gardiens armés, une grande porte coulissante métallique et opaque se trouvait à gauche, et donnait sûrement accès au parloir.

D'autres portes se trouvaient à ma droite, dont celle des toilettes.

Un énorme babillard ornait quant à lui la salle d'attente, sur lequel figuraient toutes sortes de dates de conférences à venir, toutes reliées à la psychiatrie, et au traitement et à la compréhension de différents problèmes de comportement.

Je me sentais de plus en plus anxieuse.

Moins une.

Puis, soudain, un homme est sorti d'une porte située non loin de la réception, et j'ai vu les Italiens se lever, alors, j'ai fait de même.

Il portait un gros trousseau de clés avec lui, avec lequel il a ouvert la porte coulissante. Les Italiens se sont engagés avec l'homme dans l'espace transitoire, et je m'y suis aussi installée, souriant à l'intention de la femme, qui semblait, ma foi, très aimable. À sa façon, elle me rassurait. J'ai presque regretté que Julie ne soit pas avec moi.

Rapidement, une porte s'est ouverte de l'autre côté, et tous se sont engagés dans le couloir qui semblait mener à destination. L'allée était vitrée, et j'ai remarqué dehors une cour, assez grande, avec des arbres et des bancs pour s'asseoir.

Émile m'avait déjà parlé de ces cours. Ça me faisait tout drôle d'en voir une en vrai. J'étais émue de retrouver les éléments visuels avec lesquels j'avais alimenté mon imaginaire au fil de nos conversations téléphoniques.

Enfin, nous avons bifurqué à gauche, où se trouvait un petit cubicule vitré, et un premier gardien nous a accueillis, réclamant nos papiers. Je lui ai tendu le mien après que le couple se fut exécuté.

J'ai remarqué l'autre homme, qui était assis derrière un petit bureau surélevé, où se trouvait un téléphone. Il m'a souri.

— Sac à main, s'il vous plaît, m'a demandé l'homme debout, et je le lui ai tendu prestement, nerveuse.

Ma gorge était sèche. J'aurais bu un grand verre d'eau.

— Vous allez devoir passer dans le détecteur de métal… C'est votre première fois ici ? m'a-t-il demandé, sérieux.

J'ai opiné. Je voulais garder le peu de salive qui me restait pour parler à Émile.

— Pensez-vous avoir sur vous quelque chose qui serait susceptible de faire sonner le détecteur ?

Sa question m'a prise au dépourvu, et je me suis mise à bégayer, tout en essayant de réfléchir.

— Heu… Pas, pas vraiment…

On m'a fait signe d'avancer.

Un bruit strident a alors résonné dans la pièce, et j'ai bouché mes oreilles avec mes mains.

On m'a dit de reculer, ce que j'ai fait immédiatement. Ma nervosité augmentait sans cesse depuis mon arrivée.

C'est à ce moment que je me suis rendu compte que je portais encore mes bijoux. Je les ai enlevés prestement et me suis avancée de nouveau dans le détecteur. Il a encore sonné.

— C'est peut-être vos bottes, a dit le gardien de sécurité, et je les ai enlevées aussi, gênée.

Quand j'ai repassé, rien n'a sonné. Silence total.

— C'est bien pour Émile Deschamps, au F-2 ? a dit l'autre homme.

— Émile, oui, ai-je confirmé, la voix tremblante.

Décrochant son téléphone, il a pressé sur un bouton et je l'ai entendu dire à son interlocuteur qu'Émile avait de la visite.

— Tu peux aller t'asseoir là-bas, m'a dit l'homme en souriant, pointant la salle adjacente au cubicule tandis que je remettais mes bottes et mes bijoux. Il s'en vient, ça ne sera pas long.

J'ai hoché la tête et l'ai remercié. Il semblait très gentil.

La salle qu'il me pointait était une grande salle ressemblant à une cafétéria. Partout, il y avait des banquettes et des tables, formant de petits îlots. Des machines distributrices se trouvaient sur le côté de la pièce, et on pouvait s'y procurer du café et de la nourriture.

Pour ma part, je n'avais vraiment pas faim.

Le stress me dévorait vivante ; mes mains étaient moites.

Je me suis donc approchée du mur du fond, qui était entièrement vitré, et j'ai regardé dehors, pour me calmer. De grands rideaux blancs bordaient les immenses fenêtres. Une autre cour, plus grande que celle que j'avais vue dans le couloir, se trouvait là. L'endroit semblait paisible, avec plusieurs zones d'ombre où aller s'asseoir. Je me suis demandé si Émile y allait parfois.

— J'ai jamais été dans cette cour-là, a soudain dit quelqu'un derrière moi.

J'ai fait volte-face, et il était là. Il ne souriait pas. Un air étrange planait sur son visage.

Émile.

Je n'ai pas pu résister. Je lui ai sauté dessus, littéralement.

Son odeur m'a envahie ; une nouvelle odeur, un mélange de la sienne et d'une autre que je n'aurais pu définir.

Je serrais, serrais du plus fort que je pouvais. J'aurais voulu l'étreindre pendant des jours. Ne jamais repartir, ne plus jamais le quitter.

Je me suis dit au fond de moi-même : c'est le plus beau jour de ma vie. C'est maintenant.

Émile n'a pas cillé dans mes bras, bien que j'aie senti une certaine résistance de sa part, résistance qui a lentement diminué, et il m'a enfin entourée de ses bras. Je n'osais pas le regarder.

Il m'intimidait.

Je sentais sa tête collée sur la mienne, et je me suis demandé si lui aussi s'imprégnait de mon odeur. Nos corps tremblaient, et je l'ai senti me repousser, doucement, pour pouvoir admirer mon visage.

La gêne a monté à mes joues, et j'ai détourné la tête, tombant sur le gardien qui souriait en nous observant depuis sa cabine.

Je suis partie à rire, brisant la glace entre nous.

Émile me fixait avec un air que je ne lui connaissais pas. Un mélange de fascination et de tristesse. J'avais envie de l'embrasser, plus que jamais.

— Coudonc, ça fait longtemps que t'as vu une fille, ou quoi ? lui ai-je demandé, tentant de faire de l'humour, mais il n'a pas bougé ; il a juste continué à me fixer avec des yeux brillants.

J'ai ri à nouveau, mal à l'aise devant son insistance.

Enfin, il m'a souri.

— Excuse-moi, a-t-il dit tout bas, et j'ai cru qu'il allait pleurer. C'est juste… je pense que c'est ton habillement… T'es comme… wow !

Il a fait un geste des mains pour mimer une explosion sortant de ses yeux, et je l'ai trouvé adorable. Il ne m'avait jamais complimentée ainsi.

J'ai rougi encore plus, balayant la salle des yeux. Quand mon regard est revenu sur Émile, il me fixait encore.

— Je peux pas croire que je suis ici, avec toi, ai-je soufflé.

Ma voix était chevrotante et manquait d'assurance. J'étais trop nerveuse. Trop heureuse. Trop triste, aussi. Je ressentais tout en même temps dans mon corps.

Nous avons eu un léger malaise, et je me suis rendu compte que ma phrase laissait place à toutes sortes d'interprétations.

— Je veux dire, ai-je repris, dans le sens que je suis heureuse d'être ici avec toi.

Nos regards étaient accrochés l'un à l'autre, soudés, et je l'ai trouvé moins cerné qu'avant. Ses cheveux étaient légèrement plus longs et plus fournis, et j'ai observé les bouclettes que sa chevelure formait, comme de minuscules tourbillons de feu.

Il était beau, plus que dans mon souvenir. J'ai senti une crampe dans ma poitrine, comme une douleur provenant du cœur. Sûrement la douleur de ne pas pouvoir l'embrasser.

Ses lèvres étaient sèches. Mes yeux ne pouvaient pas s'en détacher.

— Est-ce que je peux m'asseoir près de toi ? a soudain demandé Émile, et nous avons rougi tous les deux, comme des enfants.

J'ai pris conscience à ce moment que nous étions encore debout, comme deux piquets maladroits.

Je me suis assise, et j'ai tapé sur le siège à côté de moi en guise de réponse. Il m'a souri.

— Je me demandais si tu allais venir, a dit Émile en s'asseyant, et j'ai écarquillé les yeux, surprise par ses propos.

— Ben voyons donc, tu le savais très bien, Émile Deschamps.

Je lui ai souri.

Nous avons gardé le silence quelques instants. Puis, je me suis permis de poser ma tête sur son épaule. Nous sommes restés comme ça longtemps.

Nous n'avons pas beaucoup parlé.

C'était tellement intimidant de nous retrouver, après cette longue absence, et d'être face à l'autre. Avec tout ça entre nous deux… Cette histoire. Cette violence que je ne comprenais pas. Ce mystère. Ce vide.

J'étais tout près de lui et, en même temps, j'étais à des années-lumière de ce qu'il était devenu depuis le 23 mars. J'avais de la difficulté à me figurer qu'il portait en lui tous ces souvenirs, ces images ; des images qui devaient donner froid dans le dos et l'empêcher de dormir. J'ignorais totalement ce qui se trouvait désormais dans sa tête.

Et le temps, que nous sentions entre nous ; cette barrière, ces longues années à venir… Combien de temps serions-nous séparés ?

Je voulais profiter de cette proximité physique. Sentir la chaleur qui émanait de son corps. L'entendre respirer près de mon oreille, quand j'avais ma tête près de la sienne.

Enfin, toucher son bras, délicatement, du bout des doigts. Pour une première fois, il m'a laissée faire.

J'avais droit à deux heures avec lui. Je les ai prises toutes les deux.

— Vous êtes combien dans ton département ? ai-je demandé à Émile, curieuse.

— Une vingtaine, je pense, m'a-t-il dit. Je suis le plus vieux.

Nous nous sommes souri à nouveau.

— Et les autres, ai-je commencé, hésitante, ils ont fait quoi ?

Il y a eu un silence, et Émile a haussé les épaules.

— Ben… c'est différent pour tout le monde. Disons que… je suis le seul qui…

Il n'a pas terminé sa phrase. J'ai présumé qu'il voulait dire « qui a tué ».

Je n'ai pas demandé de précisions.

— Et tu fais quoi exactement ? Je veux dire… de ton temps ? me suis-je enquise.

— Plein d'affaires, a tout de suite répondu Émile. T'as pas idée. J'ai pas le temps de m'ennuyer, sérieusement. On a plein de cours… pis je finis mon secondaire en même temps. Je me lève tôt.

J'ai juste hoché la tête mais, au fond de moi, j'étais très impressionnée. Je m'imaginais un horaire beaucoup moins chargé.

— Des fois, le soir, ils font des projections de films. Ah oui ! J'apprends à faire à manger.

Il a esquissé un grand sourire. Cette dernière phrase m'a vraiment fait rire.

— Quoi ? me suis-je moquée. Toi, apprendre à cuisiner ? J'espère que tu m'en feras profiter un jour !

Un sourire fendait mon visage.

— Je te réserve d'autres belles surprises, tu verras, a seulement répondu Émile.

Je me suis demandé ce qu'il voulait dire par là.

— Rico pis Guillaume vont bien? s'est-il enquis, le regard soudainement plus sérieux.

— Oui, ils vont bien. Je pense que Guillaume veut retourner vivre chez sa mère. Pis Rico, ben... comme d'habitude, il change de blonde toutes les deux semaines.

Nous avons ri en même temps, puis il y a eu un long silence.

— Pis les autres?

Je l'ai dévisagé.

— Les autres? Tu veux dire... les gens?

Il a hoché la tête, regardant ses mains.

— Ben... je sais pas... ça dépend qui... Disons qu'il y en a beaucoup qui sont troublés... Ta sœur, on l'a hébergée quelques jours après... après...

Je cherchais mes mots, mais Émile a juste hoché la tête.

— Pis, je pense qu'elle aimerait bien te revoir, un moment donné. C'est sûr que... elle avait beaucoup de peine.

Émile a tendu le bras vers moi et m'a touché le poignet, maladroitement.

J'ai décidé de changer de sujet.

— Je vais aller rester dans une auberge, quelques mois. Le temps de me trouver quelque chose. Je vais pas rester à l'appartement, finalement.

— Où ça? m'a demandé Émile.

— Pas très loin de l'appart, c'est un couple de personnes âgées qui ont ça. Ils vont me louer au mois. Ça m'arrange. Je sais pas trop ce que je vais faire. Éventuellement.

Émile m'a regardée, et j'ai cru pendant un instant qu'il allait dire quelque chose. Mais il m'a juste fixée, l'air très sérieux.

— Merci, m'a-t-il dit, tout bas.

Je n'étais pas sûre d'avoir bien compris. Mais il a répété plus fort.

— Merci d'être venue, Caro. J'en reviens pas encore… T'es tellement belle.

J'ai ri doucement, et Émile a baissé les yeux, gêné.

Quand le temps de partir est arrivé, les lumières ont clignoté. Mon cœur aussi.

Nous nous sommes levés, lourds, plus lourds qu'avant mon arrivée, et nous nous sommes serrés. J'entendais son cœur battre dans sa poitrine et j'avais mal, je ne voulais pas m'en aller.

Émile m'a souri. Il avait les yeux vitreux, remplis de minuscules vaisseaux sanguins éclatés. Ou était-ce seulement causé par l'éclairage cru des néons ?

— Tu reviendras, m'a-t-il dit, et j'ai perçu l'émotion dans sa voix grave. Tu connais mon adresse, a-t-il ajouté, un sourire en coin, et j'ai reconnu avec bonheur cet humour qui me plaisait tant chez lui.

Il l'avait encore. Comme avant.

J'ai hoché la tête.

— Compte sur moi.

J'aurais aimé lui donner au moins un baiser sur la joue mais, au lieu de ça, je me suis retournée vite et j'ai commencé à m'éloigner vers la sortie, avant qu'il ne voie la larme que je sentais perler au coin de mon œil gauche.

Je ne voulais surtout pas qu'il croie que de venir le voir me faisait de la peine.

Quand j'ai à nouveau tourné la tête dans sa direction, il marchait au loin vers une porte.

Mais on aurait dit qu'il avait senti mon regard sur lui, car il s'est retourné une dernière fois, et je lui ai fait un signe de la main en guise d'au revoir.

Il a fait de même, m'a souri, et il est disparu derrière la porte, qui s'est refermée avec un grand bruit métallique.

S'il n'en était que d'elle
Je veillerais sur toi
Debout sur l'arc-en-ciel
Je garderais ta foi
— Aline Viens

Chapitre 19

Je suis retournée voir Émile toutes les fins de semaine à partir du mois de juin.

Mon amie d'enfance, Marie-Lyne Denis, avait un appartement à Montréal avec d'autres gens, et elle avait gentiment accepté de m'héberger chaque samedi soir.

Je visitais Émile en arrivant le samedi, et j'y retournais le lendemain; après quoi, je retournais à la maison, dans le Nord. Je travaillais uniquement pour payer ma chambre à l'auberge et mon transport en autobus pour Montréal. Et ce n'était pas donné.

De plus, j'avais des comptes de téléphone assez élevés… Il m'arrivait même de devoir emprunter de l'argent à ma mère pour réussir à payer tout ça. Émile et moi parlions plusieurs heures par semaine, et j'assumais souvent les frais. Émile avait une allocation à Pinel, mais je ne voulais surtout pas lui enlever le peu qu'il avait.

Je voulais qu'il sache que je n'étais pas prête à le laisser tomber. Que j'étais là. Qu'il n'était pas seul.

Je lui dédiais tout simplement ma vie, naturellement.

Le fait de l'avoir retrouvé m'avait changée. J'étais plus de bonne humeur, et j'avais quelque peu retrouvé mon entrain d'avant. J'avais à nouveau envie de vivre. De rire.

Mes amis venaient parfois me voir à l'auberge où je résidais, et nous buvions jusqu'à tard le soir, au bar. J'avais une envie profonde de sentir les choses, de vibrer, après m'être sentie engourdie si longtemps. Je fumais toujours du *pot*, mais je buvais plus que je ne fumais.

De cette façon, je ressentais les choses plus intensément.

Un jour, nous avons enfin appris qu'Émile serait jugé au tribunal de la jeunesse.

J'aurais crié de bonheur sur tous les toits, tant ça me soulageait. Cela voulait pratiquement dire qu'il resterait moins longtemps là-bas. C'était donc une excellente nouvelle.

Des reporters de TQS sont venus me rencontrer pour une deuxième fois, et j'ai fait une entrevue à la télévision, où on ne voyait que mon chandail et mes mains. J'ai dit à la femme du journal télévisé que j'étais heureuse d'apprendre cette nouvelle, que j'avais parlé à Émile, et que lui aussi était soulagé.

Je trouvais toujours très étrange d'être devant la caméra, je ne me sentais pas à l'aise.

Cependant, je voulais le faire; dire publiquement que j'étais là, que quelqu'un l'aimait toujours, qu'Émile n'était pas jugé par tous.

Ça me faisait du bien d'exprimer mes sentiments.

Un soir, je parlais au téléphone avec Émile, à l'auberge, et il m'a fait part d'une invitation.

— On va faire une visite du département, m'a-t-il dit. Samedi.

— Tu veux dire, du F-2? me suis-je enquise.

— Oui, du F-2, a répondu Émile. On pourrait passer trois heures ensemble.

J'étais tellement heureuse; c'était enfin pour moi la chance d'aller voir son environnement, sa chambre, l'endroit où il mangeait. J'étais ravie.

— Donc…, ai-je dit pour le taquiner, c'est comme si… tu m'invites chez toi?

J'ai deviné son sourire, même derrière le combiné du téléphone.

— On peut dire ça comme ça, a répliqué Émile.

Pourtant, je sentais que malgré cette bonne nouvelle, quelque chose le tracassait.

— T'as pas l'air de bien aller, toi, ai-je déclaré, tentant de lui tirer les vers du nez.

Mais seul son malaise m'a répondu.

— Émile?

— C'est mon procès… ça s'en vient.

Tous les deux, nous sommes devenus muets d'un coup. Le procès était un sujet que nous tâchions d'éviter, pour ne pas nous stresser davantage.

— Est-ce que… mes avocats t'ont contactée? a-t-il finalement osé me demander.

Effectivement, ses avocats m'avaient jointe. Nous avions rendez-vous dans trois semaines. J'essayais de ne pas trop y penser.

— Oui… ils ont l'air plutôt sympathiques. La fille qui l'accompagne, c'est sa femme?

— Marie-Andrée? Oui, ils travaillent ensemble. Ils sont vraiment gentils, tu verras. C'est juste que… je sais pas comment je vais être capable de passer à travers tout ça… il va y avoir de ma famille…

Je ne savais pas quoi dire pour le rassurer.

— Je fais juste y penser, et je capote, a dit Émile sur un ton anxieux.

Je réfléchissais à ce que je pouvais faire pour l'aider. Une idée m'est venue.

— Tu veux que j'y assiste ? ai-je suggéré doucement.

Émile a répliqué immédiatement. Son ton était sec et ne laissait pas place à la discussion.

— Non ! Surtout pas, Caro. Je veux pas que tu viennes, OK ? Jure-le-moi !

Je ne m'attendais pas à une telle réaction. Je ne savais pas quoi dire, et je ne savais pas pourquoi Émile ne voulait tellement pas que j'y sois, avec lui.

J'étais bouche bée.

— Caro, c'est juste que…, a commencé Émile, ils vont dire des choses pas faciles à entendre sur moi, des choses que je veux pas nécessairement que tu saches. Faut pas que t'entendes ça. Allez, jure.

Je n'ai rien ajouté ; j'étais perplexe. Je savais qu'il avait raison sur ce point ; des détails seraient révélés, des détails dont je pouvais sûrement me passer.

— Tu viendrais plus jamais me voir, après ça. Je le sais. Tu verrais le monstre que je suis.

Il me relançait toujours avec ça. Je n'étais plus capable de l'entendre se rabaisser à ce point.

— Tu penses vraiment que j'en entends pas des affaires sur toi, Émile Deschamps ? J'entends rien que ça, depuis le 23 mars dernier. Ça m'a pas empêchée de venir te voir pareil !

Émile ne disait plus rien. Moi non plus.

— J'ai pas plus peur de toi qu'avant ; je sais que tu es une bonne personne, peu importe ce que j'entends sur toi.

Peu importe. Je me fie à mon instinct. Pis tu te débarrasseras pas de moi une deuxième fois, est-ce que c'est clair?

Je parlais fort, et un groupe d'anglophones qui vivait temporairement à l'auberge me dévisageaient, un peu plus loin. Je me suis calmée. Pourquoi étais-je aussi nerveuse?

— Pis pour le procès, de toute façon, j'aurai pas le choix. Je devrai y aller pour témoigner. Ça me tente pas plus qu'à toi, tu sais!

Je l'ai entendu qui respirait fort, comme un animal en panique.

— Le reste du temps, je veux pas que tu sois dans la salle, Caro. Vraiment. J'y tiens, m'entends-tu?

Je voyais bien qu'il était sérieux. Et je ne voulais pas l'inquiéter. Il en avait déjà assez sur le dos comme ça. Sûrement même beaucoup plus que je ne pouvais me l'imaginer.

— J'ai vraiment hâte, ai-je dit, changeant de sujet soudainement.

C'était toujours ma tactique pour le calmer.

— Hein? a dit Émile, perplexe.

Ça m'a fait rire. Il était si facile, par contre, de mal se comprendre au téléphone.

— J'ai hâte de te voir samedi après-midi. Tu me manques.

J'ai perçu son soulagement, même à distance.

Nous étions vraiment à fleur de peau, tous les deux, ces semaines-ci. Toujours sur le qui-vive. Prêts à nous défendre. Émile était stressé à cause du procès qui arrivait.

Et moi, j'en avais pris l'habitude, depuis le 23 mars.

Je me sentais constamment attaquée par les autres. J'étais devenue limite paranoïaque.

Il fallait que je m'endurcisse. Il le fallait.

C'était ma propre survie qui en dépendait.

❧❦

La maison des parents d'Émile était toujours à l'abandon, quand j'y suis allée, le lendemain après-midi.

La demeure semblait entretenue, toutefois, car l'herbe avait été coupée, et ça ne devait pas faire si longtemps, à voir son état.

J'avais demandé à ma mère de m'y emmener, sans trop savoir pourquoi.

Je devais y aller. Revoir la place. Faire la paix avec les lieux.

Ma mère ne semblait pas convaincue de l'ingéniosité de cette petite virée, et je la sentais réticente à descendre de la voiture. Elle s'était même apporté un livre, qu'elle avait laissé entre les deux sièges de la voiture, et quand je suis descendue de l'auto, après que nous eûmes pénétré dans l'allée en pente légèrement ascendante de la maison, je l'ai vue empoigner son livre et mettre ses lunettes de lecture.

Quant à moi, mes yeux étaient rivés sur la maison. Une belle maison; coquette, chaleureuse.

Assez petite, beige tirant un peu sur le jaune, avec des lucarnes à l'étage. J'adorais les lucarnes; je tenais ça de mon père.

Une galerie dominait le paysage à l'avant. Il y avait des fleurs et des arbustes partout autour de la fondation.

C'était un endroit vraiment paisible.

On ne pouvait pas croire qu'un épisode de violence avait eu lieu entre ces murs. Elle était trop calme pour ça et inspirait vraiment la tranquillité d'esprit. Un frisson a parcouru mon échine, et j'ai essayé de m'imaginer Émile à l'intérieur. Je n'aimais pas penser à ça. Dans mon esprit, ça ne marchait pas. L'histoire gardait sa part de mystère, qu'il m'était impossible d'éclaircir.

L'atelier au bout du terrain était plus grand que dans mon souvenir. Mon imaginaire s'activait à toute vitesse. Je l'ai vu, dans mon esprit, traversant le terrain, comme un automate. Je voyais bien son corps. Ses épaules qu'il tenait toujours un peu voûtées.

Je n'arrivais pas à voir son visage, mais je savais que c'était lui.

Et je ne comprenais pas. Plus j'y pensais, et moins je comprenais.

Avec du recul, je crois que j'étais retournée sur place cette journée-là pour essayer de comprendre, de saisir quelque chose qui m'avait échappé. D'y trouver un indice. Une faille.

N'importe quoi.

Mais rien. Aucune explication possible.

Je suis montée sur la galerie, curieuse, et je me suis approchée de la fenêtre à côté de la porte.

J'y ai collé mon front, essayant de voir à l'intérieur.

Il faisait très sombre là-dedans, mais j'ai quand même réussi à voir une partie du salon et de la cuisine, à gauche. Quelques meubles ornaient encore les lieux. Étaient-ce les leurs ? Je ne savais pas. Tout semblait propre, immaculé. Pas de sang. Pas d'éclaboussures.

Je n'entendais pas de cris. Mais à quoi je m'attendais ? À voir des fantômes ?

L'endroit était désert et baignait dans une sérénité qui me fascinait.

Quand j'ai éloigné mon visage de la fenêtre, un mouvement a capté mon attention, sur ma gauche. J'ai fait volte-face.

Un chat se trouvait là. En haut des escaliers, me dévisageant.

Il était tout gris et était assis sur la dernière marche, bien droit ; ses yeux jaunes étaient rivés sur moi.

— Allô, minou ! ai-je dit tout doucement, et j'ai essayé de m'approcher de lui, me baissant et marchant très tranquillement dans sa direction.

Mais le chat a immédiatement détalé, apeuré. Je l'ai suivi des yeux tandis qu'il traversait le terrain en courant, et il a finalement disparu derrière l'atelier. Étrange.

À qui appartenait ce chat ?

J'étais triste qu'il soit parti. J'adorais les animaux.

Jetant un dernier coup d'œil sur la maison, j'allais descendre les escaliers quand j'ai vu un homme, debout dans la rue, qui me regardait.

Il était vieux, je le voyais dans sa posture, et il était grand et maigre. Il portait une petite casquette et, à cause d'elle, j'avais de la difficulté à voir son regard. Mais je le sentais fixé sur moi.

Au moment où il a vu que je le regardais à mon tour, l'homme s'est avancé, et il a commencé à gravir la pente de l'entrée de gravier.

Avant même que je ne lui aie jeté un œil, ma mère était déjà sortie de sa voiture et allait à la rencontre de l'homme. Ça ne m'étonnait pas d'elle, qui était si protectrice.

Je l'ai entendu s'adresser à elle sur un ton suspicieux.

— Vous êtes de la famille ?

Sa voix était faible, comme étouffée; il semblait manquer de souffle. Il devait passer beaucoup de temps à l'extérieur, ai-je aussi conclu, car sa peau était rougie par le soleil à plusieurs endroits.

Ma mère m'a d'abord regardée et a sûrement vu mon air craintif, car elle lui a finalement répondu avec assurance :

— Non. Ma fille allait à l'école avec le jeune Deschamps. Nous étions seulement un peu curieuses de voir la maison. Vous êtes du coin? a-t-elle demandé à l'homme, qui nous dévisageait à tour de rôle, le regard mauvais.

Il a hoché doucement la tête et a levé les yeux vers la maison.

— J'habite juste à côté, a-t-il murmuré.

Je ne savais pas pourquoi, mais cet homme me donnait froid dans le dos. Je n'aimais pas son énergie.

J'allais dire à ma mère que nous devions partir, mais il s'est remis à parler.

— C'est épouvantable, ce qui s'est passé ici!

Ses yeux étaient exorbités et les veines de son cou sortaient comme de vers qui rampaient vers sa tête.

— Une horreur, a-t-il continué, il faut être complètement dérangé. J'espère bien que le petit gars va rester longtemps enfermé, toute sa vie s'il le faut!

La hargne se lisait sur son visage.

J'ai avalé ma salive et jeté un œil sur ma mère, qui semblait de plus en plus mal à l'aise.

Je repensais au fait qu'elle m'avait bien dit avant de partir ne pas vouloir rester longtemps sur les lieux. Je me sentais désolée pour la tournure des choses, elle qui ne voulait pas s'en mêler, ni être trop impliquée dans cette histoire avec Émile.

— Dire qu'on était juste à côté ! On savait pas ce qui se passait ici…

J'avais maintenant envie de pleurer. Quand arrêterait-il de parler ?

Il a secoué la tête de gauche à droite, la mâchoire crispée. Puis il a fait un signe de main, comme pour dire « laissez tomber ».

J'étais figée sur place.

— Un petit gars ben violent, il paraît… Avec des gros problèmes. Pis drogué, à part ça ! Son père en avait peur, vous savez.

Ma mère s'est raclé la gorge et a hoché la tête dans un signe de compréhension.

— On ne peut pas s'imaginer à quel point le monde est rendu fou ! s'est exclamé l'homme, qui semblait presque se parler à lui-même. Fou, a-t-il répété, les yeux dans le vide.

Soudain, il m'a regardée. Mais je l'ai senti : il m'analysait. Il cherchait qui j'étais. Et pourquoi j'y étais.

Ma mère lui a soudain touché le bras avec une douceur surprenante, et un sourire avenant a éclairé son visage.

— On doit y aller, mais ça nous a vraiment fait plaisir de vous rencontrer. Monsieur…

— Joubert, a répondu l'homme, souriant aussi à ma mère. Léopold Joubert. Et vous êtes madame…

— Sarrazin, a dit ma mère, lui tendant la main.

Il l'a serrée d'un mouvement brusque.

— À la prochaine, a dit Ghislaine, et nous sommes toutes les deux montées dans la voiture.

Notre véhicule a démarré, et nous sommes parties, sans regarder derrière.

J'avais juste hâte de m'éloigner de la maison.

Mais surtout, j'avais hâte à samedi.

Dans ce pays où il fait froid
Je n'ai ni manteau, ni tuque
Je n'ai ni chapeau, et même là
Ne croyez pas que je suis dupe
— Aline Viens

Chapitre 20

J'ai fait le tour du département des adolescents de Philippe-Pinel avec beaucoup d'intérêt et de fascination.

On aurait dit un mélange d'école et d'hôpital.

Les meubles, la disposition des choses, tout me rappelait l'école secondaire.

Tous les autres jeunes étaient très gentils, et j'ai eu beaucoup de plaisir à rencontrer ses « colocataires », comme je les appelais.

Après la visite des lieux intérieurs, un gardien nous a invités à aller dans une cour, et nous avons tous apporté une chaise pour nous installer au soleil. J'étais heureuse de pouvoir le faire au moins une fois dans l'été en compagnie d'Émile.

J'étais habillée beaucoup trop chaudement, comme d'habitude, et je portais une longue jupe noire, avec une camisole à imprimé léopard noir et rouge. Quand nous nous sommes assis, j'ai mis mes lunettes fumées, et je me suis installée à côté d'Émile, collant ma chaise sur la sienne. D'autres jeunes près de nous nous observaient, et je sentais que je piquais la curiosité de ses camarades.

L'un d'eux est finalement venu me demander une cigarette, et je lui en ai donné une après avoir obtenu l'approbation du gardien. Ça ne semblait être qu'un prétexte pour venir me parler, et j'ai cru déceler une pointe de jalousie de la part d'Émile tandis qu'il observait son ami faire le coq avec moi. Ça m'a fait rire.

À son départ, Émile était muet. J'ai fermé mes yeux, et j'ai senti la chaleur du soleil inonder ma peau. J'allais sûrement attraper un coup de soleil. Pas grave.

Cela faisait peut-être une minute que j'avais fermé mes yeux quand je l'ai senti.

Un mouvement.

Près de ma cuisse.

J'ai baissé subtilement la tête pour essayer de voir sous mes lunettes ce qui avait bougé.

Mais avant que j'aie compris quoi que ce soit, la main d'Émile était dans la mienne.

Chaude, douce, sa paume était collée à la mienne, et il me serrait de plus en plus fort, tandis que ses doigts enlaçaient mes doigts figés.

J'étais pétrifiée.

J'avais tant attendu ce moment. Depuis des mois. Bien avant qu'il ne soit ici.

Pourquoi maintenant ?

La question a effleuré mon esprit peu de temps, et j'ai répondu à son geste après quelques secondes, serrant moi aussi plus fort. Nos doigts crispés s'étaient soudés.

Je n'osais même pas le regarder. J'étais trop sous le choc de l'émotion pour pouvoir dire quoi que ce soit d'intelligent, ou même lui sourire. J'étais émue comme je ne l'avais jamais été auparavant.

Une larme a lentement roulé sur ma joue ; une larme de joie, pure.

Nous sommes restés comme ça, sans bouger, pendant près d'une demi-heure. Puis le gardien nous a invités à rentrer pour terminer la visite. Le temps passait trop vite quand j'étais avec lui.

Je n'avais toujours pas visité sa chambre.

Nous nous sommes levés, engourdis, et nous sommes rentrés sans dire un mot. Je tenais ma chaise d'une main, et la main d'Émile de l'autre.

C'était comme un rêve étrange. Je ne pouvais pas croire que je le vivais enfin réellement.

Je l'ai suivi, et nous avons déposé nos chaises dans la cuisine. Ensuite, nous avons emprunté un corridor où il y avait de multiples portes, toutes identiques.

Il en a ouvert une, et je suis entrée, nerveusement, pour découvrir une toute petite pièce contenant peu de mobilier. Un lit, tout blanc, et un petit bureau.

Puis j'ai vu mes photos, sur le mur. Des photos que j'avais envoyées à Émile par la poste. Elles étaient toutes là, surplombant son espace de travail. La gêne m'a envahie de me savoir si présente dans la pièce.

— T'es avec moi tout le temps, Caro, a dit Émile, me regardant dans les yeux.

Le rouge m'est monté au visage, et j'ai baissé les yeux.

Émile a pris ma main à nouveau et m'a tirée vers le lit, où nous nous sommes assis, côte à côte.

La porte de la chambre était ouverte, et je voyais des gens passer dans le couloir de temps à autre.

Nous fixions tous deux droit devant, et nous ne disions plus rien. C'était surréel.

— Bienvenue chez moi, a dit soudain Émile, et j'ai tourné la tête vers lui.

J'ai réfléchi un instant, hésitante. Et je me suis lancée.

— Je suis allée à la maison, ai-je dit.

Il n'a pas semblé comprendre. Son visage n'exprimait rien d'autre que de l'incompréhension.

— TA maison. La maison.

Il a haussé les sourcils un bref instant, et a baissé les yeux, serrant mes doigts entre les siens.

— Puis ? a-t-il demandé. C'était comment ?

Je l'ai vu déglutir.

— Il y avait un chat, un chat gris. Tu sais c'est à qui ?

— Fantôme ? Sans blague ? Il est encore là ? a dit Émile, vraiment surpris.

— C'est votre chat ? me suis-je enquise, ne pouvant pas y croire.

Il a hoché la tête.

— Oui, j'imagine que les voisins l'ont gardé.

Je n'ai rien dit à propos de Léopold Joubert.

Nous avons marqué un moment de silence.

— Pourquoi t'es allée là ? a soudain dit Émile.

Il semblait triste. Déçu.

J'ai haussé les épaules.

— Je sais pas. Pour me rapprocher de toi, je pense. Je sais pas.

Nous nous sommes regardés.

Ses lèvres ont avancé vers les miennes, et nous avons touché du bout des doigts nos visages en même temps que nos bouches s'unissaient. La sécheresse de nos lèvres a bientôt fait place à la moiteur de nos bouches, qui se goûtaient pour la première fois. C'était trop bon. J'avais toujours mes mains sur ses joues, le retenant contre moi.

Je voulais le garder.

— Émile…, ai-je commencé, lui soufflant la chaleur de mon haleine au visage.

Nous avons ouvert les yeux en même temps, et nous nous sommes regardés de près, de très près, au moins trois ou quatre secondes.

— Je sais, a dit Émile, se retirant de mon étreinte, mais je l'ai attiré de nouveau à moi.

— Non, c'est pas ça ! C'est pas ça que je veux te dire, ai-je soufflé, émue.

Nous avons fermé les yeux, et nos fronts se sont collés pour échanger leurs pensées. J'aurais aimé connaître les siennes.

— C'est pas si long, cinq ou six ans.

Je l'avais dit. Enfin, je lui avais dit à ma façon que je l'attendrais.

Émile a souri, et un léger rire s'est échappé de sa bouche, encore près de la mienne.

Je l'ai fait taire immédiatement avec un baiser. Je me doutais trop bien de ce qu'il allait dire.

— Je peux pas te demander de m'attendre, Caro, a quand même dit Émile, et nous nous sommes regardés, sans sourire, nos fronts toujours collés.

— Je fais ce que je veux. Et ce que je veux, c'est toi. Tu le sais. Ça fait longtemps.

Émile m'a embrassée à pleine bouche, soudainement, et j'ai senti l'excitation monter dans mon corps. Une brûlure au fond de moi, qui n'arrêterait plus de se consumer, même une fois partie.

Je me suis reculée vivement, et nous nous sommes dévisagés, tous les deux troublés.

— Je t'aime, a dit Émile.

Son visage était sérieux, et ses yeux, bleus comme l'océan.

J'aurais tant voulu lui dire : « Allez viens, on s'en va chez nous. À la maison. »

Mais nous n'en étions pas là.

Émile était dans un hôpital psychiatrique, pour un double meurtre, et il en avait encore pour au moins six ans de garde fermée.

J'aurais voulu lui hurler par la tête que j'étais là avant, que nous avions eu notre heure de liberté. Que nous aurions pu partir ensemble bien avant. Nous aimer librement.

Mais bien sûr, ça ne servait à rien de tourner le fer dans la plaie. La plaie était déjà immense.

Et j'étais amoureuse, malgré tout.

Rien pour m'enlever ce sentiment du cœur.

Quelques minutes plus tard, un autre gardien est venu nous dire que l'heure était arrivée. J'ai salué Émile à travers la fenêtre de la porte qui donnait sur le hall du département.

Il avait du rouge à lèvres sur la bouche.

Quand je suis sortie de Pinel, j'avais encore le goût de ses lèvres sur les miennes.

Et mon cœur était embrouillé comme jamais ; vivant son heure de gloire et sa plus grande peine d'amour en même temps.

❧

Paul et Marie-Andrée étaient exactement comme je me les étais imaginés ; lui, très grand, avec des lunettes et un brin de calvitie, et elle, belle femme, brunette, avec des yeux noisette qui dégageaient une grande intelligence.

J'avais déménagé depuis peu, et j'avais complètement oublié de leur donner ma nouvelle adresse, si bien que lorsque je m'en suis souvenue, ils se tenaient tous les deux devant moi, l'air inquiets.

— Caroline Vignault ? a dit l'homme, baissant le menton et me dévisageant par-dessus ses lunettes rondes.

C'est exactement à ce moment que j'ai pris conscience de mon oubli.

— Oh non ! me suis-je exclamée, mal à l'aise. J'avais oublié de vous dire !

J'ai plaqué ma main gauche contre ma bouche, me trouvant terriblement nulle. Comment pouvait-on être si distraite ?

— Disons que, heureusement, le couple sur place semblait bien te connaître, et ils nous ont dit où tu demeurais maintenant, a dit la femme, un sourire en coin.

J'ai soupiré de soulagement.

— Pardonnez-moi encore, je suis vraiment perdue par moment... Entrez !

J'ai fait un geste de la main pour les inciter à pénétrer dans la place, qui n'était pas très grande. C'était une petite maison, sur une rue relativement tranquille, et toutes les pièces étaient petites. Un de mes amis vivait avec moi, et son lit était en fait un vieux canapé, ce qui en disait long sur l'espace disponible.

Paul et sa femme se sont tiré chacun une chaise à ma table de cuisine et ont déposé en même temps une pile de documents devant eux.

J'étais nerveuse de les rencontrer, mais contente en même temps, puisque enfin, je pourrais peut-être aider Émile grâce à mon témoignage.

J'ai regardé ma cuisine, les choses qui traînaient sur le comptoir et la vaisselle dans l'évier, et je me suis sentie gênée. Décidément, ils devaient se demander à quel genre de fille ils avaient affaire !

— Nerveuse ? a alors demandé Paul, et j'ai écarquillé les yeux de surprise.

Il semblait avoir lu dans mes pensées.

J'ai fait un mouvement de tête pour lui répondre, et Marie-Andrée a souri.

— En fait, ai-je soupiré, je ne suis pas sûre que je vais être capable.

J'ai jeté un œil sur elle, puisqu'elle m'intimidait moins que son mari.

Elle m'a cependant dévisagée et un pli a barré son front.

— Capable ou non, ma belle, a répondu Marie-Andrée, il va falloir te raisonner. Tu n'auras pas le choix ; tout le monde va passer par là : la famille, les amis… tout le monde.

Je me demandais comment se passait véritablement un procès ; si c'était comme dans les films, avec les banquettes derrière l'accusé, et les deux clans : la couronne et la défense.

Si je serais debout ou assise pour témoigner. Comment serait le juge.

Si j'aurais à jurer sur la Bible. Et si je n'étais pas croyante… aurais-je à jurer quand même ? Et est-ce qu'il y aurait des journalistes dans la salle d'audience ?

Et les membres de la famille d'Émile… viendraient-ils me parler ? Pour me dire quoi ?

Me détestaient-ils après avoir su par les nouvelles que je lui parlais toujours ?

— De toute façon, Caroline, a dit Paul, on va regarder ensemble le témoignage que tu as fait le matin du 24 mars à la Sûreté du Québec, on va repasser chaque point, chaque chose que tu as dite, chaque question qu'ils risquent de te poser en cour.

J'ai opiné. Avais-je dit quelque chose de mal dans ma déclaration? M'étais-je mal exprimée sur quoi que ce soit? Que penserait Émile de moi, si on me remettait sous le nez une phrase que j'avais dite et dont on se servirait pour l'incriminer?

Je n'osais même pas y penser.

Les lunettes de Paul tombaient sur le bout de son nez, et il me faisait vraiment penser à un savant fou, comme dans les films. À l'évidence, il était sur le point de préparer une potion magique qui changerait le monde.

— Parce que, dis-toi que c'est bien important : ce que tu vas dire à la cour, ça va jouer dans la balance pour Émile. Il ne faudrait pas dire quelque chose qui pourrait être mal interprété. Il va falloir que tu t'exprimes d'une façon claire, courte, concise… Tu en dis tout le temps le moins possible, le moins de détails, d'accord?

Je retenais presque mon souffle. Et Émile… me verrait-il témoigner? Comment pourrais-je vaincre la gêne de devoir parler en sa présence à propos de sa propre personne?

Marie-Andrée m'a fait un sourire, et a jeté un œil sur son mari, qui me fixait toujours par-dessus ses lunettes.

Je me suis raclé la gorge.

— Je vais faire mon possible, ai-je dit, incertaine.

Paul m'a adressé un air sévère. Il a secoué sa tête de gauche à droite.

— Il faudra faire plus que ça, Caroline. Il ne faut pas trébucher du tout. C'est sérieux. L'avenir d'Émile en dépend… Vous êtes un couple, maintenant, je crois?

Cette phrase, venant de lui, si sévère, m'a étonnée, et je lui ai fait un signe affirmatif.

— Oui... il vous l'a dit?

Paul a souri, dévoilant ses dents légèrement jaunâtres.

— Il semble très attaché à toi... Et il est très nerveux d'avoir à t'impliquer dans cette histoire. Ça ne fait pas son affaire du tout, a-t-il continué, affichant un air désolé avant de hausser les épaules.

Marie-Andrée s'est avancée sur sa chaise. Elle s'est approchée de moi, et m'a touché l'avant-bras, complice.

— On va essayer de vous obtenir une permission spéciale, pour la journée où tu auras à être présente au palais de justice. Pour que tu puisses être avec lui pendant les pauses et sur l'heure du dîner.

J'ai levé les sourcils, me demandant si je comprenais bien.

— Tous les deux? Ensemble?

Ils ont hoché la tête à l'unisson.

— Demande spéciale de M. Deschamps, a précisé Paul, et son ton m'a fait rire.

Je lui découvrais finalement un sens de l'humour!

— On ne peut rien jurer, a ajouté sa femme, délaissant mon bras et me signifiant du regard qu'elle me mettait en garde contre tout espoir. Mais on pense bien pouvoir vous obtenir un local, où vous pourrez vous retrouver plusieurs fois pendant la journée.

J'exultais, mais j'essayais de rester calme.

— Merci à vous, c'est très aimable, ai-je déclaré, émue.

J'ai remarqué que Paul avait enlevé ses lunettes, qui se trouvaient maintenant sur sa pile de documents. Il attendait, me fixant avec un air doux.

J'ai repris mon sérieux.

— Ça va être correct, pour mon témoignage, ne vous inquiétez pas. Je vais y arriver.

Je me suis redressée sur ma chaise, et je les ai regardés à tour de rôle, sereine.

Tendant la main vers Paul, je lui ai fait signe de me tendre une copie de ma déclaration.

Affichant un air satisfait, il a remonté ses lunettes sur son nez et me l'a tendue, souriant subtilement.

Je me suis demandé d'où me venait cette chance que j'avais ces derniers temps.

On aurait presque dit qu'un ange, ou deux peut-être, veillaient sur moi d'en haut…

Je les ai remerciés en silence, et je me suis mise au travail.

On me surnomme sagesse
Bien sûr, les hommes ont leurs défauts
Mais je te promets, si tu restes
De t'en donner ce qu'il en faut
— Aline Viens

Chapitre 21

L'être humain est fascinant dans sa capacité à s'adapter à tout.

Il est étonnant de constater parfois comment on peut réussir à prendre des habitudes dans des situations plutôt précaires, face à des situations qui nous paraîtraient complètement impensables hors du contexte de notre vie.

Je n'aurais jamais pensé être capable de mener cette existence.

Avoir un amoureux dans ces conditions, voyager toutes les fins de semaine pour aller le visiter dans un endroit où chacun de nos gestes était épié, où le moindre baiser était étalé sur la place publique, sous l'œil des gardiens qui se moquaient bien de notre amour débutant.

Fidèle à moi-même, je me foutais bien du regard des autres.

Je préférais me fier à mes sentiments, et à ce que mon cœur me dictait, même si le prix était lourd à payer. On appelait ce prix l'attente. Et dans l'attente, j'avais rencontré une autre entité : la solitude.

C'était souvent insupportable.

Voyager seule, jusqu'à Montréal, la tête accotée dans la fenêtre de l'autobus ; regarder les paysages défiler, tout en me faisant des scénarios dans ma tête. Des scénarios de toutes sortes, passant du romantisme à l'horreur. J'avais développé une imagination très fertile.

Tous les samedis, à Pinel, les Italiens se trouvaient là, et nous nous adressions un mouvement de tête complice à notre arrivée. On aurait presque dit que nous nous attendions mutuellement.

Je trouvais étrange d'avoir noué des liens même à travers l'univers d'Émile.

Comme quoi on peut s'attacher à n'importe quel port, tant qu'on s'attache. C'est ce qui compte. Et quand on s'attache, on s'habitue. L'équation est facile.

Émile et moi étions amoureux. Et peu importe qu'il soit loin, et peu accessible physiquement, le temps que je passais avec lui était précieux à mes yeux, et m'apportait tout de même une satisfaction importante.

Quand je voyais ses souliers jaunes descendre les escaliers alors qu'il arrivait au parloir, mon cœur battait la chamade comme jamais. Chaque rencontre était unique. Chaque moment était sacré.

Nous passions des heures à nous embrasser, à nous enlacer et à nous aimer. Nous parlions de nos vies respectives. De ses cours de guitare. De mon nouvel appartement. J'avais encore déménagé, pour une quatrième fois depuis le printemps.

Parfois, aussi, nous osions parler du futur. Du bout des lèvres, comme si ça nous faisait peur mais, quand même, nous aventurer sur ce terrain était un jeu auquel nous aimions jouer, pour voir jusqu'où l'autre était prêt à aller.

Comme toujours, je n'avais pas peur des mots, et je faisais voyager Émile dans mes rêves, où nous étions mariés et heureux. J'y croyais.

Il aurait son atelier de tatouage. Je serais son assistante.

La semaine, je rêvais souvent à lui. Il m'arrivait souvent de me réveiller en sursaut, la sueur coulant dans mon dos et le souffle court. Je faisais des cauchemars épouvantables. Des choses que je ne pourrais décrire ici.

Je rêvais aussi parfois que nous faisions l'amour, et c'était tellement réel, que lorsque je me réveillais, je ne trouvais plus le sommeil. Dans mon quotidien, je manquais beaucoup d'affection. De proximité physique. Je trouvais ça dur.

Je sortais beaucoup dans les bars, pour voir des gens. Sentir leur proximité.

J'adorais boire, et danser, jusqu'à perdre la tête. M'enivrer. Perdre la maîtrise de moi-même.

Quand l'automne est arrivé, avec ses feuilles mortes et ses tons de gris, je me suis rendu compte que me sentais fatiguée, comme si mon corps avait brusquement vieilli.

J'avais eu 18 ans quelques semaines auparavant ; nous avions fêté mon anniversaire chez mes parents, avec Rico, Natasha et mon amie d'enfance Marie-Lyne. J'avais eu du plaisir, certes, mais il manquait le principal. Je devrais attendre, pour fêter avec lui.

J'étais enfin majeure. J'avais peine à y croire.

Cela faisait presque un an qu'Émile, Rico, Guillaume et moi avions emménagé ensemble dans notre appartement.

Le temps passe vite.

Une semaine plus tard, vers la mi-septembre, je suis allée chez Marie-Lyne, à Montréal, après être allée voir Émile à Pinel dans la soirée. Je le sentais déprimé par la venue de l'hiver et l'arrivée du froid. En plus, le procès avait commencé, et toute son énergie y passait.

Malgré toute ma bonne volonté, je n'arrivais pas à le faire sentir mieux. Ça me rongeait par en dedans de me sentir si impuissante face à sa douleur.

Je suivais le déroulement du procès à travers les journaux, en plus de lui parler tous les soirs. Quelques détails sur la journée du 23 mars étaient parvenus à mes oreilles par les médias. Mais je n'avais rien dit de ça à Émile. Il était déjà suffisamment stressé comme ça.

Cette visite m'avait laissée un peu mélancolique, et je n'avais qu'un désir en arrivant chez mon amie : sortir, m'éclater et boire.

Je buvais de plus en plus, surtout depuis le début de l'été. Ça passait le temps. Ça me donnait un répit, aussi. Face à cette solitude que je ressentais.

Nous sommes donc sorties dans un bar bondé de Montréal, où elle et ses colocataires avaient l'habitude d'aller.

Il y avait des gens partout, et la piste était grouillante de danseurs, tous plus ivres les uns que les autres. Je n'avais qu'une envie : me fondre dans la masse en mouvement. Sentir les corps chauds se frôler à moi et me laisser porter par le rythme de la musique.

J'ai commencé par prendre quelques consommations avec Marie et les autres, question de me réchauffer un peu.

Parmi ses amis, il y avait ce jeune homme ; Flip.

Il était grand, plutôt mignon, et me faisait de l'œil de façon très peu subtile. J'étais flattée, mais sans plus.

J'étais habituée à ce type de gars, qui ne semblait chercher qu'une chose : une compagne d'une soirée. Et ce n'était vraiment pas quelque chose qui m'attirait, même dans l'attente de mon homme. Au fond de moi, rien d'autre qu'Émile ne comptait ; et c'était sur l'image de son visage que je m'endormais tous les soirs. Il me manquait terriblement.

Ce soir-là, cependant, j'ai finalement dansé avec Flip, et je l'ai collé un peu, jouant le jeu de la séduction. Nous avons bu, dansé, bu encore, dansé de nouveau, et tout tournait vite dans ma tête ; j'étais complètement défoncée.

J'ignorais combien de temps encore je pourrais me défoncer de la sorte.

Mais une chose était sûre : une douleur dans mon cœur prenait de plus en plus de place, sans que je m'en rende compte. Une douleur sourde, mais bien vivante. Elle grandissait en moi depuis des mois.

C'était cette même souffrance qui me donnait sans cesse envie de m'enivrer dans les bars, de boire jusqu'à en perdre la mémoire, et de prendre toutes sortes de trucs qu'on m'offrait à l'occasion : pilules, cachets, drogue.

J'avais même fini par essayer des substances qui ne m'avaient jamais intéressée avant, par pure curiosité. Je baissais les bras. Je laissais tomber mes barrières.

Graduellement, par contre, les choses devenaient de plus en plus floues dans ma tête, même à jeun.

Je manquais le travail à l'occasion. Je dormais plus que la normale.

Puis j'ai dû témoigner.

❦

L'avocate de la couronne se nommait Josée Duchel, et je l'ai détestée à l'instant où je l'ai vue.

Les cheveux bruns, assez jeune, un maquillage impeccable et un air légèrement hautain.

Son assurance m'a immédiatement impressionnée, et je me suis demandé comment je ferais pour l'affronter. Mais je devais avoir confiance en moi. C'était la base de tout.

Il n'y avait pas tant de gens dans la salle. Plusieurs personnes que je ne connaissais pas, qui prenaient des notes (probablement des journalistes), et aussi de la famille.

Je les ai tous reconnus par leur ressemblance entre eux et, surtout, parce que leurs traits m'étaient familiers ; ils me faisaient tous penser à Guy et Lyne.

Un oncle d'Émile, Paul Deschamps, ressemblait tellement à son père qu'un frisson m'a parcouru le dos quand nous nous sommes dévisagés.

Son visage était ravagé par la tristesse.

Les Deschamps étaient des gens aux visages naturellement tristes, à cause de leurs yeux pointant légèrement vers le bas dans les coins supérieurs.

Paul venait de perdre un frère, une belle-sœur, et n'aurait probablement jamais la chance de revoir son neveu.

Je le sentais fragile et, en même temps, je sentais la colère refoulée sous son masque de peine.

De temps à autre, il me jetait un œil, comme intrigué. Son attitude me rendait nerveuse, bien qu'il m'intriguât également.

Marie-Andrée était venue à ma rencontre à mon arrivée pour me dire que la permission spéciale demandée pour Émile et moi avait été acceptée. Dès l'heure du dîner, je pourrais donc le rencontrer derrière la salle d'audience. J'étais anxieuse, sachant qu'il devait l'être de son côté. Mais j'avais très hâte de le serrer dans mes bras.

Émile a pénétré dans la salle peu de temps après moi, et il n'a pas regardé dans ma direction. Deux gardes costauds l'escortaient, chacun par un coude, et ses mains étaient menottées par devant. Ses yeux étaient rivés sur le plancher, et son visage était blanc. Comme il était vêtu de noir de la tête aux pieds, le contraste était frappant.

Chaque personne appelée à la barre y restait très longtemps ; c'était entre autres le cas de certains psychiatres qui en avaient long à dire. J'étais en même temps très intriguée d'en savoir plus sur leurs dires au sujet d'Émile.

— D\ Robert Laurence, a dit un troisième homme en se présentant. Je m'occupe du dossier d'Émile Deschamps à l'Institut Philippe-Pinel, et également des cas de plusieurs adolescents du département de la jeunesse qui sont soignés à l'institut.

Paul, l'avocat d'Émile, s'est approché du témoin.

Ses lunettes ont miroité dans la pièce, sous la lumière du néon.

— D\ Laurence, est-ce votre premier dossier qui traite d'un adolescent parricide, c'est-à-dire qui a commis un double meurtre sur la personne de ses parents ?

J'ai jeté un œil sur Émile, qui fixait toujours le sol.

— Non, a-t-il affirmé d'un ton confiant. Émile Deschamps n'est pas mon premier cas de parricide en carrière, mais je peux toutefois vous dire qu'il y a eu très peu de cas au Québec dans les 50 dernières années. Dans tous les cas, cela dénote toujours une grave pathologie, demandant beaucoup de soins dans l'éventualité d'une libération, surtout dans les cas d'adolescents parricides.

J'ai fermé les yeux. Une violente vision s'est imposée à moi. Celle d'Émile tirant sur Lyne. La démence défigurait son beau visage. J'ai sursauté.

— On peut aussi parler de schizophrénie dans certains cas, ou d'autres dysfonctionnements graves entraînants des troubles sur le plan cognitif. Par exemple, une incapacité temporaire à faire la différence entre le bien et le mal, ce qui peut parfois survenir lors d'une psychose, ou toute autre disposition mentale impliquant généralement une perte de contact avec la réalité, a-t-il déclaré avant de prendre une gorgée d'eau.

Il a déposé son verre devant lui et a regardé Paul, attendant la suite.

Paul a hoché la tête avant de poursuivre.

— Et dans le cas d'Émile Deschamps, a-t-il dit, relevant ses lunettes, avez-vous été capable d'effectuer un premier diagnostic de tels troubles mentaux, diagnostic qui nous amènerait à la conclusion qu'Émile Deschamps n'était PAS en mesure de comprendre la portée de ses gestes le 23 mars dernier, et qu'il n'était donc PAS en pleine possession de ses facultés mentales, comme mentionné plus tôt?

Mon cerveau surchargé essayait de bien saisir tout ce qui se disait.

Le Dr Laurence a hoché la tête.

— Les psychoses sont souvent liées à des troubles massifs remontant à l'enfance, comme des carences affectives, des faits de violence psychologique chronique, des rapports parents-enfants conflictuels, etc. La maladie se caractérise par des troubles de la personnalité, transitoires ou permanents, liés à une altération du sens de la réalité et de soi.

Quelqu'un a toussé, et tout le monde a jeté un œil dans la direction d'où venait le bruit.

Robert Laurence a poursuivi son discours.

— Selon les courants psychiatriques et des systèmes psychopathologiques, le mot peut prendre plusieurs sens : on parlera de structure psychotique, de pôle, d'organisation ou de personnalité psychotique, etc. J'ai observé plusieurs schémas de pensées et un ensemble de facteurs chez le patient qui m'amènent à croire à une pathologie de la sorte chez cet individu. J'en suis encore à déterminer précisément la structure, parmi une panoplie de désordres psychotiques liés directement à une affection de cette espèce.

Un silence total régnait dans la salle.

Paul s'est alors tourné vers le juge.

— Ce sera tout pour la défense, Votre Honneur.

Le juge a opiné et a tourné la tête vers l'avocate de la couronne.

— Maître Duchel ? a-t-il demandé avec austérité.

Mais l'avocate a secoué la tête, faisant onduler sa longue chevelure, et on a invité les gens à prendre une pause pour le dîner.

J'étais fébrile de retrouver Émile.

Cependant, il était dans un tel état que j'ai bien pensé qu'il allait être malade.

Un tremblement faisait tressauter ses épaules et, contrairement à ce que j'avais imaginé, il ne semblait pas si heureux de me voir. Du moins, pas pour les premières minutes.

— Dis-le, a-t-il déclaré. Dis-le, ce que tu penses de moi.

J'ai tendu un bras pour le toucher, doucement.

Enfin, on lui avait retiré ses menottes.

Mais Émile était froid comme un glaçon, à l'intérieur comme à l'extérieur. Il m'inquiétait de plus en plus.

Mes yeux ne pouvaient se détacher de son visage pâle et de ses yeux cernés.

— Je suis trop *fucké* pour toi, a-t-il ajouté dans un souffle.

Son haleine m'est parvenue, et j'ai reconnu l'odeur des médicaments dans son corps. Une odeur unique. Ça ne s'explique pas.

Il devait être sous sédatifs.

— On est tous malades, Émile. Ça va pas aussi loin pour tout le monde, mais il n'y a personne qui n'a pas ses bobos, puis tout le monde a déjà fait mal à quelqu'un à cause de ça. Personne n'y échappe !

Je tentais de le rassurer, mais je voyais bien que mes propos ne faisaient qu'envenimer la situation. Émile était dans sa tête, seul comme un enfant devant le vide.

— J'ai pas juste fait mal à quelqu'un, Caro. Tu le sais. Je suis un monstre. Un vrai.

J'ai pris une grande inspiration.

— Moi, tu me connais… je suis un peu *fuckée* aussi, non ? T'es sûr que tu veux sortir avec moi ?

Je souriais, et Émile a fait en guise de réponse un petit bruit, que j'aurais presque pu interpréter comme un rire.

Je l'ai senti se détendre sous mon bras.

— Ancienne anorexique, agoraphobe, avec plein de comportements phobiques, et un léger penchant pour les drogues et l'alcool ?

Émile m'a regardée, sérieux, et s'est penché vers moi pour finalement m'embrasser.

— J'arrête pas de faire des cauchemars, a-t-il dit soudain, le regard dans le vide. Je suis plus capable… Et il faut tout le temps réajuster ma médication ; j'ai trop d'effets secondaires.

Je lui ai caressé les cheveux, qui venaient tout juste d'être coupés.

— J'ai mal au cœur, je m'endors, j'ai mal à la tête… je me sens tout *fucké*, a-t-il continué. Pis… je me trouve laid, tu trouves pas que je suis rendu gros ?

J'ai secoué la tête.

— Non, t'es pas gros.

Puis je lui ai souri.

— Et t'es pas laid, ni à l'intérieur ni à l'extérieur, ai-je ajouté plus sérieusement.

Nous nous sommes collés sur la banquette de bois qui longeait le mur de la pièce. Des gens sont passés dans le couloir, parlant bruyamment.

J'ai senti un doigt glisser mes cheveux derrière mon oreille ; Émile me souriait enfin.

— J'ai rêvé à toi, m'a-t-il confié.

J'ai levé un sourcil, curieuse. C'était la première fois qu'il me confiait avoir rêvé à moi.

— Je ne sais pas si je devrais te raconter ça… ou pas ici en tout cas.

— Ben là ! me suis-je exclamée. T'as pas le droit ! T'as commencé… allez ! l'ai-je encouragé, le poussant du coude.

Il m'a souri à nouveau.

— C'est un peu gênant… Tu étais… tu portais ton ensemble rouge, tu sais, celui que tu portais la première fois que tu es venue me voir ? m'a demandé Émile, et j'ai opiné de la tête. On était dans une cuisine… je sais pas où… mais on s'embrassait.

Il me faisait rire avec son hésitation.

— T'étais belle en criss, a dit Émile, ému, alors je t'ai renversée sur la table, et je t'ai enlevé ta jupe.

Je me suis sentie devenir rouge comme une tomate mûre, prête à exploser.

J'ai baissé les yeux pour écouter la suite.

— Disons que… c'est le meilleur déjeuner que j'ai jamais pris de ma vie, a-t-il terminé, et nous avons ri tous les deux pour détourner notre malaise évident.

J'aurais voulu lui raconter mes rêves. Mais j'étais figée par la gêne. Je sentais du désir, au fond de moi, et j'étais bloquée, médusée par mes sensations et par la peur de m'exprimer.

M'exprimer à ce sujet n'aurait fait qu'augmenter mon envie de me rapprocher de lui physiquement. Et c'était impossible. Pas avant longtemps.

Un bruit m'a soudain fait faire volte-face, et j'ai vu Marie-Andrée, dans le cadre de porte, me faire un signe de la main.

— Ça va être le temps, s'est-elle contenté de dire, et elle a tourné les talons, nous laissant seuls à nouveau.

J'ai embrassé Émile, et un gardien est venu me chercher ; c'était l'heure de mon témoignage.

🙞🙜

— Mademoiselle Vignault, m'a dit Josée Duchel avec un air pincé, dans votre déclaration du 24 mars 2000, vous affirmez qu'Émile Deschamps faisait régulièrement des dessins bizarres, et qu'il en avait plein dans sa chambre. Il ne vous est jamais passé par l'esprit que ces mêmes dessins reflétaient peut-être un côté malsain de sa personne, une quelconque attirance vers le macabre, la violence ?

J'ai inspiré avant de répondre.

— Non, je le voyais juste comme un artiste.

L'avocate de la couronne m'a dévisagée.

— Un artiste ?

Son visage exprimait un dégoût, voire une répulsion. Elle a baissé les yeux sur ses feuilles et m'a regardée à nouveau.

— Vous avez également dit, et je cite : « Il était plus bizarre depuis deux mois. Je lui parlais moins. On se parlait... mais c'était moins personnel qu'avant. »

Elle a marqué une pause.

— Vous n'étiez donc pas très proche d'Émile Deschamps.

Son air supérieur me donnait mal au cœur, et j'avais de la difficulté à ne pas laisser transparaître mes émotions.

— Ben..., ai-je commencé, ça dépend. Mais je pense que...

J'ai hésité, promenant les yeux sur ce qui se trouvait dans mon champ de vision, et je suis tombée sur le visage de Paul, qui me faisait les yeux ronds, comme une alerte. Probablement pour me dire d'écourter ma réponse.

— Que ? a poursuivi Josée, lentement.

J'ai pris une autre grande inspiration.

— On s'est un peu perdus. On restait ensemble, mais on se parlait moins. C'est tout.

Elle a de nouveau jeté un œil sur ses feuilles et a détourné la tête vers Paul avec une visible indifférence.

Ses yeux se sont posés froidement sur moi.

— Vous avez pourtant confié à sa mère, madame Lyne Dufort, quelques semaines avant les événements, qu'Émile semblait être dans une mauvaise passe.

Ma respiration s'est faite plus rapide.

— Mais vous nous confiez ensuite ne pas énormément parler avec lui, et même, avoir été à cette époque dans un cadre beaucoup moins personnel qu'avant... Est-ce exact ?

J'ai hoché la tête, timide, et le juge a élevé la voix.

— Vous devez toujours répondre par oui ou non, mademoiselle Vignault, aux questions qui vous sont posées.

— Oui, pardonnez-moi.

Josée s'est raclé la gorge, satisfaite.

— Est-ce exact ? a-t-elle repris.

— Oui.

Un sourire a éclairé son visage, rapidement, mais assez longtemps pour que je le remarque. Elle essayait de me faire faiblir.

— On peut donc affirmer, selon vos dires, que vous étiez tout de même en mesure de remarquer malgré le peu de communication que l'accusé était dans un état pas tout à fait normal... Quels étaient les signes qui vous indiquaient un tel état chez l'accusé ?

— Eh bien..., ai-je commencé, il avait arrêté de travailler. Souvent, il ne faisait pas grand-chose à l'appartement, et il tournait en rond pendant des heures.

La voix du juge s'est à nouveau élevée par-dessus la mienne.

— Pouvez-vous parler plus fort, mademoiselle Vignault, je vous prie ?

— Oui, pardonnez-moi, Monsieur le Juge.

Josée a attaqué de nouveau.

— Émile Deschamps consommait-il de la drogue ?

— Pas beaucoup, ai-je avoué. Je l'ai déjà vu faire, mais pas souvent.

Elle a hoché la tête, les yeux rivés sur sa feuille.

— La dernière fois que vous avez vu Émile Deschamps, c'est-à-dire la veille du 23 mars dernier, il portait un capuchon sur la tête, dissimulant son visage. Lui avez-vous demandé pourquoi?

J'ai froncé les sourcils. Ses questions me paraissaient souvent étranges.

— Non. Je trouvais juste qu'il avait l'air plus déprimé que d'habitude.

— Humm, a murmuré l'avocate.

Son attitude faussement désinvolte me faisait enrager.

— L'accusé a déjà eu les cheveux en *dreadlocks*, ensuite rasés, ensuite bleus, tout ça en quelques mois, et vous n'avez jamais trouvé ça étrange… Mais un capuchon vous faisait penser qu'il pouvait être dans un possible état dépressif? a-t-elle lancé.

Je ne comprenais pas où elle voulait en venir. On était loin du discours des psychiatres.

— Non, c'était une question d'attitude. Je le sentais triste.

— Vous le sentiez triste, mais sans lui parler vraiment… Vous disposiez de peu d'informations pour vous faire une opinion sur son état, si je comprends bien, à part en vous fiant à vos suppositions… C'est exact?

— Objection, Votre Honneur, a soudain clamé Paul depuis son banc. On s'éloigne des faits et maître Duchel fait elle-même une supposition hors contexte.

— Accordée, Maître Gérin, a dit le juge.

Je n'en pouvais plus de cette mascarade et de cette femme antipathique. J'avais la gorge sèche, et mon cœur battait trop vite.

— Ça sera tout pour l'instant, Votre Honneur, a déclaré Josée, un sourire en coin.

Le juge a hoché la tête, et Paul s'est avancé vers moi, y allant de ses questions. J'étais beaucoup plus détendue. Je me suis concentrée pour répondre du mieux que je pouvais à l'avocat d'Émile. Ça a peut-être pris une demi-heure de plus, et j'avais terminé.

J'étais complètement épuisée, vidée. Si moi, je trouvais ça difficile, je n'osais pas m'imaginer comment ça devait être pour Émile. Il regardait toujours ses pieds, avec cet air absent. Mon cœur se lamentait juste de le regarder souffrir en silence ; je sentais son souffle court, son cœur qui battait rapidement.

Comment en étions-nous arrivés là ?

Je nous revoyais, il n'y avait pas si longtemps, tous les deux, à l'appartement.

Émile qui me fait fumer mon premier joint.

Émile qui fait un dessin de moi.

Émile qui sent mes cheveux, au jour de l'An. Mon cœur tremble.

Émile qui fait une promenade avec moi, le soir, dans la ville, il fait très froid. Nous sommes seuls, Rico n'est pas là ; je veux l'entendre me raconter des histoires, tandis que nous déambulons sans but.

Émile qui danse, les cheveux bleus.

Émile qui rit.

Émile qui me regarde ; je le sens, il me veut.

Mais il me refuse.

Émile qui était là, maintenant, devant moi, assis derrière ce muret, sur ce banc de bois.

Les yeux rivés sur le sol, attendant sa sentence.

Deux personnes étaient mortes.

Et j'étais toujours là, sans comprendre.

Et si je n'étais pas partie ? Si j'étais restée à l'appartement, au lieu de partir, trois semaines avant le drame ?

Et si nous avions eu une laveuse à linge ? Tout simplement ?

Il n'aurait pas eu à aller faire son lavage, cette journée-là. Il ne serait probablement pas allé là-bas. Je serais allée le rejoindre après le travail.

Nous aurions peut-être évité le malheur.

Est-ce que les choses auraient été différentes ?

Rien. Je n'en savais rien, pas plus à l'époque que je n'en sais maintenant.

De toute façon, on ne change pas le passé.

Cette journée-là, ai-je appris au procès, il y a eu une dispute, après le souper.

Puis Émile a frappé Lyne, à coups de marteau. Trente-deux coups, au total.

Il y avait du sang. Beaucoup de sang. Il l'a descendue au sous-sol.

Et il l'a tirée avec une arme sur place.

Il est sorti dehors, a traversé le terrain.

Guy se trouvait dans l'atelier, en train de travailler sur une sculpture.

L'atelier contenait des armes. Émile en a pris une, et il a tiré.

Il a ensuite enroulé les corps dans des couvertures. Il a mis des draps dans les fenêtres.

Il a bloqué l'accès au sous-sol avec la table de cuisine.

Et il a attendu.

Quand ils l'ont trouvé, vers 23 h, après que Sarah eut averti la police que quelque chose de louche s'était produit à la maison, Émile était calme.

La tempête était passée. Le paroxysme de la douleur était derrière.

Mais tout commençait.

Pour lui.

Pour la famille.

Pour les amis.

Pour moi. Qui l'attendait, dans les escaliers de l'appartement, dont je n'avais plus la clé depuis une semaine.

Dans les déclarations enregistrées qui ont suivi son arrestation, Émile était confus, et rien n'avait de sens dans ses propos. Tout portait à croire à la maladie mentale.

Comme pour beaucoup de parricides, Émile avait peu de souvenirs des événements de ce soir-là.

L'être humain est une machine vraiment bien faite, dotée de puissants moteurs de guérison, et l'oubli en est un.

Qu'il soit instantané ou à long terme.

On doit oublier la douleur pour vivre et pour continuer d'avancer.

Sinon, chaque personne ayant souffert resterait sans bouger, dans la peur de souffrir à nouveau.

On doit oublier. On doit guérir. Peu importe le mal commis.

Enrayer la douleur fait partie du processus pour cesser de blesser les autres.

Qu'on le veuille ou non.

C'est ce que je me suis dit en quittant le palais de justice cette journée-là.

Je le pense toujours.

La vie ne nous quitte pas comme nous la quittons
Elle ne nous prend rien alors que nous la brûlons
Elle ne désire rien ; pourtant, nous lui en voulons
Elle n'est rien d'autre que ce que nous en faisons
— Aline Viens

— Oh ben, notre petite fille du Nord ! s'est exclamé le gardien du parloir tandis que je passais enfin de l'autre côté du détecteur de métal.

Je lui ai tendu ma feuille, souriante.

— Plus si petite, Gérald, j'ai 18 ans depuis septembre !

Je voyais tellement souvent les mêmes personnes à Pinel qu'elles faisaient presque partie de ma famille. Gérald était mon préféré d'entre tous.

Avec ses cheveux blancs, il m'inspirait la bonté et la sagesse.

Lui et son collègue Luc m'ont alors souhaité joyeux anniversaire en retard.

— Pis, a ajouté Luc, un grand gaillard qui faisait tout le temps des blagues, vas-tu le marier, ton p'tit Deschamps, quand il va sortir d'icitte ?

Son regard était moqueur, et je sentais qu'il ne disait ça que pour me taquiner. Ce n'était pas méchant. Ces hommes étaient très gentils ; j'étais toujours heureuse de les retrouver.

— S'il veut de moi, ai-je répondu tout sourire, certain !

Les deux se sont esclaffés, et Gérald a composé le numéro du département sur son téléphone. Il riait encore quand on a répondu.

— Pour Émile Deschamps, une visiteuse, a-t-il dit, m'adressant un clin d'œil complice.

Je lui ai retourné un sourire.

Puis son visage s'est assombri.

Il semblait de plus en plus mal à l'aise à l'écoute de l'interlocuteur.

— OK…, a-t-il dit, après quelques secondes, je vais avertir mademoiselle Vignault.

Je me demandais de quoi il était question. Un retard, peut-être ?

— Qu'est-ce qu'il y a ? ai-je demandé, inquiète, quand il a raccroché.

Gérald s'est accoudé pour me répondre, visiblement nerveux.

— Émile pourra pas descendre te voir, ce soir.

J'ai froncé les sourcils, n'étant pas certaine de comprendre. Il avait un empêchement ?

— Hein ? Comment ça ? ai-je demandé, un peu surprise.

Il a fait une moue attristée, me signifiant sa désolation.

— Il paraît qu'il n'a pas voulu faire une activité aujourd'hui, alors ils ont décidé de lui couper sa visite de ce soir… je suis désolé, mam'selle, a-t-il terminé.

Je l'ai regardé avec un air légèrement ahuri, retenant ma tristesse et ma colère grandissante.

— Oui, mais…, ai-je expliqué, je suis partie du Nord, j'ai fait deux heures de route pour venir ici, ça m'a coûté 60 dollars d'autobus, et 20 dollars de taxi… Je peux même pas le voir 15 minutes ?

Je n'en revenais pas. Je partais de loin, tous le savaient.

— Non, je suis vraiment désolé, il est en punition. Faudra que tu reviennes dans quelques jours, je pense.

Il a fait une espèce de grimace qui m'aurait fait rire en temps normal.

Mais là, j'étais si fâchée que je l'aurais frappé. Je me suis sentie devenir toute rouge, et mon corps est devenu engourdi, comme figé.

— Mon sac à main, ai-je dit froidement.

Gérald a pris mon sac à main sur la tablette derrière lui et me l'a tendu. Son geste était lent, contrastant avec mon agressivité quand je l'ai empoigné furieusement. J'aurais hurlé.

Je lui ai presque arraché mon sac noir en faux cuir des mains, et j'ai tourné les talons tandis qu'une larme roulait sur mon visage marqué par la déception.

J'avais tant besoin de ces visites ; elles étaient ce qui me donnait la force de patienter. De continuer. D'attendre.

M'empêcher de voir Émile, c'était comme me priver d'une gorgée d'eau dans le désert. J'en avais vraiment besoin.

C'est donc totalement découragée que je suis arrivée chez Marie-Lyne après avoir fait le long trajet qui m'amenait chez elle, à l'autre bout de la ville.

J'avais un baladeur avec moi, et la musique jouait dans mes oreilles à plein volume.

Je n'avais jamais été une grande adepte de hip hop, ni même une adepte tout court, mais j'écoutais souvent cet album-là depuis le printemps ; c'était un album de Tupac Shakur, un rappeur décédé qu'Émile affectionnait particulièrement à l'époque de notre cohabitation.

Une chanson en particulier me rappelait nous deux ; elle jouait souvent dans sa chambre, à l'appartement. Je l'avais entendue jouer des dizaines de fois quand il s'y enfermait. Ça me rappelait à quel point je l'avais désiré. À quel point je l'avais voulu dans ma vie.

Maintenant, Émile était toujours dans mon existence, mais d'une autre façon; il me disait qu'il m'aimait au téléphone tous les jours, m'embrassait sans fin quand j'allais le voir. Enfin, je sentais cette proximité des cœurs tant espérée par le passé. Cette chanson me faisait l'effet d'un baume, me rappelant tout ça, et le chemin parcouru depuis le départ.

Je devais m'y accrocher.

Marie-Lyne m'a serrée longuement dans ses bras quand je suis arrivée, ne disant rien, et elle m'a donné un baiser sur le front.

— Ça va? m'a-t-elle dit, un pli inquiet entre les yeux.

Je n'ai rien dit; je suis plutôt entrée chez elle, et j'ai déposé mon sac sur le sol dans son entrée.

— Je suis fatiguée, ai-je murmuré, et Marie m'a flatté le dos en passant à côté de moi.

— Viens, a-t-elle lancé en se dirigeant vers la cuisine, je t'offre un verre.

Je me suis débarrassée de quelques trucs en entrant et j'ai pris avec moi mon paquet de cigarettes, qui se trouvait au fond de ma poche de manteau.

J'entendais des voix en provenance de la cuisine, comme si une dizaine de personnes y étaient. Une musique d'ambiance jouait en sourdine, mais elle était couverte par des rires, des éclats de voix et toutes sortes de bruits.

Arrivée sur place, j'y ai vu plusieurs personnes attablées, dont les colocataires de Marie : Stéphanie, une musicienne aux cheveux châtains avec qui j'étais allée à l'école, plutôt petite, et très ricaneuse; Megan, une belle rousse anglophone, qui dégageait une forte confiance en elle; et Julie, la plus timide des trois. Leurs *chums* étaient également assis autour de la table, buvant une bière. Ils m'ont tous fait un signe de la main et certains sont venus me faire la bise.

Daniel, l'amoureux de Marie-Lyne, m'aimait bien; mais je sentais depuis le début que cette histoire avec Émile le tracassait, et je voyais dans ses yeux le jugement qu'il portait, comme un reproche. Dès mon arrivée, il est venu m'embrasser sur les joues, et il m'a tendu une bière froide; j'en ai pris une grande gorgée. Je l'ai sentie couler dans mon œsophage, me gelant par l'intérieur.

— Pis? a demandé Daniel, approchant sa bière de la mienne, et portant un toast avec moi. T'es encore allée voir ton grand malade?

Je lui ai fait une grimace et me suis assise sur la chaise berçante.

Je leur ai raconté ma soirée, buvant ma bière, en n'omettant aucun détail; leur décrivant même la rage que j'avais ressentie en sortant de Pinel. Tout le monde m'écoutait attentivement, et chacun y allait de ses commentaires, positifs ou négatifs, sur la situation.

Julie, qui était rarement volubile au sujet de cette histoire, a pourtant été la première à parler, ce soir-là.

— Moi, a-t-elle dit, je ne sais pas comment tu fais. Aller là-bas toutes les fins de semaine… Tu veux en maudit, sérieusement!

Sa chevelure blonde se faisait aller d'un côté à l'autre tandis qu'elle secouait la tête pour appuyer son incompréhension.

— Tu penses vraiment que tu vas être capable de l'attendre tout ce temps-là ? a ajouté Stéphanie en se collant sur son *chum*.

Je me suis sorti une cigarette, et Daniel a approché son briquet rapidement, l'allumant.

J'ai pris une première bouffée.

— Ça te manque pas d'être collée sur ton *chum*, quand tu veux ? a-t-elle continué, me dévisageant. D'écouter un film collés, de vous faire un petit repas aux chandelles, avant d'aller faire l'amour dans le bain ? Il me semble que c'est la base, non, de pouvoir faire ça ?

J'ai regardé le sol, gênée, car tout le monde me fixait. Je détestais être le centre d'attention.

— C'est clair que j'ai hâte ! ai-je répliqué, la dévisageant à mon tour. Des fois, je ne trouve pas ça évident ; on dirait que je deviens en manque de « présence ». Ça me manque juste… qu'il soit là. De rire avec lui, de déconner.

Plus personne ne parlait. Un malaise régnait, comme chaque fois que je m'ouvrais sur cet aspect de ma vie.

— C'est pas évident non plus de tout le temps être en public, avec des gardiens, quand on a du temps ensemble, de ne jamais pouvoir être seuls. Faut le vivre pour le comprendre.

J'ai marqué une pause pour prendre une bouffée de cigarette. Quelqu'un m'a tendu une autre bière, que j'ai décapsulée. J'avais littéralement englouti la première.

— Et c'est pas près d'arriver.

Megan s'est redressée sur sa chaise.

— Mais… tu penses… tu penses être capable de faire l'amour avec personne pendant des années ? Pas une fois ? Tu veux rester fidèle, là !

J'ai opiné.

Megan semblait abasourdie par cette décision et par mon choix de vie.

— Pourquoi pas ? ai-je demandé à son intention. Il y en a qui sont ensemble et qui ne baisent presque pas. Nous, on se reprendra quand Émile sortira !

Tout le monde s'est mis à rire, et les commentaires ont fusé de partout quant à notre future vie sexuelle. J'en ai profité pour me rallumer une cigarette, attendant que ça passe, et j'ai remarqué que Daniel louchait vers moi.

— Ce gars-là, a-t-il commencé doucement, sa vie est finie, Caro.

J'ai dégluti, et j'ai pris une longue gorgée de ma bière.

— Il sera jamais normal ! Pis en plus, a-t-il murmuré, pour ne pas que les autres entendent, il ne voudra jamais d'enfants, dans la vie. T'as déjà pensé à ça, non ?

Ses yeux étaient sombres.

— Il ne verra jamais la vie comme toi et moi. Elle est finie, sa vie ! Il est trop tard, trop tard, a-t-il annoncé en haussant les épaules, jetant un œil sur sa blonde, assise plus loin.

Marie m'a fait un petit sourire désolé.

— Je peux pas croire que tu comprends pas ça, a ajouté Daniel, se levant et se dirigeant vers la salle de bain.

J'ai vu la porte se refermer, et Marie est venue me voir.

— Inquiète-toi pas, c'est pas parce qu'il t'aime pas, au contraire, a dit mon amie, caressant mon bras.

J'ai haussé les épaules, indifférente.

— Je m'en fous, il a le droit de penser ce qu'il veut ! ai-je dit en haussant le ton pour qu'il m'entende.

La porte s'est ouverte au même instant, et Daniel est revenu vers moi. Il s'est penché par-dessus ma chaise, approchant son visage du mien.

— C'est parce que je peux pas croire que tu vas passer à côté de plein d'affaires, parce que t'attends un gars qui a tué du monde. Pis on le sait pas, il va peut-être te tuer un moment donné, qu'est-ce que t'en sais?

Mes joues sont devenues rouges, et j'ai explosé avant même de comprendre ce qui se passait.

— T'es drôle, toi! Tu le connais même pas en plus, t'es pas gêné!

Je criais.

— Émile, il ne me ferait jamais de mal, et je le sais! Et puis, je suis convaincue qu'il ne fera plus de mal à personne! Je le sens! Je le sais! T'es qui pour t'en mêler, Daniel Robidoux?

Marie-Lyne s'est levée et a posé ses mains sur les épaules de son *chum*, qui l'a regardée avec curiosité.

— Laisse-la donc tranquille, Dan. Elle l'aime, peux-tu comprendre? Et puis, ça durera le temps que ça durera, si c'est pour tout le temps, ça sera pour tout le temps! C'est pas compliqué! s'est exclamée mon amie.

Elle s'est rassise lentement, toujours en le regardant.

Daniel s'est levé et a marché vers la sortie, et je l'ai observé tandis qu'il s'allumait une cigarette sur le bord de la porte, dans le hall. De temps à autre, il me regardait depuis le couloir, l'air pensif.

Quant à moi, j'étais épuisée de ma journée. Rien n'allait comme je voulais.

Je me suis levée et j'ai salué tout le monde d'un geste mou de la main.

— Bonne nuit, je vais me coucher. Je suis crevée… et puis j'aimerais bien retourner à Pinel demain, avant de repartir.

J'ai tourné la tête vers Daniel, dans le couloir, en disant mes derniers mots. Mais il était de dos, un nuage de fumée au-dessus de la tête.

Je suis partie me coucher, mais je n'ai pas fermé l'œil de la nuit. Pas une seconde.

Je pensais à ma journée. À ce que les autres m'avaient dit dans la soirée.

Je pensais surtout au fait qu'il était beaucoup plus difficile pour moi d'attendre Émile que je ne l'avais cru quelques mois auparavant.

J'ai fait une prière dans ma tête, m'adressant à ma grand-mère décédée, et j'ai fermé les yeux, écoutant les bruits et attendant que le matin arrive avec sa lumière.

※.※

Ça faisait un moment que je n'étais pas allée chez mes parents. Maman me manquait.

Quelques semaines après cet épisode, je l'ai appelée pour qu'elle vienne me chercher, pour passer un après-midi avec elle.

Ma mère était la personne avec qui je m'étais toujours le mieux entendue. Sa présence était pour moi comme un baume sur mes plaies ; réconfortante, apaisante, douce.

Je sentais qu'elle ne me jugeait pas, malgré son envie très forte de me materner. Elle me laissait aller avec mes choix, me donnant quelques conseils au passage, et me faisait toujours savoir qu'elle était là, tout près, si j'avais besoin. Une vraie bonne maman.

Il faisait froid, dehors ; l'hiver se rapprochait à grands pas. J'étais enrhumée.

Maman a fait un gâteau, et je l'ai regardée faire ; cela faisait trop longtemps que je l'avais vue faire un de ses célèbres gâteaux, et cette image était pour moi le summum du réconfort.

Elle brassait ses ingrédients avec une telle concentration ; je l'enviais presque d'arriver à vivre autant dans le moment présent. Je n'étais pas capable de faire preuve d'autant de laisser-aller dans mes activités. J'étais constamment sur le qui-vive.

En fait, je n'étais pas totalement là, jamais. Même ce jour-là, avec elle, j'étais ailleurs.

— Maman ?

Ma mère était habituée d'entendre ses enfants l'interpeller, et a continué ce qu'elle faisait tout en répondant. C'est donc tout en brassant qu'elle m'a fait entendre un long « Hummmmmmmm ? » me signifiant qu'elle était à l'écoute.

— Est-ce que papa sait que je sors avec Émile ?

Maman n'a pas cillé et a commencé à pétrir des bananes dans un bol.

— J'ai essayé de lui en parler il y a quelques mois, mais tu connais ton père… Je pense qu'il ne veut pas en entendre parler.

Elle a marqué une pause tout en continuant de pétrir la matière jaunâtre.

— Je n'ai pas insisté, a-t-elle terminé.

J'ai observé son corps, vu de dos ; cette silhouette qui me plaisait tant, c'était ma mère. Comment pouvait-il en être autrement ?

— Et toi… ça t'a fait quoi ?

Ma mère a enfin fait volte-face, et j'ai observé son expression, qui m'a paru indescriptible sur le coup. Son regard était sans expression.

— Bien…, a-t-elle commencé, c'est sûr que c'est pas l'idéal… Je trouve que tu as le don, parfois, de te compliquer la vie.

J'ai attendu, curieuse d'en savoir plus.

— Il me semble que tu pourrais avoir un *chum* qui mène une vie normale. Et qui ne serait pas aussi loin. Tout ton argent y passe. Il ne te reste pratiquement plus un sou pour manger.

J'ai baissé les yeux, fixant mes ongles rongés.

— Une chance que le procès s'est bien déroulé, et qu'il en a juste pris pour 6 ans ; tu imagines si ça avait été 15 ans ? Tu aurais fait quoi ? a dit ma mère, l'air grave.

J'ai ouvert la bouche pour parler, mais elle n'avait pas terminé.

— J'aimerais ça que tu penses plus à toi, des fois… à ton bien-être, à prendre du temps pour faire des choses que tu aimes… Tu ne dessines plus ?

Son visage exprimait une réelle interrogation.

— Pas vraiment, j'ai plus envie.

Ça faisait longtemps que j'avais été tentée de dessiner ou de peindre.

— Et la musique ? Tu jouais un peu de guitare, non, il n'y a pas si longtemps ? T'as déjà lâché ça ? m'a-t-elle demandé, penchant la tête de côté.

J'ai soupiré bruyamment.

— Je sais pas, on dirait que je ne suis pas inspirée, ai-je dit.

Ma mère a affiché un air consterné.

— Avec tout ce que tu vis… moi, j'en aurais long à raconter pourtant !

Elle m'a enfin regardée avec son air habituel : un air tendre et maternel.

— Ce que je veux dire, c'est que je trouve que tu te compliques tellement la vie, mais ça… c'est mon avis. Tu fais bien ce que tu veux, et si tu penses que ça vaut la peine de faire ce que tu fais… ben… fais-le !

Je lui ai souri, la trouvant adorable.

J'aime profondément ma mère ; d'un amour qui ne se quantifie pas et ne se qualifie pas.

Non pas parce qu'elle est ma mère, mais bien parce qu'elle est la personne qu'elle est, c'est-à-dire un être rempli d'amour et qui fait preuve d'une grandeur d'âme exceptionnelle.

Elle est une femme formidable, qui porte en elle une grande sagesse et me la transmet à petites doses au fil des ans.

Comme un testament qu'elle me lit de son vivant, une série de trésors et une richesse qu'elle me lègue avant de partir.

Le plus beau et utile des héritages.

— C'est pas moi qui va t'empêcher de faire ta vie, Caro. Tu le sais.

J'ai hoché la tête, les yeux pleins d'eau.

— Je sais, ai-je murmuré, t'es fine, maman.

Ma mère a tendu les bras vers moi, souriant.

— Viens donc faire un câlin à ta mère, toi, il me semble que ça fait longtemps !

Je n'ai pas hésité : je me suis levée et je me suis blottie dans ses bras ; l'étreinte la plus sincère et la plus douce du monde. Ça ne se trouvait pas ailleurs.

— C'est vrai, ce que je dis, maman... C'est pas tout le monde qui a une mère comme toi.

J'ai senti ses bras se resserrer autour de moi, et je l'ai serrée plus fort.

— Ah... toi ! a dit ma mère, l'émotion plein la voix. Mon grand bébé !

Elle m'a frotté le dos tout en me tenant contre elle et m'a donné un baiser sur le front, comme une bénédiction.

Je me sentais déjà mieux.

Puis elle a fait volte-face et s'est tournée vers son comptoir de cuisine. Je l'ai observée qui se remettait à faire à manger.

Je me suis demandé, un bref instant, comment on pouvait faire mal à sa mère.

Cette créature de la vie si parfaite, qui désire notre bien par-dessus tout, et qui donnerait sa vie pour sauver la nôtre.

Je n'ai pas trouvé de réponse à ma question, comme à l'habitude.

Mais une chose était sûre dans ma tête : une grande souffrance devait se cacher, ou plutôt se révéler, derrière un tel acte ; une souffrance indescriptible, inimaginable. Une douleur sans nom.

J'ai donc baptisé cette souffrance ; la « douleur d'enfant ».

Et j'ai prié pour qu'Émile la sorte de son cœur à jamais.

Je me suis souvenue de toi
Je me suis rappelée à toi
Je me suis souvenue de moi
Je me suis rappelée à moi
— Aline Viens

Chapitre 23

L'hiver 2001 a été un des plus tristes hivers de ma vie. J'ai continué ma routine, partageant mon temps entre ma ville et Montréal.

Émile était stable. Il prenait sa médication, et continuait ses activités et ses cours. Depuis peu, il avait même des cours de menuiserie à l'institut. Il aimait travailler le bois. Comme son père, jadis.

Dans le temps des fêtes, il m'a fait une surprise, m'annonçant qu'un petit cheval de bois m'attendait, pièce artisanale qu'il avait faite spécialement pour moi, et que je devais venir avec un véhicule pour le chercher et le rapporter chez moi. Habituellement, j'allais toujours à Pinel en autobus voyageur. Je devrais donc planifier cette escapade.

Depuis que nous avions appris qu'il en avait pris pour six ans, moins le temps déjà purgé, Émile et moi étions rassurés. Six ans, ce n'était pas la fin du monde.

Et puis, mine de rien, le temps passait. Déjà, l'hiver nous quittait, et nous approchions le premier anniversaire du drame. Déjà.

Le 11 mars, je suis allée à Pinel avec Guillaume. Ce n'était pas la première fois que nous y allions ensemble, et j'aimais bien sa présence ; il était toujours aussi drôle. Il faisait rire Émile et était très volubile, si bien qu'un gardien est venu l'avertir de se calmer lorsqu'il a imité une poule, accroupi sur une banquette du parloir. Émile riait à gorge déployée, et j'étais heureuse de le voir rire ainsi, les joues rougies et les yeux plissés comme dans le temps. Il était beau.

J'avais écrit un texte, enfin, sur lequel j'espérais composer une mélodie ; et je l'avais apporté.

Il était plié dans ma poche, comme un trésor, et j'étais gênée de le sortir et d'en faire la lecture. Mais j'ai senti que le moment propice était arrivé, et je l'ai enfin retiré de ma poche, le dépliant.

Émile a froncé les sourcils, essayant de deviner ce qui se trouvait sur mon papier légèrement froissé.

Je me suis raclé la gorge.

— C'est… un poème, ai-je expliqué, et Guillaume a tapé dans ses mains, comme un enfant excité.

— Un poème ? a-t-il lancé, enthousiaste. Lis-le-nous ! Allez, Caro, lis-le !

J'ai souri devant son attitude, et mes yeux ont dérivé vers Émile, qui me regardait intensément.

— Euh… ça s'appelle : *S'il n'en était que d'elle.*

J'ai baissé les yeux sur ma feuille, qui tremblait dans mes doigts.

La nuit n'est jamais trop froide
Assise sur le bord froid du ciel
Le Diable cherche toujours sa gloire
Les anges rabattent sans cesse les ailes

Il y a un cimetière d'espoir
Dans tous les cieux égarés
Là où on cherche à croire
Qu'on peut toujours rêver

S'il n'en était que d'elle
Je veillerais sur toi
Debout sur l'arc-en-ciel
Je garderais ta foi

Je t'entendrais prier
Chanter ton vieux refrain
Peut-être aurais-je pitié
Et te tendrais-je la main

Le jour se fait distant
Mais je ne compte plus les heures
Vers l'autre ville où tu m'attends
Je connais le chemin par cœur

Cette vie serait mortelle
Je dis bien dans mon cas
S'il n'en était que d'elle
Si tu n'existais pas.

Ma voix tremblait, elle aussi, quand j'ai prononcé mes derniers mots.

J'ai osé lever les yeux sur Émile, et j'ai vu son visage blafard et ses yeux rougis. Il semblait ému.

— Aimes-tu ça? ai-je demandé tout bas.

J'avais le rouge aux joues.

Du coin de l'œil, je voyais Guillaume se tordre sur son banc, mal à l'aise au centre de ce moment d'intimité. J'ai regretté de l'avoir inclus dans cette confession.

— C'est beau en criss, a répondu Émile. C'est de toi?

J'ai souri, hochant la tête. Sa réaction me faisait sourire de satisfaction.

— C'est vraiment drôle, a alors continué Émile, parce que, moi aussi, je t'ai écrit quelque chose !

Il a soulevé son bassin du banc et a finalement réussi à sortir lui aussi un bout de papier de sa poche avant.

C'était comme un petit parchemin blanc, roulé, et un anneau le retenait. Un anneau argenté.

J'ai froncé les sourcils.

— C'est quoi ça ? ai-je soufflé, les yeux ronds comme des billes.

Émile souriait à pleines dents, et ses yeux étaient plissés comme j'aimais tant.

— C'est moi qui l'ai fait, a-t-il alors dit, rougissant devant l'air de Guillaume, qui avait la bouche entrouverte de stupeur.

Quant à moi, j'étais sous le choc. L'objet en question était d'une beauté stupéfiante.

— Tu... tu as des cours comme ça ?

Je ne comprenais pas. Comment avait-il pu ? Émile m'a tendu le rouleau blanc.

— Oui, on apprend à travailler les métaux, a dit Émile, la fierté se lisant sur ses traits. On fait toutes sortes de trucs, et... j'ai pensé... Je voulais t'offrir une bague, pour te dire... que je t'aime.

Il était tellement touchant, tellement craquant, j'aurais sauté dessus pour l'embrasser à pleine bouche, mais déjà, je sentais les regards curieux des gardiens vers notre groupe, alors je me suis seulement penchée vers lui pour lui donner un chaste baiser. Nous étions gênés devant Guillaume.

— J'en reviens pas, Émile, c'est tellement beau! ai-je murmuré, regardant de plus près la bague.

Elle était magnifique. C'étaient deux dauphins, partageant le même corps, et dont les deux têtes se rejoignaient sur le dessus, dans un baiser. Je n'avais jamais rien vu de tel. C'était d'une grande beauté.

— Je peux te la mettre?

J'ai entendu l'excitation dans la voix d'Émile tandis qu'il prenait ma main dans la sienne.

Doucement, il a glissé l'anneau autour de mon annulaire gauche. Elle me faisait parfaitement. Comment avait-il su ma grandeur?

— Elle est parfaite. C'est magnifique.

Émile souriait, un air taquin sur son visage.

— J'ai une autre surprise pour toi.

À nouveau, j'ai froncé les sourcils, et Guillaume s'est mis à faire des « ouuuuuuuuhh », ce qui nous a bien fait rire tous les deux.

— Ça te concerne aussi, Gus, a dit Émile, un sourire en coin.

— Hein? a dit Guillaume, maintenant intrigué.

J'en ai profité pour glisser le petit tube blanc dans ma poche de manteau. Je le lirais plus tard.

— Ça va être mon anniversaire, bientôt, a commencé Émile, et on m'a dit que j'avais le droit d'inviter deux personnes, et de les recevoir à souper au département… C'est moi qui cuisinerais, a dit Émile, me faisant un clin d'œil.

— Quoi? ai-je dit, le taquinant. Pas sûre que je veux goûter à ça…

Nous avons ri tous les trois.

Et nous avons accepté de venir le voir, le 30 mars.

Il aurait 19 ans.

❧❦

Je m'étais mise belle, pour lui.

Les cheveux remontés en chignon, les lèvres rouges. Une belle robe noire, moulante, pour mettre mes hanches en valeur. Il apprécierait sûrement l'attention.

L'après-midi du 30 mars, je suis même allée faire les boutiques avant de prendre l'autobus. J'ai acheté des vêtements pour Émile, et je lui ai préparé un beau sac cadeau. Je lui avais aussi écrit une lettre, que j'avais glissée dans le sac. Et des photos, pour qu'il ne cesse de penser à moi.

Je voulais qu'il ait droit à une superbe soirée.

Guillaume était censé me rencontrer à la station Berri-UQAM, et je l'ai attendu un moment, un bon moment. Je commençais à être inquiète quand j'ai vu sa chevelure dans la foule. Il souriait, comme un enfant.

Il m'avait fait peur.

Nous sommes tous les deux montés dans le métro, et nous avons placoté, comme nous le faisions souvent depuis quelque temps.

Ces visites à Pinel nous avaient rapprochés. J'étais heureuse de l'avoir retrouvé, lui qui était nouvellement installé à Montréal.

Nous étions presque arrivés à Honoré-Beaugrand. Il ne restait que deux ou trois stations avant notre arrêt. Avant d'atteindre le bout de la ligne verte.

Et c'est là que j'ai craqué.

Le métro avançait à toute vitesse, je voyais tous les visages sur les quais, qui défilaient rapidement, comme tant de vies différentes. Je ne pensais à rien en particulier.

Je ne me disais pas : « Tiens, c'est ici, maintenant, que je remets ma vie en question. »

Non, ce n'est pas aussi simple que ça.

Était-ce la fatigue, l'épuisement ?

Était-ce l'ennui, qui pesait lourd sur mon corps et sur mon âme ?

Était-ce le fait que j'avais constamment à me battre ? À faire valoir mon amour pour Émile aux yeux des autres ? À faire valoir le sien, comme s'il n'était pas capable d'en éprouver ?

Ou tout simplement une envie de me détacher, pour me retrouver ?

Je me sentais perdue, oui. On le serait à moins.

Je ne sais pas.

Mais je ne suis jamais allée à Pinel. Ni ce soir-là, ni par la suite.

Quand la porte du métro s'est ouverte pour laisser entrer une mare de gens, je suis sortie comme une bombe sous le regard éberlué de Guillaume.

Même mon sac cadeau ne m'a pas suivie ; il était resté là, par terre, près du poteau auquel je me tenais, un peu comme un morceau de moi que j'aurais laissé sur place.

Puis je me rappelle avoir couru, couru. Il y avait des gens partout. Je ne les regardais pas.

Je me souviens aussi avoir croisé un itinérant qui faisait de la musique avec son djembé. Sûrement s'est-il demandé ce que je fuyais ainsi.

Ou ce que j'essayais de rattraper.

Ma vie, peut-être ?

J'avais la peur au ventre.

Peur que Guillaume m'ait suivie. Peur qu'il me demande pourquoi j'étais partie comme ça.

Si j'allais revenir.

Si j'aimais toujours Émile.

Si j'étais juste devenue folle.

Et si j'avais tout simplement retrouvé la raison ?

Mais rien n'est aussi simple.

Et on n'arrête pas d'aimer comme ça.

J'aimais toujours Émile.

Mais ce jour-là, sans trop savoir pourquoi, je me suis choisie, moi.

Caroline Vignault, 18 ans.

Tout mon être redoutait d'avoir fait le mauvais choix.

Mais comme tout être vivant, j'ai eu ce jour-là l'instinct de sauver ma peau.

Je suis retournée sur mes pas, la peur à mes trousses, et j'ai repris le métro, en sens inverse. À Berri-UQAM, je suis sortie comme une vraie furie, à l'endroit où se trouvait la gare centrale. Des autobus se trouvaient là, prêts à partir vers différentes destinations, et j'avais moi-même déjà mon billet de retour. J'aurais pu embarquer.

Mais j'ai continué.

J'ai couru, encore. Jusqu'à ce que je me retrouve dans cette rue, peu passante, où j'étais seule.

À mon image.

J'avais la douleur au ventre, le feu aux poumons. La peine au cœur.

Je me suis penchée en avant; les pans de mon manteau long touchaient le sol, et j'ai pris une grande inspiration. Mon sac à main noir est tombé sur le sol, dans un fracas.

Et il est sorti.

Un grand cri, un cri qui fait mal au corps, qui brûle les cordes vocales en passant.

Un cri qui ne finit pas, et qu'on dirait venu d'une autre personne.

Je l'ai entendu retentir sans prendre conscience, au début, que c'était moi. C'est seulement quand la brûlure dans ma gorge s'est fait sentir, vive, douloureuse, que j'ai compris qu'il s'était échappé de mon être.

Le vide m'a répondu, et j'ai regardé par terre, pour m'assurer que mon sac à main y était toujours.

Quelque chose traînait sur le sol.

Tout petit, d'une forme allongée. Blanc. Comme un tube. Et je l'ai reconnu.

Le mot d'Émile.

Ça m'était complètement sorti de la tête. Je l'avais oublié au fond de ma poche de manteau.

Je me suis penchée pour le ramasser, et je l'ai déroulé, lentement.

Son écriture fine m'a d'abord frappée et, ensuite, j'ai remarqué la lune et les étoiles dessinées en bas.

Les mots ont caressé doucement mon âme tandis que je lisais son poème.

J'entendais sa voix grave dans ma tête.

Quand la nuit approche
Alors que le printemps arrive

Et que rarement quelqu'un passe
J'étais à l'entrée d'un pont sans fin
Faisant face au silence infini

Les nuages s'éparpillèrent
Et la lune me gratifia de sa douce lumière
Effaçant l'ombre qui m'abritait

Sous son aile
Je me sens comme un fruit mûr et brûlant
Parmi les arbres dépouillés
Esclave de sa beauté
Je me réjouis lorsqu'elle pose son regard sur moi
Comme un baiser qui me comble et m'apaise

Pour toi ma lune,
Caroline
Je t'aime,

Émile

Les larmes roulaient sur mes joues.

Ne pas reculer. Surtout, ne pas reculer.

J'ai fermé les yeux, et l'image de son visage m'est apparue, clairement.

Son sourire était de loin la plus belle chose que j'avais vue de toute ma vie.

Gardant mes yeux fermés, j'ai commandé à mon cerveau de le garder, quelque part, dans un tiroir.

Pour toutes les fois où j'aurais besoin de soleil.

Pour toutes les fois où j'aurais besoin de me rappeler que l'amour survit à l'incompréhension de l'autre, de sa douleur.

Pour toutes les fois où la mienne referait surface.

Je ne serais pas seule.

Puis je suis partie d'un pas sûr vers l'autobus, où m'attendait ma vie.

Et j'y suis montée.

Quand je regarde sur mon terrain
Couvert de chênes et de vieilles roches
Je me dis toujours qu'un beau matin
Je sentirai ta présence, qui m'attend, toute proche
— Aline Viens

Épilogue

Je n'ai jamais revu Émile Deschamps.

Après cette journée fatidique du 30 mars 2001, je lui ai écrit une lettre, lui disant à quel point j'étais désolée.

Nous nous sommes reparlé à quelques reprises, dans les années qui ont suivi, mais je sentais toujours que me parler lui faisait plus de mal que de bien.

Alors, j'ai arrêté de l'appeler.

Notre dernière conversation remonte peut-être à mai 2005. J'allais me marier en juillet.

Émile m'a appelée au travail ; nous avons discuté un bon moment, et il m'a souhaité bonne chance pour le futur. Il allait retrouver sa liberté peu de temps après.

Je n'en entendrais jamais plus parler.

J'ai fait ma vie de mon côté, et je me suis finalement séparée de mon mari en 2009.

Je venais de rencontrer l'homme qui allait changer mon existence ; un peu à la manière qu'Émile l'avait fait à l'époque, 10 ans plus tôt.

La vie est bien faite. On rencontre toujours les bonnes personnes au bon moment.

Il m'arrive souvent de penser à Émile.

Où vit-il ? Que fait-il ?

A-t-il réussi à surmonter cette épreuve, à reprendre une vie qui lui apporte satisfaction et bonheur ?

A-t-il une femme, des enfants? Connaissent-ils son passé?

Et lui; s'est-il pardonné?

J'ai tenté de le retrouver à plusieurs reprises, cette année.

Par l'intermédiaire des réseaux sociaux, et même de gens l'ayant côtoyé à l'institut, ou après.

J'ai écrit à plusieurs personnes.

Mais aucune d'entre elles ne sait où il se trouve maintenant. Émile est introuvable.

J'ai même écrit à sa sœur, étant convaincue qu'elle pourrait m'en apprendre plus.

Mais elle était sans réponse, ignorant même s'il était toujours vivant.

Ce dernier point m'a fait frissonner, faisant germer cette possibilité dans mon cerveau.

Et s'il était vraiment mort?

Qu'il n'avait pas su, finalement, survivre à cette douloureuse histoire?

À ce jour, je n'ai toujours pas la réponse.

Lettre à E. D.

Aujourd'hui, j'ai 30 ans. Toi aussi.

Je fais une vie qui me plaît beaucoup, avec un homme merveilleux.

Je n'ai pas d'enfant. J'ai deux chats adorables.

Ce livre, je l'ai écrit pour deux raisons ; premièrement, pour partager notre histoire d'amour peu commune et qui m'a transformée à jamais.

Grâce à toi, et je dis bien « grâce », je n'ai jamais perçu la vie comme avant.

Sa fragilité m'a frappée, dans toute sa grandeur, et son imprévisibilité aussi. Tout peut arriver.

On ne sait jamais quand tout va basculer ; pour le mieux, ou pour le pire. Elle demeure une découverte de chaque instant. Un choix de chaque instant, aussi.

Je profite beaucoup de mon bonheur.

Par ailleurs, je trouvais important aussi de parler aux gens d'une chose délicate ; les drames comme le tien ne blessent pas seulement ceux qui partent, et les gens autour, qui les pleurent.

Les proches de ceux qui commettent le pire restent, et ils perdent aussi un être cher, un être qu'ils aiment profondément, peu importe ses actes.

On n'arrête pas d'aimer aussi facilement.

Parents, amis, conjoints ; vous laissez derrière vous des personnes blessées qui vous aiment et qui ne comprennent pas.

Qui voudraient comprendre.

Qui voudraient vous aider. Qui pardonnent, souvent.

Parce que l'amour est plus fort que tout.

L'amour est plus fort que l'incompréhension.

L'amour est plus fort que la violence et est la seule chose qui peut la guérir.

Le seul antidote.

Ces gens, dont j'ai fait partie, sont dans l'ombre et souffrent en silence.

Ils ont mal, car aux yeux de la société, ils n'ont pas le droit d'aimer encore.

Pourtant, on nous enseigne à aimer son prochain, non ?

On nous enseigne à pardonner.

On nous enseigne aussi à ne pas répondre à la violence par la violence.

Qu'est-ce que le jugement de l'autre, si ce n'est pas de la violence ?

Et qui sommes-nous pour juger ? Je n'ai jamais voulu te juger. Tu le sais.

La violence, qu'elle soit verbale, psychologique ou physique, engendre une douleur qui cherchera toujours à s'exprimer.

La douleur est vivante. Bien vivante.

Souvent, son choc est si fort chez l'humain et dure si longtemps qu'il résonne en nous, et c'est cet écho qui finit par engendrer des actions, posées afin de faire cesser ce bruit qui résonne sans fin dans notre cœur.

Cet écho, c'est la violence.